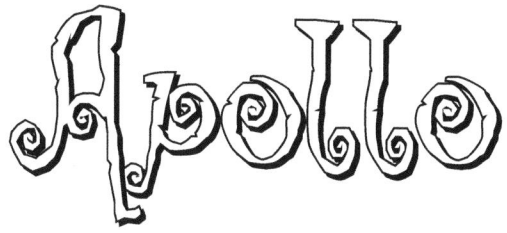

**Die Verbannung**

N. Schwalbe

N. Schwalbe

Die Verbannung

# Impressum

*Bibliografische Information der Deutschen Nationalbibliothek:
Die Deutsche Nationalbibliothek verzeichnet diese Publikation
in der Deutschen Nationalbibliografie; detaillierte bibliografische Daten sind im Internet über http://dnb.dnb.de abrufbar.*

*TWENTYSIX – Der Self-Publishing-Verlag
Eine Kooperation zwischen der Verlagsgruppe Random House
und BoD – Books on Demand*

© 2019 N. Schwalbe

*Herstellung und Verlag:
BoD – Books on Demand, Norderstedt*

ISBN: 978-3-740751456

Cover: isabelle ferrara, nuebedia.de , © N. Schwalbe 2019

Alle Rechte vorbehalten.

Das vorliegende Werk ist mit all seinen Teilen urheberrechtlich geschützt und darf – auch teilweise – nur mit Genehmigung der Autorin wiedergegeben werden. Das Kopieren, die Digitalisierung, die Farbverfremdung und Ähnliches stellt eine urheberrechtlich relevante Vervielfältigung dar. Verstöße gegen den urheberrechtlichen Schutz sowie jegliche Bearbeitung der hier erwähnten schöpferischen Elemente sind nur mit ausdrücklicher vorheriger Zustimmung des Verlags und des Autors zulässig.

# Inhaltsverzeichnis

Die Holztrulla..............................................1
Der Auftrag ...............................................36
Die Begegnung...........................................48
Die Einladung ............................................62
Der Kuss....................................................68
Die Nacht der Verführung ............................80
Süß wie Zitronensorbet................................90
Plötzlich Adler ..........................................107
Zurück auf dem Berg des Olymp................118
Wahre Liebe? ...........................................133
Göttliche Verführung.................................143
Götterzorn ................................................154
Im Haifischbecken ....................................161
Witwe Krummbein ....................................182
Die Verwandlung......................................192
Das Versprechen.......................................200
Auf in den Kampf .....................................203
Die Entscheidung .....................................220
Die Vermählung .......................................228

# Prolog

Langsam fuhr seine Hand über ihren Innenschenkel. Genüsslich beugte er sich vor, um seine Lippen den körperlichen Freuden der Lust hinzugeben, als ihn eine barsche Stimme aus seiner Trance riss.
»Apollo! Du Nichtsnutz! Es wird Zeit, dass du dir endlich ein Weib zur Frau nimmst und mir kleine Götterenkel schenkst! Stattdessen verheizt du eine liebreizende Anwärterin nach der nächsten.«
Apollo verdrehte die Augen, bevor er sich zu seinem Vater umdrehte. »Vater, hast du nicht irgendeine Geliebte zu verführen, statt meine Spielchen als freier Göttersohn zu stören?« Fast ein wenig aufmüpfig schaute er zu Jupiter auf.
Deren Augenbrauen wanderten erst in die Höhe, dann senkten sie sich gleichzeitig mit dem Gewitter, das er losließ. »Du wagst es, so mit deinem Vater zu sprechen? Und das vor den Augen einer bildschönen Nacktheit?«
Apollo zuckte kaum merklich zusammen - und rechnete nicht mit dem, was nun folgte.
»Bevor ich mich vergesse und dich als Flammengestalt verschlinge, verbanne ich dich lieber! Geh hinfort und komm erst wieder zurück, wenn du die wahre Liebe gefunden hast!« Jupiter schwang seinen Arm. Blitze zuckten vom grauschwarzen Himmel. Donner folgte seinen Worten und Apollo verschwand mit dem nächsten Blinzeln vom Berg des Olymp.

# Die Holztrulla

Sterben war ätzend.
Nichtsterben war allerdings auch kein Vergnügen.
Luke Kanton hatte bereits Tausende Kriege durchlebt, diverse Hungersnöte überstanden, unzählige Male Sex gehabt, über dreihundert Kinder gezeugt und mehr als siebzig Frauen geheiratet - und alle hatte er sterben sehen.
Seine ›*große Liebe*‹ war nie dabei gewesen.
Hier hatte Luke Jupiter, seinen alten Herrn, in Verdacht. Sicherlich hatte der Himmelsvater ihm als Göttersohn Apollo Steine in den Weg gelegt, um ihm die Aufgabe, die ›*wahre Liebe*‹ zu finden, zu erschweren.
Luke war mittlerweile 3030 Menschenjahre alt. Sein Alter sah man ihm nicht an, denn er war ein Göttersohn, genau genommen der Gott des Lichts, der Heilung, des Frühlings, der sittlichen Reinheit sowie der Weissagung und der Künste - und damit unsterblich. Auch seinen Götterstatus sah man ihm nicht an. Er sah vielmehr aus wie ein typischer dreißigjähriger Mann im 21. Jahrhundert: Jung, sportlich und verdammt gut durchtrainiert.
»Luke, schwing deinen Hintern hier herüber!«, rief Anne Müller, Journalistin beim ›*Blattsalat*‹, »wir haben einen Auftrag.«
Luke warf einen letzten Blick in den Spiegel und genoss noch einmal den Anblick seines brünetten Haarschopfes.
Um der Menschheit, die den Alterungsprozess gewohnt war, nicht aufzufallen, färbte er sich seit seiner Verbannung vor dreitausend Jahren vom Berg des Olymp regelmäßig die Haare. Alle sechzig Jahre, also jeweils zwanzig

Jahre nach seinen jeweiligen Eheschließungen, waren seine Haare künstlich grau. Falten zauberte er sich mithilfe einer speziellen Creme ins Gesicht. Diese Paste hatte er einst vom großen Zauberer Merlin bekommen und sie war wahrlich zauberhaft, denn deren Wirkung hielt etwa vierzig Jahre an. Aber jetzt ging ihm langsam die Puste aus - und die Creme war so gut wie aufgebraucht.

Er hatte schon so gut wie an jedem Ort dieser menschlich besiedelten Erde gelebt. Seine letzte Ehefrau hatte er vor drei Jahren in Chicago begraben und es sich nun in Übersee neu eingerichtet.

Obwohl er hier jetzt schon wieder knapp drei Jahre lang lebte, hatte er es allerdings noch immer nicht geschafft, sich eine neue Frau zu angeln.

Das war auch gar nicht so einfach, denn die deutschen Frauen im 21. Jahrhundert waren verdammt anspruchsvoll. Es reichte nicht aus, sie mit einem Wimpernschlag aufreizend darauf aufmerksam zu machen, dass man sie begatten und vielleicht sogar ehelichen wollte. Es reichte auch nicht aus, ihnen Lebensmittel darzubieten oder ihnen mit Blumen den Hof zu machen. Sie fuhren nicht einmal mehr auf seinen wirklich stählernen Körper ab.

Deutsche Frauen im 21. Jahrhundert waren ›E-MAN-ZI-PIERT‹. Sie standen auf eigenen Beinen, lebten lieber unabhängig von irgendeinem Kerl, gingen arbeiten - teilweise in echten Männerjobs - und besetzten erstaunlicherweise sogar Führungspositionen. Sie waren nicht mehr einzig und allein für Küche und Nachwuchs zuständig, wie er es vom Berg des Olymp und auch vielen Orten der Erde her kannte.

Luke bekam schnell spitz, dass man als Mann auch lieber keinen Versuch unternahm, Frauen wieder in diese Rolle hineinzudrängen. Denn wenn man Pech hatte, wurde man von einem ganzen aufmüpfigen Schwarm von Frauen zur Hölle gejagt.

Auch Anne Müller, seine Kollegin bei der Zeitung, für die er seit einem Jahr arbeitete, war nicht zu durchschauen.

»Auf wen wartest du, Luke? Wie lange willst du dich noch im Spiegel bewundern? Pack deine Kamera ein! Wir müssen los«, fuhr sie ihn an und verdrehte genervt die Augen.

Luke lebte zwar lange genug bei den Menschen, um das Geheimnis der Weiblichkeit entlüftet zu haben, aber bis heute waren ihm einige Frauen ein Buch mit sieben Siegeln, und die gut ausgebildeten, selbstbewussten, deutschen Frauen erst recht.

Er hatte nur eins über die Jahre hinweg festgestellt: Frauen waren von Geburt an in der Lage zu lieben, während Männer doch eher die berechnenden Pragmatiker waren. Frauen waren um ein Vielfaches einfühlsamer und gingen seltener mit der Holzhammermethode vor - außer natürlich seine Kollegin, die gar nichts anderes zu kennen schien, als mit der Brechstange Türen aufzustoßen statt mit Diplomatie.

Und noch eins war ihm in letzter Zeit aufgefallen: Als Mann sorgte man besser dafür, dass man auch seine weibliche Seite aus dem Käfig ließ und sich damit ETWAS emotionaler zeigte, als das bisher der Fall gewesen war.

Ernsthaft, war man der Weiblichkeit als Mann in den letzten Jahrhunderten überlegen gewesen, so musste man heutzutage umso mehr aufpassen, dass man die Damen gut behandelte, um nicht ganz schnell vom Thron gestoßen zu werden. Frauen waren nicht mehr vom männlichen Geschlecht abhängig, weder finanziell noch emotional.

Und der verlogene Haufen von Kirchenvertretern, der über die Jahrhunderte hinweg - zum Teil auf brutalste

Weise - dafür gesorgt hatte, dass die Frauen das Nachsehen hatten, hatte auch nichts mehr zu sagen. Denn es gab nur noch wenige Kirchenanhänger und die Kirche selbst hatte längst keine Macht mehr.
Trotzdem hatte er in der deutschen Hafenstadt nur schwierige Frauen getroffen, die sich bestens darauf verstanden, ihre emotionale Seite gut zu verstecken.
Sicherlich steckte sein Vater dahinter, der dafür sorgte, dass ihm nur die komplizierten Frauen über den Weg liefen, denn er hatte es mit einer Menge kräfteverschleißender, weiblicher Geschöpfe zu tun.
Zuzutrauen wäre es dem großen Jupiter!
Luke hatte sich jedoch fest vorgenommen, das Geheimnis der Weiblichkeit mit der nächsten Frau zu lüften und mit ihr auch endlich seine wahre Liebe zu finden.
Hier spielte er natürlich NICHT auf Anne an, die man auch als Sklaventreiberin hätte durchgehen lassen können.
»Luke, hopp-hopp! Du wirst nicht schöner, wenn du bummelst und in den Spiegel starrst!«
Er war es leid, wieder eine Gattin zu suchen und den zigsten Sprössling zu zeugen und alle wieder gehen sehen zu müssen.
DAS hielt auf Dauer nicht einmal ein Göttersohn aus!
Außerdem war er es leid, der Liebe hinterherzujagen wie ein armer Jäger dem Wild. Er war es leid, Kriege zu überleben, während alles um ihn herum krepierte wie ein Insekt. Nicht einmal Pest und Cholera hatten ihm etwas anhaben können. Er erfreute sich bester Gesundheit und war so unsterblich, wie man nur unsterblich sein konnte.
Anne blickte ihn prüfend an. »Willst du hier Wurzeln schlagen? Oder bist du ein Göttersohn, den man mit der Sänfte aus der Redaktion tragen muss?«

»Nein, nein, ich komme ja schon«, erwiderte Luke und hoffte, Anne würde nicht bemerken, dass er bei ihren Worten errötet war.

Luke wollte ENDLICH zurück auf den Berg des Olymp, dem Schlaraffenland eines jeden Gottes. Er wollte seine Thronfolge antreten, das Götterleben genießen und seinem Göttervater Jupiter ins Gesicht sagen, dass er ihn zu Unrecht verbannt hatte. Er wollte ihm zeigen, dass er ein Mann geworden war, ein ECHTER Göttersohn, der es würdig war, auf dem Berg des Olymp zu leben.

»Hast du heute Schneckenfutter gefrühstückt, Luke? Meine Güte, wenn du deine Sachen noch langsamer einpackst, dann bewegst du dich im Rückwärtsgang.« Anne schnaufte ungeduldig. »Es ist kein Wunder, dass du keine Freundin hast. Du bist total verträumt.«

»Es war eben noch nicht die Richtige dabei«, erwiderte Luke gelassen.

Bei den Göttern - wie auch bei den Menschen - war es schon immer üblich gewesen, die eine oder andere Liebschaft auszuprobieren, bevor man sich fest band. Warum sich sein Herr Vater damals also so aufgeregt hatte, war ihm nach all der Zeit immer noch ein Rätsel.

Die wahre Liebe würde sich schon irgendwie einstellen, hatte er in jungen Jahren gedacht. Aber das war in der Tat überhaupt nicht so einfach, wie er in den letzten dreitausend Jahren hatte feststellen müssen.

Entweder man liebte mit brennendem Feuer, welches einen zu verglühen drohte, oder man tat es eben nicht. Alles andere war halbherzig und hatte mit wahrer Liebe nichts zu tun. Und sein Feuer war bisher leider eher ein Flämmchen gewesen oder ganz ausgeblieben. Vielleicht war es auch schlichtweg nicht möglich, sich als Gott ernsthaft in einen Menschen zu verlieben. Wobei sein Vater diese

Theorie mit seinen vielen Liebschaften sofort entkräften könnte.

Heutzutage - und hierzulande - war es allerdings unfassbar schwer, an Frauen heranzukommen, schwerer, als sich in eine Eule zu verwandeln.

Und das war Luke zumindest früher sehr gut gelungen.

Jupiter hatte natürlich nie Schwierigkeiten gehabt, die Gestalt eines anderen Wesens anzunehmen. Er war wohl einer der talentiertesten Gestaltenwandler durch und durch.

Europa hatte Jupiter in der Gestalt eines Stieres entführt, Leda hatte er sich in der Gestalt eines Schwanes genähert. Aber auch der Satyr, der Adler oder eine eindrucksvolle Flammengestalt waren leichte Figuren für seinen Vater gewesen. Sein Glanzstück der Verwandlung hatte Jupiter allerdings in der Gestalt von Goldregen gezeigt - aber das waren andere Geschichten.

Luke war da nicht ganz so talentiert wie sein Vater. Er konnte sich lediglich in eine Eule verwandeln. Und mittlerweile gelang ihm selbst das kaum noch. So langsam kam ihm der Gedanke, dass ihm das Leben als 3030 Jahre alter, unsterblicher ›Mensch‹ allmählich die göttlichen Kräfte raubte.

Manchmal vermisste er es allerdings, sich des nachts in eine Eule verwandeln und einfach in die Freiheit fliegen zu können. Aber die Rückverwandlung fiel ihm von mal zu mal schwerer, also unterließ er es lieber, um nicht mit einem halben Federkleid auf Arbeit erscheinen zu müssen.

»Luke, du bist ein Mann und Männer brauchen Sex. Darum ist es umso erstaunlicher, dass du mit gar keiner Frau auszugehen scheinst, oder bist du vom anderen Ufer?«

Fragend blickte seine Kollegin ihn an.

Luke rümpfte die Nase. »Vom anderen Ufer?«

»Ja, stehst du auf Männer?«

»Nein«, rief er lachend aus, »ich liebe die Liebe, aber bitte mit einer Frau.«
Zugegeben, er war auch nach dreitausend Jahren unter den Menschen noch ein großer Freund der körperlichen Liebe - mit einer Frau.
Aber um das herauszufinden, hätte es nicht eines Bannes bedurft. Dessen war er sich auch so bewusst - ohne Bann.
Sex war allerdings auch bei den Menschen nicht alles. Man konnte nur schwer davon leben.
Das hatte er vor allem im Mittelalter allzu schmerzlich am eigenen Leib erfahren, denn er hatte schon so manches mal hungern müssen, immer in dem Wissen, dass ihn das niemals umbringen würde.
Er wusste nicht, wie viele verschiedene Berufe er auf der Erde schon verrichtet hatte, um zu überleben.
Kein Job hatte es dabei je vermocht, ihn zu begeistern.
Die meisten dienten lediglich dazu, sein Weib und seine Sprösslinge zu ernähren.
Sie waren reines Pflichtprogramm.
Wenn er ehrlich war, hätte er durchaus Vergnügen daran gefunden, sich in die Arbeit der körperlich Liebenden einzureihen, aber wer wollte schon ein geächteter ›*Hurenbock*‹ sein, wie die Menschen abwertend zu einem ›*Gigolo*‹ sagten, der die körperliche Liebe für Geld verkaufte?
Und wer wollte schon seinen heiligen Körper an irgendwelche dahergelaufenen, liebeshungrigen, armen Schweine verkaufen, denen man vielleicht nicht einmal Sympathie entgegenbringen konnte?
Er nicht.
Also kam auch dieser Berufszweig für ihn nicht infrage.
Das 21. Jahrhundert im Reich der Menschen war wahrlich eine merkwürdige Zeit, in der Sex ohnehin kaum noch eine Rolle zu spielen schien. Die Leute schienen dafür

ernsthaft keine Zeit mehr zu haben. Oder sie wollten sich damit nicht beschäftigen, weil Zeit Geld war. Vielleicht waren auch alle so prüde, dass sie sich HEIMLICH in ihrem Schlafzimmer eine vergnügliche Stunde bereiteten. Andere wiederum - meistens Menschen älteren Semesters - veranstalteten ganze Orgien und warben sogar damit.
Luke konnte diesem Massensex jedoch nichts abgewinnen. Vielleicht war er da doch mehr Göttersohn, als er dachte, denn sein Vater war, man sollte es kaum glauben, trotz seines donnernden Temperaments ein sehr liebevoller Mann, der die Liebe UND den Sex liebte. Wenn er sich in eine Frau verliebt hatte, dann tat er auch alles, um ihr Herz zu erobern. Er hätte seine Frau NIEMALS geteilt, eher sämtliche Konkurrenten im Schlangentümpel versenkt.
Seit drei Jahren lebte Luke also im, zugegeben, sehr kalten und oft auch nassen Ort namens ›*Hamburg*‹.
»Es ist Berufsverkehr. Wir werden also ein Stückchen brauchen, bis wir da sind. Wenn der Herr sich also endlich mal aufraffen könnte, sich ETWAS schneller zu bewegen, wäre ich dir sehr zum Dank verpflichtet«, drängelte Anne weiter.
»Wenn ich die Hälfte meiner Ausrüstung vergesse und nicht ordentlich arbeiten kann, war die Fahrt zum Termin umsonst. Also lasse mich bitte in Ruhe meine Sachen packen, Frau Ungeduld!« Seufzend legte Luke die Ersatzakkus seiner Kamera in die Tasche.
Früher, also als er zuletzt im Norden dieses Kontinents gewesen war, hatten hier die Kelten gehaust. Die Stadt hatte es noch nicht gegeben und die Bewohner waren damals, weiß Jupiter, NICHT zimperlich gewesen.
Sie erlaubten keine Fremden in ihren Reihen, schon gar keine Schönlinge, die ihnen die Frauen ausspannten.

Sein Glück war es lediglich gewesen, dass er dem Sohn des Anführers bei einem Angriff der Wikinger das Leben gerettet hatte. Das hatte ihn zu einem von ihnen gemacht und ihn zum Bleiben berechtigt.

Nun war hier an dem einst so naturbelassenen Ort eine riesige Stadt entsprungen. Es gab Häuser über Häuser und jede Menge fahrbare Untersätze. Und natürlich gab es hier auch Menschen in Hülle und Fülle - fast wie in einem Ameisenstaat. Und in genau dieser Stadt lebte er in einem möblierten Zimmer zur Untermiete.

Anfangs hatte er eine Hilfsarbeit nach der nächsten annehmen müssen, um sich über Wasser zu halten. Irgendwann war er jedoch dahinter gekommen, dass die meisten Menschen dieses Jahrhunderts großen Wert auf gute Manieren, Köpfchen und technisches Know-How legten.

Zunächst widerstrebte es ihm, seinen Kopf statt seines Körpers einzusetzen, aber mittlerweile gefiel ihm die Arbeit als Fotograf. Er schoss Bilder von Menschen, über die andere Geschichten schrieben.

Ja, man sollte es kaum glauben, mittlerweile SCHRIEBEN und LASEN die Menschen unabhängig von ihrem Stand und Vermögen!

Dabei schrieben sie in diesem Teil der runden Erdkugel schon viele Jahrhunderte auf Papier, aber nie zuvor war Papier so billig gewesen. Und das Verrückteste war, sie schrieben nicht nur auf Papier, sondern auch in modernen Kästen namens ›Computer‹, die alles Geschriebene zusätzlich noch auf Papier ausspucken konnten. Und mithilfe dieser Computer konnte man mit jedem Menschen überall auf der Erde kommunizieren, wenn derjenige ebenfalls so einen Kasten hatte.

Geschichten und Bücher gab es nun in kleinen, schicken Mobilgeräten, mit denen sich Menschen kommunikativ

austauschten - verbal per ›*Sprachnachricht*‹ oder per ›*Textnachricht*‹. Diese Dinger nannten sie hier in der deutschen Hafenstadt ›*Handy*‹.
Eine sehr neumodische Erfindung, wie Luke fand.
Auf dem Olymp hatte es weder Strom, noch Telefone gegeben und sie hatten sich trotzdem verständigen können. Wenn sie Nachrichten verschicken wollten, nutzten sie einfach Eulen oder Sklaven.
Aber Menschen hielten heutzutage nicht mehr viel von offiziellen Sklaven - oder vom Federvieh, welches im Mittelalter durch die Kirchentrottel fast gänzlich ausgerottet worden war, weil Eulen angeblich Boten des Teufels waren. Verständlicherweise hielt sich das Federvieh seitdem fern von den Menschen.
Vor wenigen Monaten fand Luke sich also als ›*freier*‹ Fotograf bei verschiedenen Zeitungen wieder. Sein Hauptauftraggeber war eine Zeitung mit dem merkwürdigen Namen ›*Blattsalat*‹. Das war eine Zeitung, die sowohl die reine Wahrheit als auch blumige Unwahrheiten auf Papier druckte und kostenlos unter den Leuten verteilte.
Der oberste Befehlshaber des Blattes, der sogenannte ›*Chefredakteur*‹, änderte gerne mal das eine oder andere geschriebene Wort zu Gunsten seiner Meinung ab. Das fand Luke schon ein bisschen merkwürdig, aber ihm konnte das letztendlich egal sein, denn er bekam sein Geld für die Bilder, die er schoss, egal ob im Blatt Wahrheiten oder Lügen abgedruckt wurden.
»Jetzt regnet es auch noch«, stöhnte Anne.
Luke blickte aus dem Fenster.
Es regnete in Strömen.
»Bin ich froh, dass ich in der Tiefgarage parke.« Anne wackelte auffallend mit ihren viel zu üppigen Augenbrau-

en, die nach Lukes Geschmack einer dringenden Überholung bedurften.

Überhaupt war Anne eine recht gewöhnungsbedürftige Frau. Sie trug bunte Strickhemden, in denen sie aussah, als wollte sie sich schlafen legen. Ein paar ihrer Shirts waren so bunt gefärbt, dass man meinen konnte, sie wäre damit in einen Farbtopf gefallen. Ihre Ohrringe waren an manchen Tagen so lang und scheußlich, dass sich einem der Gedanke aufdrängte, sie wollte damit einen Stier einfangen statt eines ansehnlichen Mannes. Ihr Haar hatte abwechselnd so ziemlich alle Farben, die ein Frisör zu bieten hatte. Momentan waren sie tatsächlich blau gestreift. Sie brüllte gerne und viel herum und hielt sich für den tollsten Schreiberling der ganzen Journalistensippschaft - wovon es in der Redaktion übrigens so einige gab. Ein paar von Annes Artikeln waren ziemlich schwer zu lesen. Sie waren wie sie selbst: VIEL zu kompliziert. Und der Mann, den sie sich irgendwann angeln würde, tat ihm jetzt schon leid.

Luke verglich ihre Arbeit gerne mit Aschenputtel, dem Märchen der Gebrüder Grimm, die er vor vielen Jahren persönlich hatte kennenlernen dürfen.

Die Texte, die Anne schrieb, waren wie das Auslesen von Linsen: Man musste sehr aufpassen, um die schlechten von den guten Textpassagen zu trennen.

Aber ihre Arbeit ging ihn natürlich nichts an.

Er musste lediglich die passenden Fotos dazu liefern.

Luke schnappte sich seine Tasche und folgte Anne auf den Flur. Sie nahmen den Fahrstuhl in die Tiefgarage und saßen innerhalb von wenigen Minuten in ihrem Auto. »Es wird auch immer schwieriger, als freie Mitarbeiterin gute Aufträge an Land zu ziehen«, schimpfte Anne vor sich hin. »Für diesen Auftrag musste ich schon fast in den Ring zum Schlammcatchen.«

Ja, von dem Wort ›*frei*‹ durfte man sich nicht täuschen lassen, denn es bedeutete de facto, dass man als Arbeitskraft seinen Hintern bewegen musste und viel für die Katz arbeitete, um lediglich ein paar Cents zu verdienen, die man dann auch noch versteuern musste. Die einzigen, die davon profitierten, waren die Auftraggeber.

›*Frei*‹ bedeutete also NICHT, dass man vogelfrei eine Stange Geld verdienen konnte. Man war quasi ›*versklavter*‹ als ein Festangestellter, und noch dazu wahnsinnig schlecht bezahlt - das wurde Luke schnell klar.

Die einzigen, die tatsächlich ›*frei*‹ waren, waren die Auftraggeber. Gefiel ihnen die Arbeit nicht, waren die ›*Freien*‹ den Auftrag entsprechend schnell wieder los, bekamen kein Geld und hatten umsonst gearbeitet. Kam das allzu häufig vor, war man die längste Zeit ›*freier*‹ Mitarbeiter gewesen.

Auch das war für Luke eine Umstellung.

Bisher hatte er für körperliche Arbeit entsprechend seinen Lohn erhalten, und das in manchen Epochen gar nicht mal so schlecht.

»Wie siehst du überhaupt aus? Warum trägst du ein T-Shirt bei dem Sauwetter?«, fragte Anne ihn mit einem pikierten Seitenblick. Sie fröstelte und zog sich ihre dicke Wolljacke enger um den Körper. Dann schaltete sie die Heizung ein.

Müde lehnte Luke sich auf dem schäbigen Sitz ihres alten, grauen Renault R5 zurück. »Mir ist nicht kalt.«

Das Auto hatte sicherlich schon bessere Zeiten gesehen, aber darauf durfte man die ehrgeizige Journalistin nicht ansprechen. Es war quasi ihr Markenzeichen!

Er hatte das einmal versucht und durfte anschließend

zu Fuß zu den Einsätzen laufen. Und da heute der Himmel weinte, verkniff er sich jeglichen Kommentar.

»Wohin fahren wir?«, fragte Luke und checkte aus lauter Langeweile noch einmal seine Ausrüstung.

Die alte Spiegelreflexkamera hatte er von einem Flohmarkthändler für wenige Euros ergattert. Natürlich hatte er sie magisch etwas aufpeppen müssen. Solange er noch seine letzten göttlichen Kräfte mobilisieren konnte, tat er das auch.

»Zu so einer aufstrebenden Holztrulla«, antwortete Anne abfällig, während sie sich in den Feierabendverkehr einfädelte.

»Was ist bitte eine ›Holztrulla‹?«, hakte Luke verwundert nach.

Er war es gewohnt, dass die Menschen ihrer Zeit entsprechend eine merkwürdige Ausdrucksweise annahmen, aber er war, so Jupiter ihm beistand, noch lange nicht an die vielen Ausdrücke gewöhnt, die seine Kollegin regelmäßig vom Stapel ließ. Sie hatte ein ganzes Wörterbuch voll davon - in ihrem Kopf, wohlgemerkt.

»Das ist eine Frau, die glaubt, mit irgendwelchen hässlichen Holzgebilden den fetten Erfolgsdurchbruch haben zu können«, knurrte Anne wütend.

»Warum bist du so wütend auf die Holztrulla? Neidisch?«

»Ich bin nicht wütend auf die Holztrulla, und neidisch schon gar nicht. Ich kann nicht schnitzen. Will ich auch nicht. Ich bin wütend auf Jörg«, konterte Anne. »Und wenn du mir noch einmal Neid vorwirfst, kannst du mit der Bahn fahren.«

»Was hat der Chefredakteur mit der Holztrulla zu tun?«, lenkte Luke sie von der Idee ab, ihn wie einen Hund auf die Straße zu jagen.

Anne fuhr dem roten VW vor ihnen fast auf die Stoßstange. »Tust du so blöd oder bist du wirklich so blöd?«, pampte sie ihren Kollegen an.

»Zügele deine Zunge!«, sagte Luke und schluckte seinen Ärger hinunter, bevor sich seine Hand selbständig machte und einen Feuerball auf sie abschleuderte.

Er war ein stolzer Göttersohn!
Niemand durfte ihn beleidigen!
Niemals und zu keiner Zeit!

Fast ein wenig erschrocken zuckte Anne zurück. »Ist ja gut!« Sie setzte den Blinker und fädelte sich in der linken Spur ein. »Natürlich hat Jörg nix mit der Holztrulla zu tun«, platzte sie schließlich ungeduldig heraus. »Der Arsch schickt mir ständig Aktfotos.«

»Von der Holztrulla?« Nun war Luke doch etwas verwirrt. Warum redeten menschliche Frauen so wahnsinnig kompliziert? Konnte Anne nicht einfach klipp und klar sagen, was sie wollte?

Manchmal hatte er das Gefühl, Frauen fuhren verbal mit dem neumodischen Fahrstuhl in den dritten Stock, um das hinunter zu brüllen, was sie eigentlich schon im ersten Stock hätten sagen können. Und dabei verdrehten sie ihre Sätze derart, dass kein Mann sie im ersten Stock mehr verstehen konnte.

Anne rollte mit den Augen. »Nee. Natürlich nicht. Von der gibt es keine Nacktaufnahmen. Schätze ich. Dafür bist du ja schließlich zuständig.«

Luke rümpfte die Nase. »Ich glaube, du missverstehst meinen Job. Ich bin Fotograf. Ich mache Bilder von Menschen für Tageszeitungen. Bilder von angezogenen Menschen. Ich bin kein Aktfotograf, oder wie ihr Menschen das nennt.«

Anne konzentrierte sich zu sehr auf den Verkehr, daher entging ihr Lukes Anspielung auf die Menschheit.

Über sein Gesicht huschte ein Grinsen, als er daran dachte, dass er vielleicht einer wunderschönen Nacktheit begegnen könnte.

Das waren tolle Aussichten an diesem verregneten Tag!

»Ich schätze, die Holztrulla wird angezogen sein. Mach dir also keine Sorgen!«, zerstörte Anne jegliche Hoffnung.

»Gegen eine nackte Frau hätte ich nichts einzuwenden gehabt«, murmelte Luke leise.

Beim Jupiter, wie lange war es her, dass er anständigen Sex gehabt hatte? Wie lange war es her, dass er die weiblichen Rundungen überhaupt hatte erkunden dürfen?

Es kam ihm wie eine Ewigkeit vor.

»Ich rede von Nacktfotos aus dem Internet. Schwarze Männer mit langen Schwänzen. Frauen, die ihren Chef verführen. Jörg schickt mir solche hässlichen Fotos, die er bei *Google* findet, um mich anzubaggern«, unterbrach Anne seine Gedanken jäh.

Luke zuckte zusammen. »Warum schickt er dir so etwas? Was will er von dir? Er ist doch liiert.«

»Sex«, knurrte Anne noch einen Zacken ungeduldiger. »Er will Sex«, wiederholte sie.

»Er will Sex? Mit DIR?« Geschockt betrachtete Luke seine Kollegin. Er hätte sie nicht einmal mit so einer neumodischen Kneifzange angefasst.

»Ist das so abwegig? Ich bin immerhin erst 28.«

»Ehrlich? So jung bist du?« Merkwürdig, dachte Luke, er hätte sie mindestens zehn bis fünfzehn Jahre älter eingeschätzt. Oder lag das daran, dass sie so furchtbar alterslose Klamotten trug, ihre Haare eine Katastrophe waren und ihr Gesicht vermutlich noch nie einen Make-up Pinsel gesehen hatte?

»Warum tut er das? Er hat doch eine Ehefrau.«

»Sehe ich genau so«, sagte Anne wieder eine Spur ruhiger. »Erkläre du es mir! Warum baggern Männer Frauen an?«

»Männer haben Triebe. Sie müssen ihre Gene verteilen. Für Nachwuchs sorgen. Aber das dann doch bitte mit SCHÖNEN Frauen. Wenn du schön wärest oder zumindest reich, würde ich ihn ja verstehen. Aber so, wie du aussiehst, kannst du froh sein, wenn du überhaupt einen Mann abbekommst«, rutschte es Luke heraus, bevor er groß über seine Worte nachdenken konnte.

Anne trat abrupt auf die Bremse und würgte dabei den Motor ab.

Voller Entsetzen blickte sie ihren Kollegen an. »Würdest du das bitte wiederholen?«

»Ernsthaft?« Ungläubig schaute Luke sie an.

Anne nickte.

Luke witterte bereits den Rauschmiss und versuchte, seine Worte etwas abzuschwächen. »Ich schätze, die Menschheit würde aussterben, wenn du die letzte Frau wärest. Du bist nicht gerade das vorzeigwürdige Paradebeispiel einer Frau. Du bist eher etwas…ungewöhnlich«, redete er sich um Kopf und Kragen.

»Hast du einen Knall? Wie redest du eigentlich mit mir? Ich bin doch nicht HÄSSLICH!« Brüskiert blitzte Anne ihn an - was sie nicht gerade schöner machte.

Luke betrachtete sie ehrlich und aufmerksam. »Um ehrlich zu sein, doch.«

Anne holte tief Luft.

Schnell hob Luke seine Hände. »Aber natürlich liegt Schönheit im Auge des Betrachters. Und wahre Schönheit kommt ja, wie wir alle wissen, von innen. Vielleicht findet der passende Mann ja bei dir die wahre Schönheit, wenn er lange genug sucht.«

»Raus!«

Luke saß wie vom Donner gerührt auf dem Beifahrersitz und rührte sich nicht. Der Regen prasselte noch immer hart gegen das Autodach.

»RAUS!«, brüllte Anne ein zweites Mal.

Luke schluckte.

Das letzte Mal, als man ihn verbannt hatte, war vor exakt dreitausend Jahren gewesen.

Was hatte er, beim Jupiter, denn dieses Mal bloß angestellt? Er hatte ihr nur die Wahrheit gesagt und ihr damit einen Gefallen getan. Das war für sie doch eher als Chance zu betrachten, etwas an ihrem Äußeren zu ändern. Andere waren vermutlich nicht so mutig, darum sah sie auch so aus, wie sie aussah, und war noch immer Single.

»Hätte ich dich anlügen sollen? So, wie alle Menschen, die du kennst?«, fragte Luke schließlich. »Wie du bereits sagtest, bist du immerhin schon 28 Jahre alt. Du hast noch immer keinen Mann. Nicht einmal einen Freund. Und das liegt mit sehr hoher Wahrscheinlichkeit daran, dass du dich hässlicher machst, als du bist. Du färbst deine Haare in den geschmacklosesten Farben; du trägst diese fruchtbar langen Ohrringe; deine Kleidung ist wie aus einem Haufen abgetragener, abgewetzter, bunter Reststoffmischungen zusammengenäht und dein Gesicht ist so farblos wie eine traurige Schaufensterpuppe, bei der sie vergessen haben, sie anzumalen. Wenn du nicht bald etwas aus dir machst, wirst du als einsame Greisin enden. Wie meine Vermieterin, Witwe Krummbein. Zeig mir den Mann, der so eine scheußliche Gestalt wie dich beglücken will! Ich würde dich nicht einmal im Dunkeln verführen wollen.«

Anne holte erneut tief Luft und heulte schließlich so unvermittelt los, dass Luke ganz unsicher wurde.
Wie ein gebrochener Staudamm purzelten die Tränen über Annes Wangen und rissen tatsächlich ein paar Wimperntuschenreste mit sich - bis eben war Luke nicht einmal bewusst gewesen, dass sie überhaupt angemalt war!
»Ich finde, es gibt genug verlogene Menschen auf diesem Erdball, die anderen nicht die Wahrheit sagen«, sagte Luke tonlos. »Und ich finde, du hast die Wahrheit verdient, damit du endlich mal was aus dir machen kannst. Denn du bist klug und manchmal kannst du sogar nett sein.«
Plötzlich musste Anne lachen. Kopfschüttelnd startete sie den Motor wieder und lachte vor sich hin, während die ungeduldigen Autofahrer hinter ihnen bereits hupten.
»Ja, ja, ich fahr ja schon!« Sie schluckte. »Es gibt Dinge, lieber Luke, die sollte man einer Frau niemals an den Kopf werfen«, sagte sie, noch immer kichernd. Schniefend wischte sie sich die Tränen ab.
»Und das betrifft ihr Aussehen«, schlussfolgerte Luke.
Anne nickte. »Nicht nur das. Sage einer Frau niemals, dass sie hässlich ist oder gar schlecht im Bett. Oder dass sie einen zu dicken Körper hat…«
»Warum nicht? Eine Frau, die etwas mehr auf den Rippen hat, ist doch beim Sex viel besser anzupacken. Im Mittelalter wussten das die Herren der Schöpfung noch zu schätzen. Warum sollte man sich als Mann mit Knochengerüsten abgeben, die auseinanderbrechen, sobald man etwas härter zustößt? Was ist das für ein kranker Schlankheitswahn? Es reicht doch, wenn wir Männer schlank und durchtrainiert sind.«
Anne rümpfte die Nase. »Meinst du das ernst?«

»Natürlich! Im Mittelalter war es groß in Mode, dass Frauen, die etwas auf sich hielten, auch entsprechend gut genährt waren. Die Sportlichkeit ließ allerdings zwischen den Jahrhunderten auch beim Mann etwas zu wünschen übrig. Aber das hat sich ja, Athene sei Dank, in den letzten Jahren geändert.«
»Toll, dann hätte ich auch im Mittelalter keinen Mann abgekriegt. So dünn wie ich bin.«
»Stimmt«, pflichtete Luke ihr bei, zog bei ihrem merkwürdigen Seitenblick jedoch gleich den Kopf ein. »Du bist viel zu dünn, um ehrlich zu sein. Du solltest mehr essen!«
»Ich mag mich zufälligerweise so dünn.«
»Gut. Vielleicht erbarmt sich ja ein Mann und heiratet dich trotz deiner Knochen. Aber du solltest nicht zu lange warten. Männer heiraten ungerne Frauen mit grauen Haaren.«
Anne blies die Backen auf. »Mein lieber Scholli! Heute gibst du mir aber Breitseite, was? Hast du irgendein Wahrheitsserum getrunken? Oder habe ich dich mit irgendeiner Bemerkung verletzt, dass du es mir heimzahlen willst?«
»Nein, nicht, dass ich wüsste. Es ist alles in bester Ordnung. Du solltest dich freuen, dass sich Jörg für einen Seitensprung mit dir interessiert. Eine Affäre ist schließlich besser, als gar kein Sex.«
»Luke! Du bist unmöglich!«
»Ich sagte nur, dass du dich glücklich schätzen kannst, dass tatsächlich ein Mann in deinem Bett landen will.«
»Puh! Na, heute ist es nur gut, dass ICH die Holztrulla interviewe und nicht du! Am besten hältst du gleich vor Ort die Klappe. Sonst vergraulst du auch noch unsere Kundschaft.«

»Gut. Wenn du das wünscht.« Luke lächelte.

Er redete ohnehin nicht gerne so viel mit den Menschen vor Ort.

Wenige Minuten später erreichten sie den Schauplatz des Einsatzes: die Werkstatt der sogenannten ›*Holztrulla*‹. Anne parkte den Wagen in einem kleinen Innenhof und stieg aus. Der Regen hatte aufgehört und so kamen sie trockenen Weges vom Auto zum Haus.

Ehrfürchtig bestaunte Luke die vielen, aufwendig aus Holz hergestellten Statuen, die den Innenhof zierten.

Vor einer blieb er stehen.

Sie zeigte seinen Vater.

Bei seinem Anblick war es ihm, als hätte er Jupiter erst gestern gesehen. »Beim Jupiter, er sieht aus wie echt!«, entfuhr es ihm.

»Dankeschön!«

Luke wirbelte herum und stand vor dem wohl schönsten Geschöpf, das das Universum je erschaffen haben mochte. Ihre langen, dunkelbraunen Locken flossen über ihre zarten Schultern und wiesen dezent darauf hin, dass dieses weibliche Exemplar mit wohlgeformten Brüsten ausgestattet war, die jedem Mann das Herz höher schlagen ließen.

Unauffällig glitt sein Blick an ihr hinunter.

Sie hatte eine geschwungene Taille und einen starken Hintern. Gebärfreudig, hätte sein Vater gesagt. Genau richtig, um seine Gene zu verteilen. Ihre blauen Augen waren von sehr langen, dunkeln Wimpern umgeben und schwangen ihm den Duft von frischen Früchten entgegen. Sie war perfekt - wie ein Abbild von Aphrodite, der Göttin der Liebe, der Schönheit und der sinnlichen Begierde.

»Stella Morgenstern?«, platzte Anne in den magischen Moment.

Die Wohlgestalt vor ihnen lächelte, wandte ihren Blick aber nicht von Luke ab. Sie streckte ihm die Hand entgegen und sagte: »Richtig. So heiße ich. Dann sind Sie sicherlich die beiden Journalisten vom ›*Blattsalat*‹?«
»Er nicht«, knurrte Anne und deutete auf Luke. »Er ist bloß der Fotograf, dem man nicht zu nahe kommen sollte, weil er einem die Wahrheit unverblümt auf die Nase bindet.«
»Echt?« Interessiert musterte Stella Morgenstern den Fotografen. »Was denken Sie denn über meine Arbeit?«, fragte sie leise.
»Sie ist phantastisch«, erwiderte Luke, ohne den Blickkontakt zu unterbrechen. Er machte sich augenblicklich größer, als er war, streckte seine Brust heraus und versuchte so, sein Gegenüber vor Anne abzuschirmen.
»Luke, wenn du so freundlich wärest…« Anne versuchte sich zwischen sie zu drängeln.
Luke ignorierte Annes Versuche und starrte der Künstlerin weiterhin ins Gesicht.
»Und was genau gefällt Ihnen an meiner Arbeit?«, bohrte die hübsche, kleine Göttin weiter.
»Sie ist erstaunlich präzise. Ich glaube, ich habe noch nie jemanden getroffen, der meinen…Jupiter so exakt nachgebildet hat«, antwortete Luke.
Stella grinste. Dabei zog sich ihr Kussmund weit auseinander. Ihre Augen leuchteten stolz.
»Luke?«
Luke wollte nicht reagieren.
Warum nur war Anne so begriffsstutzig?
Der Moment war einfach zu einzigartig, um ihn sich von diesem missglückten Fall von Weiblichkeit verderben zu lassen. Er ignorierte Annes Unterbrechungsversuche also geflissentlich.

»Fotograf sind Sie?« Stella streckte ihre Hand aus. Luke ergriff sie nickend und widmete sich wieder ihren wunderschönen Augen, ihrem Spiegel zur Seele.

»Ja, er ist Fotograf. Das sagte ich doch bereits. Und es hat ihm offenbar die Sprache verschlagen, obwohl er sonst so ehrlich und direkt ist«, klärte Anne Stella auf. Sie hüpfte hoch, um ihm über die Schulter zu gucken, doch Luke drehte seiner Kollegin einfach den Rücken zu.

Stella lächelte. »Ich mag ehrliche und direkte Menschen. Da weiß man immer, woran man ist. Hat der Herr Fotograf denn auch einen Nachnamen?« Sie riss sich von seinem Anblick - und seiner Hand - los und schaute Anne zum ersten Mal an.

»Er heißt Luke Kanton.«

Stella warf Luke einen koketten Blick zu, bei dem er sie noch vor dreitausend Jahren sofort auf sein göttliches Territorium eingeladen hätte, um sie mit seinen Verführungskünsten zu beglücken.

Aber leider waren sie hier nicht auf dem Berg der Götter und leider klebte Anne wie eine lästige Stubenfliege an ihnen.

»Er ist nur der Fotograf«, wiederholte Anne überflüssigerweise, als wäre ihr Kollege eine stinkende Schmeißfliege.

»Vielleicht könntest du aufhören, mich zu denunzieren?«, warf er Anne freundlich lächelnd an den Kopf.

Anne zuckte gleichgültig mit den Schultern.

»Was denken Sie von diesem Objekt hier?«, fragte Stella und zeigte auf eine weitere Statue, die Apollo im Liebesspiel mit einer weiblichen Schönheit zeigte, die Stella verflixt ähnlich sah. Fast kam es ihm vor, als blickte er ihnen beiden beim Liebesspiel zu.

Lächelnd strich Luke über das perfekt bearbeitete Holz und spürte die Leidenschaft durch seinen Leib fahren, bei dem Gedanken daran, diese Szene mit Stella nachzuspielen. »Apollo ist sehr gut getroffen.«

»Du kennst dich aber gut aus«, bemerkte Anne anerkennend.

»Ich finde, er hat Ähnlichkeit mit Ihnen«, sagte Stella.

»Stimmt. Jetzt, wo Sie das erwähnen«, sagte Anne nachdenklich.

»Und ich finde, Apollos Spielgefährtin hat erstaunliche Ähnlichkeit mit Ihnen, Frau Morgenstern. Wie sind Sie auf das Modell gekommen?«, wandte Luke ein.

»Wenn ICH bitte das Interview führen dürfte?« Anne wackelte mit ihren viel zu großen Augenbrauen. Sie deutete Luke an, Fotos zu machen und sie nicht länger vom Interview abzuhalten.

»Stella Morgenstern. Darf ich Stella sagen?«, fragte sie fast schon verkniffen.

»Ja, bitte.«

»Woher kommen deine Eingebungen?«, fragte Anne, aber Stella wandte sich Luke zu. »Ich schnitze Figuren seitdem ich mit acht Jahren in der Schule einen Schnitzkurs begonnen hatte. Ich liebe Holz und das Holz liebt mich. Außerdem liebe ich die Geschichten der Götter. Der Berg des Olymp hat es mir besonders angetan. Ich wünschte, ich könnte ihn mir ansehen.«

»Schöner Satz. Darf ich mir den ausleihen?« Eifrig schrieb Anne mit.

»Von mir aus, gerne.«

»Warum nennst du deine Figuren fast alle ›*Jupiter*‹? Gab es nicht auch noch einen ›*Zeus*‹?«, wollte Anne wissen, die sich offenbar nicht mit Göttern auskannte.

Stella lächelte. »Zeus war Jupiter. Der Himmelsvater hatte viele Namen.«

»Ist es dann nicht schlauer, die Figuren ›Zeus‹ zu nennen? Der Name ist doch viel geläufiger«, sagte Anne verwundert.

Stella zuckte mit den Schultern. »Mir gefällt der Name Jupiter mehr. Vor allem, wenn ich Liebesszenen nachstelle.«

»Zeus gebrauchte seinen Namen auch nur, wenn er offiziell auftrat. Wenn er mit einer Dame seines Herzens anbändelte, zog er den Namen Jupiter vor«, mischte sich Luke ein.

Stella lächelte ihn interessiert an. »Ehrlich? Sie kennen sich aber auch gut aus, was?«

Luke hob seine Schultern und tat so, als sei es das Normalste der Welt, Geschichten über Götter zu wissen.

»Seit wann verkaufst du deine Skulpturen?«, hakte Anne nach.

»Ich habe meine Firma ›Götterfunke‹ erst seit drei Jahren«, antwortete Stella mit einer Stimme, die gewisse Regionen in Luke zum Singen brachte. »Vorher habe ich mich nicht getraut, den Schritt in die Selbständigkeit zu gehen. Ist ja mit einem hohen Risiko verbunden.«

›Götterfunke‹, was für ein grandioser Name für eine Holzwerkstatt, in der Götterstatuen geschnitzt wurden!

Luke spürte, wie ein Gefühl von Liebe und Heimat durch seine Adern rauschte. Fast wurde ihm ein wenig schwindelig.

Er atmete tief durch.

Stella lächelte erneut ihr umwerfendes Lächeln.

Bei ihrem Anblick wurde ihm ganz warm ums Herz.

»Das ist ein wundervoller Name. Wie sind Sie darauf gekommen, Ihre Werkstatt ›*Götterfunke*‹ zu nennen?«, platzte Luke ins Interview.
Stella baute sich nur wenige Zentimeter vor ihm auf und blickte ihm von unten tief in die Augen.
Luke konnte ihren süßen Atem spüren, ihre Schwingungen versetzten ihn in hellste Aufregung. Lange war es her, dass er körperlich so ergriffen war von einem weiblichen Wesen. Sein Herz fing an zu rasen. Ein schwummriges Gefühl, ein Zustand zwischen Lust und Aufregung, machte sich in seinem Innern breit. Wie eine hungrige Schlange glitt ihm der Adrenalinschub durch den Körper.
Er spürte, dass ihm sein bestes Stück nicht mehr gehorchte. Er hatte ein Eigenleben entwickelt und pochte fast so stark, dass Luke Angst um seine neumodische Jeanshose bekam. Seine Manneskraft wollte den Kerker verlassen und hineingleiten in die göttliche Weiblichkeit, die vor ihm stand.
»Ich liebe Geschichten von Göttern. Vielleicht war ich ja mal auf dem Olymp. In einem früheren Leben. Aber ich bin ›*Stella*‹ und ›*du*‹.« Sie legte ihm ihre Hand auf den Arm, der augenblicklich wie Feuer brannte. »Und eines Tages sprang irgendwie der Funke über. Also kombinierte ich den Namen, und aus meiner Firma wurde der ›*Götterfunke*‹.«
Erschrocken zuckte Luke zurück. Er fürchtete, dass sich versehentlich ein Kugelblitz aus seinen Handflächen lösen könnte. Die Hitze ihrer Berührung benebelte sein Gehirn. Er konnte kaum noch einen klaren Gedanken in ihrer Nähe fassen. »Daher weißt du, dass mein Va…dass Jupiter so aussieht?« Er lächelte das charmanteste Lächeln, welches er aufbringen konnte. »Es sind erstaunlich gute Abbilder von Jupiter und Apollo.«

»Wieso kennst du dich so gut mit Göttern aus, Luke?«, platzte Anne stirnrunzelnd dazwischen. Sie kroch um die Statue herum und schien eine Beschriftung zu suchen.

»Das sieht doch ein Blinder, Anne! Niemand war so perfekt wie der Göttervater höchstpersönlich«, sagte Luke leise, jedoch laut genug, als dass augenblicklich ein Donnerschlag zu hören war.

Anne blickte gen Himmel. »Gewitter? Die Regenwolken sind doch längst weitergezogen. Wir haben einen wolkenlosen, blauen Himmel. Wo kommt das denn jetzt her?«

»Das war wohl ein Gruß der Götter«, erwiderte Stella grinsend. Sie zwinkerte Luke zu. »Ich finde allerdings, dass Apollo um einiges attraktiver ist als sein Vater.«

Es donnerte erneut.

Luke grinste.

Das schien seinem alten Herrn nicht gefallen zu haben.

Luke blickte Stella an und augenblicklich beschleunigte sich sein Herzschlag. Fast konnte er den Geschmack ihrer Haut spüren. Während sich ihre Augen sich förmlich in seine Seele bohrten, konnte er seinen Blick nicht mehr von ihr lösen. »Stella«, hauchte er so aufreizend wie möglich, während seine Kollegin auf dem Boden herumkroch, »schnitzt du auch Abbilder von dir gemeinsam mit anderen Göttern?«

»Nein. Es gibt nur diese eine Statue von mir und Apollo. Ich wäre kein Weib für Jupiter oder andere Götter. Ich fühle mich nur zum Gott des Lichts hingezogen.«

»Ich hätte es auch bedauert, wenn du ein Weib meines Vaters gewesen wärest«, erwiderte Luke gedankenverloren.

»Luke, bist du übergeschnappt?« Anne drängte sich zwischen sie und fasste Luke an die Stirn. »Hast du Fieber? Dein Vater? Dein Vater wird doch wohl kaum Jupiter sein! Du bist ein Mensch. Jupiter war ein Gott. Und warum sollte Stella mit ihren 29 Jahren ein Weib deines Vaters gewesen sein?« Kopfschüttelnd schnalzte sie mit der Zunge und ging ein paar Schritte im Hof herum, um sich Notizen zu den Skulpturen zu machen. »Heute bist du echt komisch drauf!« Während sie sich Notizen machte, redete sie leise vor sich hin. »Vielleicht hat er Drogen genommen. Das würde sein höchst eigenartiges Verhalten erklären.«

»Mein Vater ist auch ein großer Fan von Jupiter«, versuchte Luke sich herauszureden.

Stella nickte. »Das dachte ich mir bereits. Wer weiß«, hauchte sie die Worte, »vielleicht hat der alte Göttervater mich geschickt, um dich zu holen?« Sie zwinkerte ihm zu und veranlasste sein Herz, einen fast schmerzhaften Hüpfer zu tätigen. Sie entfernte sich von ihm und suchte das Gespräch mit Anne.

Luke blickte ihr nach.

Hatte sie Recht?

Hatte der alte Jupiter Sehnsucht nach seinem Sohn, nachdem er ihn ganze dreitausend Jahre hatte schmoren lassen? Hatte er ihm wirklich eine wahre Gottesanwärterin geschickt, damit er endlich nach Hause zurückkehren konnte? Bei diesem Gedanken empfand er zum ersten Mal seit langer Zeit Liebe für seinen Vater statt Zorn.

»Wofür steht der Schwan?«, fragte Anne mit gezücktem Kugelschreiber.

»Jupiter hat sich Leda, eine seiner Frauen, in der Gestalt eines Schwanes genähert. Dies stellt ein Abbild dieser Szene dar«, erklärte Stella.

Ihre Stimme klingelte in Lukes Ohren und setzte einen Impuls in seinem Kopf frei, der ihm ein weiteres Schwindelgefühl einbrachte.

Beim Jupiter, diese Frau brachte ihn noch um seinen Verstand!

»Und warum hast du einen Stier geschnitzt? Er hat irgendwie etwas Menschliches. Wieso steht der Stier vor einer Frau?«, bohrte Anne weiter.

»Jupiter hat sich Antiope als Satyr oder auch als Stier genähert«, kam Luke Stella mit einer Antwort zuvor. »Antiope war die Tochter des Flussgottes Asopos, oder auch König Nykteus. Mit ihr zeugte Jupiter die Zwillinge Zethos und Amphion. Im Übrigen ganz schön verwöhnte Kotzbrocken, wie man heute sagen würde.«

Stella blieb stehen und musterte Luke interessiert. Noch während ihre Augen seinen Körper scannten, spürte er die Erregung wie eine hungrige Schlange durch seine Eingeweide rauschen. Augenblicklich hoffte er, die Hose war stabil genug, um seine Bereitschaft nicht zu verraten.

»Ich sehe, du kennst dich bestens mit Jupiter aus«, sagte Stella anerkennend. »Ich habe noch nie einen Mann getroffen, der über dein Wissen verfügte.«

Luke zuckte mit den Schultern. »Kunststück! Ich bin quasi mit Jupiter aufgewachsen.«

Stella hob eine Augenbraue.

Sie sah dabei so zum Anbeißen verführerisch aus, dass er den dicken Kloß in seinem Hals hinunterschlucken musste. Gott, er würde was drum geben, wenn er sie auf der Stelle in die fleischlichen Gelüste entführen könnte!

Das einzige Hindernis war Anne.

Wie wurden sie die Ausgeburt des Journalismus wieder los?

»Und was ist dann die Bedeutung dieser merkwürdigen Flammengestalt? Oder hier? Was ist das?« Anne zeigte auf eine Skulptur, bei der Luke sofort wusste, dass sie Goldregen darstellen sollte. Sein Vater hatte sich einst in

Goldregen verwandelt, um Danae seine Aufwartung zu machen. Eine seiner Glanzleistungen der Verwandlung - und eine wahre Glanzleistung von Stella, diese Figur so überzeugend echt zu schnitzen.

Wenn er es recht überlegte, war sein alter Herr doch auch ein ziemlich vielbeschäftigter Schwerenöter gewesen, wobei er jede seine Liebschaften als ›wahre Liebe‹ deklariert und gerechtfertigt hatte.

»Vater hatte ein Auge auf die schöne Danae geworfen«, platzte Luke gedankenlos heraus. »König Argos, ihr Vater, verwahrte sie in einem Verlies. Jupiter fand einen Weg durch das Dach des Gefängnisses, indem er sich in goldenen Regen verwandelte. Er verführte sie mit allen Künsten eines ehrbaren Gottes und schenkte ihr einen Sohn. Perseus war auch wirklich ein umgänglicher Geselle gewesen. Ich mochte ihn.« Luke streichelte gedankenverloren über die Skulptur. Sie war einfach phantastisch. »Die Skulptur ist ein Meisterwerk. Du bist eine Göttin der Schnitzkunst, Stella!«, sagte er leise.

Anne schnalzte mit der Zunge. Empört drehte sie sich weg. »Göttin der Schnitzkunst! Geht es noch schmalziger?«

Stella jedoch kam wieder neugierig näher. »Was weißt du noch über Danae?«

Luke zuckte mit den Schultern. »Akrisios, die alte Mistkrähe, schloss seine eigene Tochter Danae und ihren Sohn in eine hölzerne Kiste und setzte sie auf dem Meer aus. Er fürchtete, dass die Prophezeiung eintreten und sein eigener Enkel ihn töten würde. Also wollte er die beiden aus dem Weg räumen. Aber mein Onkel, also ich meine, Poseidon, Jupiters Bruder, glättete das Meer, damit beide nicht ertranken.«

Stella hing an seinen Lippen und er spürte, wie sie ihren Körper gegen seinen Arm drückte. Er konnte kaum noch einen klaren Gedanken fassen. In seinem Kopf rauschte es, er wollte nur noch eins: sie küssen.
»Was geschah dann?«, hauchte Stella ihm zu.
Ihr Atem löste einen Schauer auf seinem Rücken aus. Die Erregung hatte längt von ihm Besitz ergriffen, er konnte sich nur noch mit Mühe und Not beherrschen.
»Sie wurden auf einer Insel angespült. Ein Fischer namens Diktys fand sie und brachte sie zu seinem Bruder, Polydektes, den König der Insel. Dieser war allerdings ein Schwein. Er stellte Danae nach, so dass Diktys und Perseus sie beschützen mussten. Perseus wuchs heran und wollte schließlich das Haupt des Gorgonen Medusa erbeuten, weil dieser jeden, den er ansah zu Stein verwandelte«, fuhr Luke unter größter Anstrengung fort.
Beim Jupiter, es war ewig her, dass er an die alten Familiengeschichten gedacht hatte.
Stella lehnte sich gegen ihn.
Er spürte ihre Wärme, roch ihren zarten Duft nach Obstgarten. Er benebelte seine Sinne. Luke starrte ihr auf die vollen Lippen und überlegte, wie er es anstellen konnte, sie zu berühren, ohne davongejagt zu werden.
»Und dann tötete Perseus seinen Großvater Akrisios tatsächlich unbeabsichtigt, als er einen Diskus warf und dieser seinen Großvater am Kopf traf«, flüsterte Stella.
Luke sah ihre Zungenspitze tanzen, während sie redete und dann war es um ihn geschehen. Aller Vorsicht zum Trotz beugte er sich vor und war im Inbegriff, sie zu küssen - sie hatte schon erwartungsvoll die Augen geschlossen - als sie von einer tiefen, männlichen Stimme unterbrochen wurden. »Hallo Stella, meine Süße!«

Luke schloss die Augen. Verzweifelt, hungrig und vor allem verärgert über die Unterbrechung.
Stella wandte sich von ihm ab und lächelte den Mann an. Er war etwa Mitte dreißig, hatte blonde Haare und freundliche blaue Augen. Der Mann beugte sich vor und vollendete den Job, den Luke gerade hatte erledigen wollen: Er küsste sie - allerdings nur auf die Wange.
»Hallo Toni! Schön, dass du da bist!«
In Sekundenschnelle verschwand Lukes Erregung, wurde durch den Schock vertrieben, der ihm durch die Glieder gefahren war.
Sie war liiert?
Sie hatte einen Freund oder gar einen Mann?
Beim Jupiter, DAS war sein Ende!
Er konnte sich eigentlich auch gleich von der Brücke stürzen, ab in die ewigen Jagdgründe eintauchen.
Warum tat Jupiter ihm das an?
Hatte sein Vater ihn nicht schon genug leiden lassen?
Der blonde Mann ergriff ihre Hände. »Gut siehst du aus, mein Schatz! Hast du gleich Zeit für mich?«
Stella erwiderte den Druck seiner Hände und lächelte ganz verliebt. »Natürlich! Ich bin nur gerade im Interview. ›Blattsalat‹ will über mich schreiben. Das ist eine echte Gelegenheit.«
Erfreut nickte der Mann. Dann wandte er sich an Luke. »Dann sind Sie der Fotograf? Ich bin Toni Morgenstern. Schön, dass Sie sich für Stellas Kunst interessieren.«
Toni Morgenstern?
Binnen Sekunden war dieser Mann zu Lukes größtem Feind geworden, denn ganz offenbar war er ihr Ehemann.
»Freut mich…«…leider überhaupt nicht, dachte Luke seinen Satz zuende, lächelte aber gequält, was sein Gegenüber nicht bemerkte.

Anne räusperte sich.

Sie hatte ihre langen Ohrringe und sogar ihre blauen Haarsträhnen auf wundersame Weise entfernt - Luke hatte gar nicht gewusst, dass die Dinger künstlich angebracht gewesen waren.

Konnte man Haare wie ein Kleidungsstück an- und ausziehen? Verwundert schaute er in ihre Tasche, aus der noch ein paar vorwitzige blaue Strähnen herauslugten.

»Anne Müller vom ›*Blattsalat*‹. Freut mich auch außerordentlich«, stellte sie sich vor.

Anne wurde rot.

Knallrot.

Und verlegen.

Merkte sie nicht, dass Toni mit Stella verheiratet war? Er war nicht mehr zu haben, und doch legte sie sich ins Zeug, als sei er der letzte Mann, den es noch zu angeln galt.

Kopfschüttelnd wandte Luke sich ab.

Das konnte er nicht mit ansehen. Seine Kollegin mit ihrer verunglückten Modemasche schmiss sich an den Mann SEINER Auserwählten ran. Das war einfach zu viel für einen dreitausenddreißig Jahre alten Göttersohn.

Luke betrat die Werkstatt und nahm den wohlwollenden Duft von Holz und Parfüm wahr.

Stella war an ihre Werkbank gegangen, um zu schnitzen.

»Willst du dich gar nicht länger interviewen lassen?«, fragte Luke überrascht.

»Ich dachte, ich posiere mal für ein paar Fotos«, entgegnete Stella und pustete sich eine Haarlocke aus dem Gesicht.

Wieder regte sich der verräterische Kerl in Lukes Hose. Mit einer leicht zu engen Hose näherte er sich dem Objekt seiner Begierde.

»Du bist die schönste und talentierteste Künstlerin, die mir je vor die Kamera gekommen ist«, entfuhr es ihm, während er sie knipste.

Stella lachte laut auf. »Du bist ja ein charmanter Lügner! Aber trotzdem danke für das Kompliment.«

Das war noch so ein merkwürdiges Ding: Frauen von heute konnten keine Komplimente annehmen! Sie taten sich leichter, wenn man sie beschimpfte.

Luke konnte gar nicht mehr aufhören, auf den Auslöser zu drücken.

Diese Frau war der absolute Wahnsinn!

Er würde sämtliche Wände seines Zimmers bei Witwe Krummbein mit ihren Bildern bepflastern.

Stellas lockeres Shirt rutschte ihr über die Schulter und entblößte die nackte Haut.

Luke fing an zu schwitzen.

Beim Göttervater, er wollte diese Frau!

Und wie er sie wollte!

Mehr, als er je eine Frau hatte haben wollen!

Sie war perfekt.

Sie…

Luke stutzte.

Sie hätte seine Rückfahrkarte zum Berg des Olymp sein können, wenn sie nicht bereits liiert gewesen wäre!

Sie war die Frau, der er sein Herz hätte schenken können.

Dieser Gedanke traf ihn wie ein Schlag in die Magengrube.

Würde Jupiter ihn auch zurücklassen, wenn er UNGLÜCKLICH verliebt war? Hatte der Himmelsvater nicht gesagt, er, Apollo, sollte die wahre Liebe FINDEN? Musste diese dann nicht auch erwidert werden? Beim Jupiter, warum hatte er DARÜBER eigentlich noch nie nachgedacht?

Verzweiflung mischte sich in seine rauschenden Gefühle von Liebe und Erregung. Ihm wurde plötzlich bewusst, dass sein Leben als Göttersohn auf dem Berg seiner Urväter unerreichbar schien. Er hatte die Frau gefunden, die seine Liebe verdiente und nicht nur sein Herz, sondern auch seinen Verstand und seine Fleischeslust erobert hatte. Und ausgerechnet SIE war bereits vergeben.
Was war er nur für ein armer Tropf!
Luke hatte aufgehört zu fotografieren.
Stella hielt inne und schaute ihn verwundert an. »Gibt es Probleme? Sitzt mein Haar nicht mehr?« Unsicher zog sich Stella ihr Shirt wieder über die Schulter.
Luke starrte sie einfach nur an.
»Es ist alles perfekt«, sagte er fast wie erstarrt. Er zwang sich zu einem Lächeln, aber es gelang ihm nur schmählich.
»Du siehst aus, als hättest du ein Gespenst gesehen«, sagte Stella mitfühlend. Sie legte ihr Werkzeug beiseite und kam direkt auf ihn zu.
Flucht!
Er musste flüchten.
Er durfte nicht in ihrer Nähe sein, sonst würde er noch durchdrehen und über sie herfallen.
Luke hob eine Hand. »Vielen Dank! Ich habe dann alles im Kasten, glaube ich.« Er drehte sich weg und verließ das Atelier. So bekam er nicht mit, dass Stella ihm hinterherblickte, als hätte er ihr eine Ohrfeige verpasst.
»Bist du fertig, Luke?«, fragte Anne eine Tonlage zu hoch. Sie lächelte nervös und fuchtelte wie eine Irre in der Luft herum.
Luke nickte nur.
Ihm war nicht mehr nach Reden zumute.
Er musste hier weg.

Weg vom Ort der Verführung.
Weg vom Ort, der seine Rettung hätte sein können.
Weg von der Frau, die sein Herz binnen Sekunden erobert hatte.
Der Berg des Olymp schien ihm mit einem Mal Lichtjahre entfernt. Würde er je wieder nach Hause zurückkehren können?

# Der Auftrag

Der Regen prasselte unaufhörlich gegen die Scheiben ihres Ateliers. Seufzend legte Stella Morgenstern die Feile nieder und besah die Skulptur, die sie gerade fertigte.
Sie war noch lange nicht fertig - und perfekt schon gar nicht.
Perfektion war eines ihrer größten Laster.
Sie MUSSTE die Bilder, die in ihren Träumen so dominant waren, einfach in ihren Holzskulpturen zum Ausdruck bringen.
Weshalb sie ausschließlich vom Berg des Olymp träumte, obwohl sie glaubte, nie dort gewesen zu sein, wusste sie nicht. Es war, als wenn jemand ihr Erinnerungsvermögen ausgelöscht - oder ihr Erinnerungen und Bilder eingepflanzt hatte.
Sie war zwar als Adoptivkind ihrer wirklich liebevollen menschlichen Ersatzeltern und deren leiblichen Sohn Toni aufgewachsen, aber es blieb immer irgendwie das Gefühl, dass sie nicht hierher gehörte.
Ihre Adoptivmutter war vor zwei Jahren bei einem Autounfall tödlich verunglückt. Seitdem lebte ihr Adoptivvater sehr zurückgezogen in einer Waldhütte. Der Verlust seiner Frau hatte ihm das Herz gebrochen.
Seit dem Tod ihrer Adoptivmutter wurde Stella immer häufiger in ihren Träumen von Jupiter und Apollo heimgesucht. Es verging kaum eine Nacht, in der sie nicht wenigstens einem der beiden Götter begegnete. Wobei sie zugeben musste, dass sie Apollo mit jeder Faser ihres

Herzens liebte und seine Anwesenheit noch mehr genoss als die seines Vaters.
In drei Wochen sollte ihre erste Ausstellung stattfinden und bis dahin musste noch vieles erledigt werden.
Toni, der eigentlich eine Sicherheitsfirma hatte, half ihr bei den Vorbereitungen, wo er konnte.
»Süße, was ist los? Den kritischen Blick kenne ich doch«, rief Toni ihr zu. In der Hand hielt er eine Scheibe Brot und einen Kaffeebecher.
»Alles gut, Toni. Ich habe nur nachgedacht.«
»Das kommt in letzter Zeit aber häufig vor. Machst du dir Sorgen, dass deine Ausstellung schiefgehen könnte?« Er umrundete die Werkstattbank und gab ihr einen Kuss aufs Haar. »Meine kleine Göttin! Ich habe bereits alles organisiert. Gästeliste geschrieben, Einladungen verschickt, Caterer ist bestellt. Es wird nichts schiefgehen. Und es werden VIELE Leute kommen, die deine phantastischen Götterfiguren kaufen wollen.«
Stella lächelte. »Wenn ich dich nicht hätte…«
Toni war der beste Bruder des Universums.
»Rufe doch mal bei der Zeitung an! ›Blattsalat‹ kommt in jeden Haushalt. Die könnten doch einen Vorbericht über deine Ausstellung schreiben. Und wenn sie sich weigern, dann kaufst du eben eine Anzeige. Oder du verweist auf mich als sehr guten Anzeigenkunden. Die sollen dir einen PR-Artikel verschaffen.« Toni biss noch einmal von seinem Brot ab und drückte ihr einen weiteren Kuss auf. »Ich muss los, mein Schatz! Sei fleißig und arbeite konzentriert! Ich möchte heute Abend keine blutenden Finger verbinden müssen.«
Stella lachte leise. »Ich verletze mich selten, das weißt du doch!«

»Ich weiß. Und wenn, verheilt deine Wunde wie durch ein Wunder innerhalb von einer Nacht. Wenn ich es nicht besser wüsste, würde ich sagen, du bist eine Zauberin!«
»Ich bin eine Hexe«, witzelte Stella.
Toni lachte. »Vielleicht bist du auch ein Alien und auf dem Planeten, von dem du kommst, gesunden alle Bewohner quasi über Nacht.« Er nahm ein Schnitzmesser von der Werkbank. »Wenn ICH mich damit schneide, brauche ich WOCHEN, bis meine Wunden verheilt sind. Ist schon komisch, oder?«
Stella zuckte mit den Schultern. »Deine Eltern haben mich als Mündel im Wald gefunden, als ich noch ein kleines Mädchen war. Wer weiß, was ich für Vorfahren habe. Vielleicht bin ich ja wirklich eine Hexe.« Sie zwinkerte ihm zu.
Kaum war Toni aus der Werkstatt gerauscht, griff sie seufzend zum Telefonhörer.
Sie hasste es, irgendwo als Bittsteller aufzutreten, aber sie hatte keine andere Wahl, wenn sie endlich Kunden an Land ziehen und nicht mehr nur für ihr Atelier schnitzen wollte. Also rief sie in der Redaktion an, die aufgrund des Sommerlochs - wie sich die Sekretärin äußerte - heute noch ein Journalistenteam vorbeischicken würde.
Mit klopfendem Herzen legte sie den Hörer auf und widmete sich wieder ihrer Jupiterskulptur.
Doch nach einer halben Stunde hatte sie keine Lust mehr, den Göttervater zu kreieren.
Sie wollte Apollo schnitzen.
Stella wandte sich von Jupiters Skulptur ab und nahm sich einen neuen Holzklotz. Sie entschied Apollo zu schnitzen, der sich in eine Eule verwandelte. Davon hatte sie erst letzte Nacht geträumt, obwohl sie keinerlei schriftliche

Aufzeichnungen hatte finden können, dass er, wie sein Vater, ein Gestaltenwandler war.

Stunden später - sie war weder zum Essen noch zum Trinken gekommen, und war nicht nur vollkommen durchgeschwitzt, sondern auch voller Sägespäne -, blickte sie auf die Uhr.

Es war nach fünfzehn Uhr.

Eilig legte sie das Werkzeug ab und flitzte in ihre angrenzende Wohnung, um schnell unter die Dusche zu springen. Dann holte sie sich eine neue Jeans-Latzhose aus dem Schrank und zog sich ein leichtes, olivgrünes T-Shirt drunter mit neckischem Ausschnitt.

Ihre frisch gewaschenen Haare ließ sie luftrocknen, auch wenn sie Gefahr lief, dass sich die Locken bis sonst wohin kringeln würden. Dann legte sie etwas Make-up auf und betonte die Augen mit einem Kayalstift und etwas Mascara. Sie brauchte nie viel Make-up, denn sie war mit einer unglaublichen, fast unmenschlichen Schönheit gesegnet. Ein letzter Blick in den Spiegel und sie lief zurück in ihre Werkstatt.

Der Regen hatte mittlerweile aufgehört und so langsam verzogen sich die dunklen Regenwolken, um einen strahlend blauen Himmel in die Freiheit zu entlassen.

Durch den Torbogen ihres Innenhofes sah Stella ein altes, graues Auto vorfahren.

Eine viel zu dünne Frau mit blauen Haarsträhnen, bunten Klamotten und wirklich SEHR auffälligen Ohrringen stieg aus. Ob das die angekündigte Journalistin war?

Stella eilte in ihre kleine Küche und trank etwas kalten Tee. Dann stopfte sie sich eilig ein paar Früchte in den Mund. Mit knurrendem Magen wollte sie nicht ins Interview starten.

Sie kaute, schluckte und rannte schließlich aus ihrer Werkstatt, um die Journalistin zu begrüßen, als ihr ein Mann vor die Linse kam.
Bei seinem Anblick traf sie fast der Schlag!
Beim Jupiter, er sah haargenau so aus wie Apollo, dachte Stella fast schon entsetzt.
Er hatte perfekt geschnittenes, braunes Haar, liebevolle, blaue Augen und ein SEHR markantes Gesicht umrahmt von einem dezenten, aber sehr männlichen Bart. Seine breiten Schultern betonten seine durchtrainierte Brust, die darauf schließen ließen, dass er dem Sport sehr verbunden war.
Ihr Herzschlag nahm zu, ihr Puls raste.
Schweiß brach ihr aus.
Noch NIE hatte sie ein Mann DERART außer Kontrolle gebracht!
Er sah aus wie der Göttersohn höchstpersönlich.
DAS war Apollo in persona!
Als er sich ihr zuwandte und sich ihre Blicke trafen, wusste Stella, sie war zuhause angekommen.
DAS war der Mann aus ihren Träumen.
Der Mann, für den sie bestimmt war.
Und noch etwas tauchte plötzlich in ihrem Kopf auf: Jupiter, der ihr den Auftrag gab, seinen Sohn nach Hause zu bringen.
»*Wenn du ihn triffst, wird dieser Auftrag in dir erweckt werden wie ein schlafendes Kind*«, sagte Jupiter. Er saß auf seinem Thron und blickte gütig auf sie herab. »*Aber du darfst dich nicht zu erkennen geben. Er muss sich in dich verlieben und glauben, die wahre Liebe habe ihn endlich heimgesucht.*«
»*Aber ich bin noch ein Kind, Allvater*«, hatte sie geantwortet.

»*Hab keine Angst! Ich werde dich als kleines Mädchen nicht ohne Schutz in die Welt der Menschen entlassen. Du wirst wie ein Menschenkind aufwachsen, auch wenn du eine Halbgöttin bist. Du wirst bei deinem irdischen Vater und dessen Familie leben, die dich über alle Maßen lieben wird. Und wenn du zur Frau erblüht bist, wirst du ihm begegnen.*«
»*Aber wie werde ich Apollo erkennen, Jupiter?*«, fragte sie den Göttervater.
Er lächelte auf sie herab. »*Dein Herz wird erblühen, wenn du ihm begegnest. Und dann wirst du wissen, dass du auf die Erde geschickt wurdest, um meinen Sohn auf den Berg des Olymp zurückzubringen.*«
Stella schüttelte den Kopf, doch die Erinnerung, die sich darin abspielte, ließ sich nicht abschütteln.
Drehte sie langsam durch?
War sie überarbeitet?
Oder war sie tatsächlich kein menschliches Wesen?
Wer oder was war sie?
Sie hatte jedoch keine Gelegenheit, weiter darüber nachzudenken, denn Apollos Abbild verschlang sie fast mit seinen Augen. Langsam kam er auf sie zu.
»Stella Morgenstern?«, platzte die dünne Frau mit den blauen Haaren dazwischen.
Stella lächelte höflich, aber sie schaffte es nicht, ihren Blick von dem Mann abzuwenden, der ihren Träumen lebendig entsprungen war. Er lächelte und wiederholte die Frage der Frau: »Stella Morgenstern?«
Stella streckte ihm die Hand entgegen und sagte: »Richtig. So heiße ich. Dann sind Sie sicherlich die beiden Journalisten vom ›*Blattsalat*‹?«
»Anne Müller. Ja. Aber er nicht«, knurrte das Skelett mit den blauen Haarsträhnen und deutete auf ihren Kollegen

mit der Kamera. »Er ist bloß der Fotograf, dem man nicht zu nahe kommen sollte, weil er einem die Wahrheit unverblümt auf die Nase bindet.«
Stella musterte die Frau argwöhnisch.
Warum redete sie so abfällig von ihrem Kollegen? Wusste sie nicht, dass er ein unsterblicher Göttersohn war? Hatte sie keine Angst vor seinen göttlichen Fähigkeiten?
Der Fotograf ergriff Stellas Hand und just in diesem Moment war es, als wenn jemand einen Schlüssel zu einer Tür ihrer Geheimnisse geöffnet hätte. Sie wusste augenblicklich, sie war tatsächlich von Jupiter beauftragt worden, seinen Sohn zurückzubringen und das war sein Sohn.
DAS war Apollo!
Aber wer war sie, wenn sie kein Mensch war?
Etwa eine Halbgöttin?
Oder gar eine Göttin?
Ein verzaubertes Lichtwesen?
Interessiert musterte sie den Fotografen. »Was denken Sie über meine Arbeit?«, wandte sie sich an ihn.
»Sie ist phantastisch«, sagte der Göttersohn, ohne den Blickkontakt zu unterbrechen.
»Luke, wenn du so freundlich wärest…« Die Journalistin versuchte, sich zwischen sie zu drängen.
Apollo, der den irdischen Namen ›*Luke*‹ zu tragen schien, ignorierte seine dürre Kollegin und blickte sie weiterhin intensiv an. Und dann sah sie in seinen Augen so etwas wie Interesse und Leidenschaft aufblitzen.
»Und was genau gefällt Ihnen an meiner Arbeit?«, bohrte Stella weiter.
Sie wollte, dass er mit ihr sprach.
Sie wollte seine unglaubliche Stimme hören, sie in sich aufsaugen, als wäre sie Nahrung. Jeder einzelne Bewegung seiner Lippen ließ sie erzittern.

»Sie ist erstaunlich präzise. Ich glaube, ich habe noch nie jemanden getroffen, der meinen…Jupiter so exakt nachgebildet hat.«
Seine Aussage machte sie stolz.
Seine Worte lösten eine weitere Erinnerung aus: Sie saß als kleines Mädchen auf dem Berg des Olymp und schnitzte Figuren.
»*Du bist die talentierteste Halbgöttin in der Schnitzkunst, die der Götterberg je gesehen hat, Stella!*«, sagte eine wunderschöne Frau zu ihr.
»*Danke, Mutter!*« Stella lächelte die Frau an, die ihr daraufhin einen Kuss gab. »*Dein menschlicher Vater, Primus Morgenstern, ist ein begnadeter Schreiner. Er wird gut auf dich aufpassen und für dich sorgen, wenn du bei den Erdlingen bist*«, sagte sie zu ihr.
»*Warum muss ich denn von dir fortgehen, Mutter?*«, fragte sie traurig.
Ihre Mutter lächelte sie an. »*Weil du die einzige bist, die Jupiters Auftrag ausführen kann. Du bist meine Tochter, die Tochter von Aphrodite, der Göttin der Liebe, der Schönheit und der sinnlichen Begierde. Wer sonst könnte den großen Apollo zurückbringen, wenn nicht du?*«
Stella nickte tapfer. »*Aber du wirst mir fehlen, Mutter!*«
»*Du mir auch, mein Liebes. Aber ich werde immer über dich wachen, während du bei deinem Vater und seiner Frau Phaedra aufwachsen wirst. Sie ist eine außergewöhnlich gute Künstlerin der Schnitzkunst. Sie wird dich lehren, noch besser zu werden. Und sie wird dich großziehen wie ihr eigenes Kind, nicht wissend, dass du ein Spross ihres Mannes und mir bist, ein Kind, welches aus reiner Liebe gezeugt wurde.*«
»*Dann werde ich mein Talent bei den Menschen ausbauen und mein Handwerk erlernen?*«

*»Das wirst du, mein Kind. Und du wirst Phaedra sehr glücklich machen, denn du wirst ihrem Sohn Toni eine Schwester und ihr eine Tochter sein. Du wirst ihre Herzen zum Leuchten bringen.«* Ihre Mutter erhob sich und schien davon zu schweben. Schwermütig blickte Stella ihr hinterher.

Nur langsam kam sie in die Wirklichkeit zurück.

»Mein Kollege ist manchmal etwas zu direkt«, warnte die Journalistin mit einem Fingerzeig auf Luke.

»Ich mag ehrliche und direkte Menschen«, sagte Stella gedankenverloren. »Da weiß man immer, woran man ist.« Sie warf Luke einen langen Blick zu. Jede Phase ihres Körpers sehnte sich nach seiner Berührung.

»Was denkst du von diesem Objekt hier?«, fragte sie Luke und deutete auf die Apollo-Statue.

Lächelnd strich er über die perfekte Nachbildung seiner Person.

»Apollo ist sehr gut getroffen.«

»Du kennst dich aber gut aus«, bemerkte seine Kollegin anerkennend.

»Ich finde, er hat Ähnlichkeit mit dir«, forderte Stella Luke heraus.

Ob er wohl ahnte, dass sie ihn erkannt und Jupiter sie beauftragt hatte, ihn nach Hause zu bringen?

»Und ich finde, Apollos Spielgefährtin hat erstaunliche Ähnlichkeit mit dir. Wie bist du auf das Modell gekommen?«, fragte Luke, während seine Hand über sein nacktes Modell glitt.

»Apollos Liebesgefährtin hat Ähnlichkeit mit mir, weil ich mich an seine Seite gezaubert habe. Es ist die einzige Statue, die ich nicht nach geschichtlichen Vorgaben hergestellt habe. Sie ist reines Wunschdenken.«

»Dann zeigt die Statue wirklich dich und Apollo im Liebesspiel?«, stellte Anne verwundert fest.

»Ist das verboten?«, fragte Stella lächelnd.

»Nein, sie ist wundervoll, einzigartig. Die Statue gefällt mir«, sagte Luke und zwinkerte ihr zu.

»Aber die anderen Figuren hast du nach geschichtlichen Vorgaben geschnitzt, oder?«, versuchte sich Lukes dünne Kollegin Gehör zu verschaffen.

»Ja, das ist richtig«, entgegnete Stella.

Eilig kratzte Annes Kugelschreiber über den Notizblock.

Während des Interviews suchte Stella immer wieder Lukes Nähe.

Er war wie ein Magnet.

Sein Atem roch so süß und verführerisch.

Sein Körper strahlte mehr als Wärme aus, es war pure Energie, die sie zum Erzittern brachte.

»Ich liebe Geschichten von Göttern. Vielleicht war ich ja mal auf dem Olymp. In einem früheren Leben.« Stella legte ihm eine Hand auf den Arm und zog sie erschrocken wieder zurück. Wie ein eiskalter und zugleich feuriger Blitz durchzuckte die Berührung ihren ganzen Körper. Aber auch Luke hatte etwas gespürt, denn er blickte sie ganz konsterniert an.

Anne kroch zwischendurch um die Statue herum und schien eine Beschriftung zu suchen. »Wofür steht der Schwan?«, fragte sie schließlich mit gezücktem Kugelschreiber und deutete auf die etwa eineinhalb Meter große Figur.

»Jupiter hat sich Leda, einer seiner Frauen, in der Gestalt eines Schwanes genähert. Dies stellt ein Abbild dieser Szene dar«, erklärte Stella.

»Und warum hast du einen Stier geschnitzt? Er hat irgendwie etwas Menschliches. Wieso steht der Stier vor einer Frau?«, bohrte Anne weiter.
Bevor Stella antworten konnte, kam Luke ihr zuvor. Er gab geschichtliche Zusammenhänge wieder, die ihr zeigten, dass sie tatsächlich Jupiters lang vermissten Sohn vor sich hatte.
Das Interview rauschte an ihr vorbei wie ein flüchtiger Wind.
Irgendwann stand sie wieder neben Apollo und war so in seinen Bann gezogen, dass sie sich ihm entgegenstreckte, um sich endlich küssen zu lassen.
Doch noch bevor sich ihre Lippen berührten, platzte ihr Bruder herein.
»Hallo Stella, meine Süße!«
»Hallo Toni! Schön, dass du da bist!«
»Gut siehst du aus! Hast du gleich Zeit für mich?«
»Natürlich! Ich bin nur gerade im Interview.«
Toni reichte Luke die Hand und stellte sich vor, allerdings verschwieg er die Tatsache, dass er Stellas Bruder war. Stella kam auch nicht auf die Idee, ihn als ihren Bruder vorzustellen und beantwortete Anne noch ein paar Fragen. Unterdessen beäugten sich die beiden Männer, wobei Stella das Gefühl nicht loswurde, dass Luke ihren Bruder fast schon feindselig betrachtete.
Stella ging in ihre Werkstatt, um ihre Schnitzsachen für die Fotos herauszuholen.
»Du bist die schönste und talentierteste Künstlerin, die mir je vor die Kamera gekommen ist«, sagte Luke plötzlich hinter ihr, während er sie fotografierte.
Stella lachte laut auf. »Du bist ja ein charmanter Lügner! Aber trotzdem danke für das Kompliment.«

Luke drückte auf den Auslöser der Kamera, bis er plötzlich innehielt.

»Gibt es Probleme? Sitzt mein Haar nicht mehr?«, witzelte Stella und fummelte an ihren Locken herum.

»Es ist alles perfekt«, sagte er fast wie erstarrt. Er zwang sich zu einem Lächeln.

»Du siehst aus, als hättest du ein Gespenst gesehen«, sagte Stella mitfühlend. Sie legte ihre Werkzeug beiseite und ging auf ihn zu.

JETZT wäre der Moment, ihm mitzuteilen, dass sie eine Halbgöttin war, von Jupiter auf die Erde geschickt, damit ER wieder nach Hause kommen konnte. Doch natürlich durfte sie nichts von ihrem Auftrag preisgeben.

Sie streckte eine Hand nach ihm aus und versuchte, seine Brust zu berühren, doch er wich plötzlich vor ihr zurück.

»Vielen Dank! Ich habe dann alles im Kasten, glaube ich.«

Bevor sie reagieren konnte, war er aus der Werkstatt gerannt und lief schnurstracks zum Auto.

# Die Begegnung

»Du guckst, als hätten wir sieben Tage Regenwetter«, sagte Anne und musterte Luke kritisch.
Sie hatte ihre blauen Haarsträhnen weggeworfen, die langen Ohrringe ausgemustert und heute war sie fest entschlossen, ihren Kleiderschrank auszumisten.
»Und du findest wirklich ALLE meine Klamotten schrecklich?«, fragte sie zum wiederholten Male.
Luke blickte sie teilnahmslos an.
Ehrlich gesagt, gingen ihm ihre Klamotten sonstwo vorbei. Er war wie von Sinnen, seitdem sie der ›*Holztrulla*‹ begegnet waren, wobei ihm Stella eher wie eine Göttin der Schnitzkunst vorgekommen war und diese abwertende Bezeichnung gar nicht verdient hatte.
Er war dermaßen antriebslos ohne die Aura des Objektes seiner Begierde, dass er darauf verzichtete, Anne zu antworten.
Es ging ihm schlecht.
Miserabel.
Ach, was sagte er, es ging ihm so schlecht wie noch nie zuvor in seinem bisherigen unsterblichen Leben in der Welt der Menschen.
Und er hatte wirklich schon miese Tage gehabt.
Er hatte 75 Ehefrauen und 303 Sprösslinge zu Grabe getragen - das sollte ihm erst einmal jemand nachmachen!
Er hatte lange Hungerperioden durchlebt und überflüssige Kriege der Menschen ertragen.
Und nun saß er hier mit einem Herzen voller Sehnsucht und einem Körper, der vor Lust zu Platzen drohte.

»Nun mach ein anderes Gesicht, Luke! Was ist denn bloß los mit dir? Seitdem wir in diesem komischen Götteratelier waren, bist du wie ausgewechselt. So kenne ich dich ja gar nicht«, bohrte Anne weiter. »Hallo? Willst du mich nicht mal wieder beleidigen?«

Luke wagte einen Blick in ihre Richtung. »Hast du dich geschminkt?«, wechselte er ganz zerstreut das Thema.

Anne stemmte die Hände in die Hüften. Prüfend fuhren ihre Augen an ihm herunter. »Ja, habe ich. Nach der Standpauke im Auto möchte ich nicht als hässlichste Braut des Erdballes herumlaufen. Außerdem will ich unbedingt diesen Toni wiedersehen. Bis dahin muss ich generalüberholt sein.«

Fragend zog Luke die Augenbrauen hoch. »Generalüberholt? Macht man das nicht normalerweise mit Autos? Oder Maschinen?«

Anne grinste. »Richtig. Aber das kann man auch mit ausmusterungsbedürftigen Frauen machen. Was meinst du, kannst du dich aufraffen, mit mir ein paar Klamotten einkaufen zu gehen?«

»Ich soll mit dir shoppen gehen?«, fragte Luke entsetzt.

Gab es für so was nicht Zofen, Sklaven oder Freundinnen?

»Ich bin ein Mann!« Kopfschüttelnd schnalzte er mit der Zunge.

Okay, zugegeben, er war sehr talentiert und hatte einen extrem guten Geschmack, was Klamotten anbelangte - und Frauen natürlich.

Seufzend dachte er an Stella. Er wunderte sich, dass Stella schon vergeben sein sollte, obwohl ihm sein Gefühl sagte, dass sie noch zu haben war.

»Deshalb sollst du ja mitkommen. Eben weil du ein Mann bist. Du hast ein gutes Auge für Klamotten. Du ziehst dich zumindest recht geschmackvoll an. Für einen Mann«, fügte Anne schnell hinzu.

Seine rechte Augenbraue wanderte in die Höhe. »Warum willst du eigentlich Toni Morgenstern angeln? Er ist doch mit Stella verheiratet.«

Anne fiel jeglicher Funke an Optimismus und Lebensfreude aus dem Gesicht. »Was? Verheiratet? Davon habe ich gar nichts mitgekriegt. Bist du sicher? Sie hat im Interview gar nichts davon erwähnt. Ich dachte, er ist ihr BRUDER!«

Luke zog eine Grimasse. »Ihr Bruder? Das wäre natürlich möglich. Das wäre mir sogar ganz lieb.«

Anne legte den Kopf schief. Sie schien nachzudenken. »Eigentlich dachte ich, dass er ihr Bruder ist oder ihr Cousin. Sie sahen nicht aus wie ein Liebespaar.«

»Auf welchem Planeten lebst du? Die zwei sind hundertpro ein Paar. Leider«, schob Luke noch seufzend nach.

»Aha!«, brüllte Anne ein My zu laut durch die Redaktion. »Da ist also der Hase begraben! Wusste ich es doch!« Sie drehte sich grinsend um und packte ihre Sachen.

»Was wusstest du?«, fragte Luke trottelig wie ein Schaf.

Anne wandte sich ihm wieder zu und zeigte mit dem Finger auf ihn. »Du bist in Stella verliebt. Darum bist du so mies gelaunt. Du glaubst, dass sie mit Toni verheiratet ist und für dich unerreichbar. Ich habe dich für mutiger gehalten. Und für intelligent.« Sie drehte sich wieder weg.

Nun war seine Ehre in Gefahr.

Bedrohlich wackelte die Säule seines Stolzes auf dem Podest.

ER sollte feige sein?

Und dumm?

Niemals!

Er war ein Gott!

»Natürlich bin ich mutig UND klug«, versuchte er also, sich zu verteidigen.

Anne schüttelte den Kopf. »Bist du nicht. Du bist ein feiger Hund! Wenn du mutig wärest, hättest du Stella direkt angesprochen und sie gefragt, ob sie verheiratet ist.«

»Du meinst, ich soll einfach so zu ihr hingehen und sie fragen?« Ungläubig schaute Luke zu Anne. »Ich dachte, das macht man in diesem Jahrhundert nicht mehr. Ich dachte, man muss alles durch die Blume sagen und erfragen.«

Anne hielt inne. Dann richtete sie sich auf und funkelte ihn wütend an. »Also DEN Blumenstrauß will ich sehen! Wenn ich daran denke, wie unverblümt du mir im Auto die Meinung gegeigt hast, kriege ich heute noch eine Gänsehaut. DU sprichst durch die Blume? Dann möchte ich nicht wissen, was du zu mir gesagt hättest, wenn du ehrlich und offen zu mir gewesen wärest. Wäre ich dann eine vertrocknete, alte Wüstenblume gewesen, die niemand auch nur sehen wollen würde? Oder vor der selbst Blinde Reißaus nehmen würden?«

Luke verdrehte die Augen. »Nein, ich habe dir die reine Wahrheit gesagt. Vollkommen unverblümt.«

»Ach«, sagte Anne und stemmte die Hände in die Hüften, »aber bei Stella traust du dich nicht? Das ist ein eindeutiges Zeichen.«

»Was für ein Zeichen?«

»Dass du verliebt bist. Aber ich dachte, du seist ein Mann der alten Schule. Ein Mann, der dafür kämpft, woran er glaubt. Und ein Mann, der die Frau seines Herzens erobern will.« Anne schnappte sich ihre Handtasche. »Also, was ist? Kommst du mit und hilfst mir? Ich könnte wirklich etwas Schützenhilfe gebrauchen. Ich finde, nachdem du mich so heruntergeputzt hast, darfst du mir ruhig ein paar Tipps in Sachen Mode geben.«

Luke blickte auf die Uhr. Es war gerade mal drei Uhr nachmittags. Aufträge hatten sie allerdings momentan keine. »In Ordnung. Ich komme mit.«

***

Anne den Sinn der Mode näherzubringen, war in etwa so, als würde man einer Dreijährigen das Lesen beibringen wollen. Sie steuerte in jedem Laden automatisch zu den Klamotten, die ihr weder standen, noch für ihr Alter geeignet waren. Zuerst wollte sie nur in solche Läden gehen, in denen sie gestrickte T-Shirts verkauften - aber Luke konnte ihr schnell klarmachen, dass kein Mann der Neuzeit auf so einen altmodischen Kram stand - und dann stürmte sie in Läden, die das billige Zeug verkauften, das man dort wohl eher Gewerbetreibenden der körperlichen Liebe aufbinden würde.

Nach einem kleinen Exkurs in Sachen Mode - Luke musste es ja wissen, schließlich hatte er über die Jahrhunderte hinweg so einiges an Mode bei den Menschen mitgemacht - landeten sie schließlich in den richtigen Shops.

Sie hatten bereits Hosen, T-Shirts - mit Ausschnitt und aus reiner Synthetik - sowie ein paar Pullover ergattert und näherten sich einem Schuhgeschäft.

Auf seinen Rat hin hatte Anne bereits ein Outfit angezogen und Luke musste mit Stolz zugeben, er hatte seine Sache als Einkaufsberater wirklich gut gemacht.

Und noch einen Vorteil hatte es, dass er mit Anne shoppen war: Er blies kein Trübsal mehr. Er war abgelenkt von seinem Leid, welches ihn wie ein schwankendes Gebirge zu erdrücken versuchte.

»Findest du nicht, dass meine Schuhe zum Rest des Outfits passen?« Anne sah an sich herunter und wackelte mit den Fußspitzen.

Luke betrachtete sie eingehend und schüttelte dann den Kopf. »Nein. Du solltest dir auf jeden Fall noch ein Paar hochhackige Schuhe kaufen. Eine Lady sollte von der Sohle bis zum Scheitel aussehen wie eine Lady. Und nicht nur bis zum Knöchel.«

Anne rümpfte die Nase. Schließlich seufzte sie ergeben. »In Ordnung. Dann lass uns noch den Schuhladen plündern.«

Luke lachte leise. »Vielleicht reicht es auch, wenn du erst einmal zwei oder drei Paar Schuhe kaufst. Der ganze Laden dürfte nicht notwendig sein.«

Sie betraten das Geschäft und gingen zielstrebig in die Damenabteilung.

Auf dem Weg dorthin sah Luke aus den Augenwinkeln eine Frau mit langen, dunkelbraunen Haaren. Er bremste abrupt ab und wartete geduldig, bis sich die Frau wieder aufgerichtet hatte.

Potzblitz!

Beim Jupiter!

Das war doch tatsächlich…Stella Morgenstern!

Was machte sie in einem Schuhgeschäft?

Eine männliche Stimme rauschte an seinem Ohr vorbei. Der Typ hielt exakt vor Stella an. »Was meinst du, soll ich lieber die schwarzen oder die braunen Schuhe nehmen?«

Das Aufflackern von Freude verabschiedete sich in Sekundenschnelle und machte einer gehörigen Portion Frust Platz. Wo Stella war, konnte anscheinend auch ihr Mann nicht weit sein.

Anne, die Stella und Toni noch nicht bemerkt hatte, suchte derweil die Regale ab. Schließlich schien sie ein Paar

Schuhe gefunden zu haben, jubelte leise und hielt Luke triumphierend das Lederwerk unter die Nase. »Die sind doch perfekt, oder?«
Bevor er antworten konnte, mischte sich Toni Morgenstern ein. »Na, hallo! Wen haben wir denn da?« Seine Augen scannten Anne wie Luke es normalerweise bei schönen Frauen tat, und im nächsten Augenblick drangen seine Gedanken in Lukes Hirn ein.
›*Na, holla, die Waldfee, was ist denn mit der guten Journalistin passiert? So attraktiv habe ich sie gar nicht in Erinnerung. Was ist mit ihren ausgeleierten Wollsachen passiert? Mensch, die Kleine hat ja sogar Taille. Und einen heißen Hintern! Den könnte ich so richtig von hinten packen und ihr mal zeigen, wo der Hammer hängt...*‹
»Toni! Toni Morgenstern! Was machen Sie denn hier?«, unterbrach Anne zu Lukes Glück Tonis Gedankenfluss.
»Ich brauche Schuhe für eine Firmenfeier. Und Sie? Schick sehen Sie aus? Ganz anders...«
»Anders, aber gut?«, lachte Anne über ihren eigenen Witz. Toni lachte mit. »Genau. Anders, aber gut.«
›*Gott, die Gute hat ja sogar Titten! Ist mir vorher gar nicht aufgefallen. Überhaupt...irgendwie hat sie sich verändert. Sie sieht jetzt so zum Vernaschen aus...*‹
Luke wollte gar nicht länger Zeuge seiner Gedanken werden, seine Blicke sprachen ohnehin Bände. Er wusste auch so, dass Toni sein kostbarstes Stück ganz galant bei Anne versenken wollte.
Luke betrachtete seine Kollegin. In Tonis Gegenwart blühte sie regelrecht auf. Sie hatte hochrote Wangen bekommen, aber ohne ihre bunten Haare wirkte das ganz niedlich. Auch sah sie nicht mehr aus wie eine Schreckschraube, die man eher im Bereich einer Gouvernante

einordnen würde. Sie ähnelte zunehmend einer modernen Frau von heute.

»Hallo!«, ertönte eine Stimme hinter Luke.

Luke drehte sich um und blickte direkt in Stellas große, blaue Augen.

Sein Mund verzog sich ganz wie von selbst zu einem breiten Grinsen. »Hallo! Was machst du denn hier?«

Seine kleine Göttin lächelte und reichte ihm die Hand.

Und im selben Augenblick geschah es.

Er hätte es eigentlich wissen müssen.

Oder zumindest ahnen.

Als sich ihre Hände berührten, blitzte es um sie herum - und es handelte sich hier nicht um irgendwelche läppischen Stromschläge, die man bekam, wenn man sich durch einen Teppich statisch aufgeladen hatte. Nein, es handelte sich um kleine, blaue, ECHTE Blitze, die um ihre Hände herumtanzten, als wollten sie die zwei aneinander schweißen.

Mit weit aufgerissenen Augen betrachtete Stella das physikalische Schauspiel, während Luke eher peinlich berührt war und sich am liebsten im nächsten Götterloch verkrochen hätte.

»Was ist das denn?« Stella lachte glockenklar. Sie riss ihren Anblick von den Blitzen los und lachte Luke direkt ins Gesicht. »Was war das? Heben wir gleich ab und fliegen ins All?«

Tja, wie erklärte er einer Erdendame, dass er ein Göttersohn war, der über ein paar KLITZEKLEINE magische Fähigkeiten verfügte, der er momentan leider gar nicht im Griff hatte?

Luke konnte Gedanken lesen - zumindest soweit, wie er die Fähigkeit nicht durch die Dauer seines Aufenthaltes bei den Menschen eingebüßt hatte UND wenn es sich nicht um Götter und Halbgötter handelte; er konnte mit seiner Hand einen Kugelblitz formen - was er bisher nur im Notfall eingesetzt hatte, um sich gegen Bösewichte zu verteidigen; er konnte phantastisch hören - und das manchmal sogar über mehrere Meilen weit; und wenn er wütend wurde, passierte es ihm gelegentlich, dass er sich in eine Eule verwandelte. Leider hatte er die Fähigkeit des Gestaltenwandlers nicht so stark ausgeprägt geerbt, wie sein Vater sie beherrschte. Jupiter konnte sich, je nachdem, wie er es brauchte - und wollte! - in jedes Tier und jeden Gegenstand verwandeln. Und er hatte auch keine Probleme mit der Rückverwandlung, im Gegensatz zu Luke! Und Luke konnte als Gott Feuerbälle hervorbringen. Die schleuderten sich fast wie von selbst aus seinen Händen, wenn er Angst hatte oder bedroht wurde.

»Das muss am Teppich liegen«, log Luke entgegen seiner sonst so direkten Art.

Mit der linken Hand versuchte er die Blitze in den Griff zu kriegen, aber es gelang ihm nicht. »Beim Jupiter, nun gebt aber Ruhe!«, schimpfte er schließlich verärgert und spürte das bekannte Kribbeln, welches ihn immer heimsuchte, wenn er kurz davor war, sich ungewollt in eine Eule zu verwandeln.

Beim Jupiter, er musste ganz dringend auf andere Gedanken kommen! Das Kribbeln ließ langsam nach und verschwand schließlich ganz. Luke versuchte seine Körperfunktionen herunterzufahren, bis sich endlich auch der Kugelblitz in seiner Handinnenfläche in Nichts auflöste.

Erleichtert atmete er aus.

Das wäre eine schöne Blamage geworden, wenn er sich jetzt verwandelt hätte!

»Luke Kanton, schön, dich zu sehen! Du warst neulich so schnell verschwunden«, sagte Stella.

»Ich hatte zu tun«, log Luke und spürte erneut, die Hitze in sich aufsteigen.

»Du trägst einen sehr seltenen Namen für einen Hamburger«, stellte Stella fest und zwinkerte ihm zu. »Oder kommst du gar nicht aus Hamburg?«

Er schüttelte den Kopf. Bevor er antworten konnte, spürte er die nächste kleine Hitzewallung durch seine Finger gleiten und merkte, dass er noch immer ihre Hand festhielt. Die Berührung brannte auf seiner Haut und ehe er sich versah, tanzte ein kleiner Feuerball über seine Handinnenfläche.

Wovor hatte er Angst?

Dass sie seinem kleinen Geheimnis auf die Spur kam und er sie dann nie wieder ansehen würde?

Dass sie ihn weniger lieben könnte als er sie?

Dass sie doch nicht seine Rückfahrkarte zum Berg des Olymp war?

Erschrocken zuckte Stella zurück. »Herr im Himmel, was ist das jetzt schon wieder? Du bist aber auch echt aufgeladen, was?« Ihre Hand zierte ein roter Abdruck.

Eilig versteckte Luke seine Hände hinter seinem Rücken und versuchte, den Feuerball irgendwie loszuwerden.

Stella rieb sich über die rote Hand, es zischte leise und die Rötung war verschwunden.

Bevor Luke darüber nachdenken konnte, wie sie in Sekundenschnelle ihre Wunde hatte heilen können, wiederholte sie ihre Frage noch einmal. »Woher kommst du gebürtig?« Neugierig blitzte sie ihn an.

Gott, ihre blauen Augen waren einfach MAGISCH.

Sie waren wie ein Magnet, dem er sich nicht entziehen konnte.

»Das ist eine gute Frage. Ich habe schon überall und nirgendwo gelebt. Zuletzt in den USA«, antwortete er.

»Wirklich? Wie aufregend. Ich wollte schon immer einmal dorthin. Aber irgendwie hat es sich nie ergeben«, sagte Stella seufzend.

Ich würde dich sofort dorthin entführen, wenn du mich an den körperlichen Freuden teilhaben lassen würdest, schoss es Luke durch den Kopf.

Stella lachte leise und ließ dabei ihre gut geformten Brüste auf und niederwackeln. Sein Kopfkino sprang bereits an, als ihn eine Stimme ins Hier und Jetzt zurückholte.

»Na, sieh an, sieh an! Der Fotograf! Sie sind wohl auf einem Firmenausflug, was?«

»Toni Morgenstern. Wie schön, Sie zu sehen?«, log Luke seinem Kontrahenten grinsend ins Gesicht.

Um ehrlich zu sein, wüsste er ihn lieber dort, wo der Pfeffer wuchs oder Luzifer sein Abendessen briet. Aber er wagte es nicht, diesen Gedanken zuende zu denken, denn es war ihm in den letzten dreitausend Jahren schon das eine oder andere Mal passiert, dass er tatsächlich jemanden weggewünscht hatte. Und das konnte er seiner nur schwer vermittelbaren Kollegin nicht antun, die sich ganz offensichtlich unsterblich in ihn verliebt hatte. Sie hing förmlich an Tonis Lippen.

Er schien sich allerdings auch für sie zu interessieren. Was wiederum gut war für ihn, denn so hatte er freie Bahn bei Stella.

»Stell dir vor, Luke, Toni ist ebenfalls Schuhe kaufen«, platzte Anne dazwischen.

»Wirklich? Na, das ist ja meistens auch das, was man in einem Schuhladen so macht, oder?« Luke musterte Anne und versuchte einen Blick auf die Schuhe zu ergattern, die sie gefunden hatte. »Welche Schuhe hast du denn ausgesucht?«

Stella stand mittlerweile einen halben Meter von ihm entfernt. Luke spürte, wie seine Wangen immer heißer wurden. Es war ihm sichtlich unangenehm, ihr so nahe zu sein, wohlwissend, dass sich ihr Ehemann wie ein Anstandswauwau zwischen sie gedrängt hatte.
Ob er etwas ahnte?
Luke versuchte, in seinen Kopf hineinzutauchen.
›*Anne, du kleines Luder, dich würde ich aber auch gerne mal so richtig von hinten vernaschen.*‹
»Beim Jupiter, Toni!«, entfuhr es ihm. Entsetzt starrte er Stellas Anverwandten an. Woran dachte er denn bitteschön, während seine tausendmal schönere Ehefrau neben ihm stand?
Anne hielt ihre Errungenschaft in die Höhe. Luke sah die Schuhe und wusste sofort, sie war ein besonders schwerer Fall, was Mode anbelangte.
Er winkte ab, machte auf dem Absatz kehrt und fasste mit einem gezielten Griff ins Regal. Er angelte ein Paar Schuhe mit wuchtigem Absatz, die am Fußgelenk nur durch ein zartes, schwarzes Riemchen gehalten wurden. »Probiere es lieber mit denen hier!«
Toni Morgenstern fielen fast die Augen aus dem Kopf. Luke reichte Anne die Schuhe, die sie kokett unter den gierigen Blicken - und noch gierigeren Gedanken - von Toni anzog.
»Sie sehen einfach umwerfend aus in den Schuhen«, säuselte Toni.
Anne lächelte verlegen. »Mein Kollege hat wirklich ein Händchen für Mode.«
»Und für Götter«, murmelte Stella, bevor sie weiterging, um für sich zu gucken. »Komm mich doch nochmal in meinem Atelier besuchen«, hauchte sie Luke entgegen.
Luke schluckte.

Ganz allein in ihrem Atelier?
Dann konnte er, so wahr Jupiter ihm half, für nichts mehr garantieren.
»Gerne«, sagte er trotz seiner Angst, sich nicht mehr beherrschen zu können.
Stella hob eine Hand und verschwand im nächsten Gang.
Luke lächelte gequält und widmete sich wieder dem Schuhkauf von Anne, die mehr mit Toni als mit den Schuhen beschäftigt war.
»Möchtest du noch mehr Schuhe aussuchen? Vielleicht ein alltagstaugliches Paar mit Schick?«, wandte er sich an Anne, während Toni in den nächsten Gang ging.
Anne blickte Toni wehmütig hinterher. »Ja. Such mir einfach was aus.«
»Warum so geknickt?«, fragte er neugierig. »Ich finde, dein Treffen mit Toni war ziemlich erfolgreich. Er hat dich zum ersten Mal richtig wahrgenommen und findet dich heiß.«
Skeptisch blickte ihn Anne an. »Woher willst DU denn das wissen?«
Luke grinste. »Das habe ich an seinen Blicken gesehen.«
Luke konnte ihr ja schlecht auf die spitze Nase binden, dass er seine Gedanken hatte lesen können.
»Aha.« Anne schien darüber nachzudenken. Dann erhellte sich ihr Gesicht. »Dann erzähl mir alles, was du beobachtet hast. Wie hat er mich angesehen? Fand er mein neues Outfit schön?«
»Er mochte deine Titten.«
»Wie bitte?«, quiekte Anne in den höchsten Tönen.
Luke zuckte mit den Schultern. »Brüste. Entschuldige, ich meinte Brüste. Er mag sie. Vielleicht solltest du dir noch einen Make-up-Kurs gönnen, damit er deine Augen genau so gerne ansieht.«

»Männer achten darauf, ob eine Frau geschminkt ist?«, fragte Anne ungläubig.
Luke lächelte wissend. »Männer achten auf viele Dinge. Sogar auf Fingernägel. Aber solange du ihn noch nicht an der Angel hast, ist es nur von Vorteil, wenn du dich so stark herausputzt, wie nur möglich. Und dazu gehört auch ein phantastisches Make-up. Betone deine Augen!«
»Dann müssen wir noch in eine Parfümerie. Ich habe nicht die geringste Ahnung vom Schminken«, sagte Anne entschlossen. »Ich nehm einfach die Schuhe hier und das zweite Paar kannst du ja vielleicht noch schnell heraussuchen.«
»In Ordnung.«
Luke suchte noch ein weiteres Paar Schuhe aus und blickte Stella hinterher, die vor ihnen den Laden verließ.

# Die Einladung

»Du brauchst unbedingt ein neues Outfit für deine Ausstellung, Süße!« Unerbittlich blickte Toni seine Schwester an, bis sie schließlich seufzend nachgab. «In Ordnung. Aber es muss günstig sein. Wie du weißt, habe ich noch nicht sonderlich viel verkauft und das Geld ist daher knapp.«
»Meine Firma läuft gut. Ich spendiere dir das Outfit. Ich will doch, dass meine Schwester super aussieht, wenn die halbe Stadt kommt«, sagte Toni und küsste Stella aufs Haar.
Stella lachte leise auf.»Toni, es werden vielleicht zehn Leute kommen. Von der halben Stadt kann gar nicht die Rede sein.«
»Der Zeitungsartikel kam richtig gut an. Ich weiß das, weil schon einige meiner Kunden darauf reagiert haben, als sie den Artikel bei mir gesehen haben«, widersprach Toni. »Aber der Großteil davon sind natürlich Männer, die ganz scharf darauf sind, dir zu begegnen. Da werde ich also ein bisschen auf dich Acht geben müssen.«
Stella streichelte seine Wange. »Du bist so ein treuer Bruder! Danke für alles!«
Toni umarmte sie. »Seitdem unsere Mutter tot ist und Vater sich verkrochen hat, fühle ich mich dir noch mehr verbunden. Ich könnte es nicht ertragen, wenn es dir schlecht geht. JEDER soll deine Kunst sehen und kaufen! Die Leute sollen ganz verrückt danach sein und dein Atelier leerkaufen!«
»Das wäre phantastisch.«

Stella packte das schlechte Gewissen, als sie daran dachte, dass sie eventuell schon bald nicht mehr da sein würde. Dass sie bald auf dem Berg des Olymp dem Feuer der Leidenschaft nachgehen würde, gemeinsam mit Apollo, ihrem Lieblingsgott.

Toni griff nach ihrem Werkstattschlüssel. »So, für heute hast du genug gearbeitet. Wir gehen jetzt shoppen.«

»In Ordnung.« Nur widerstrebend verließ Stella ihren sicheren Ort, den sie seit ihrer Ankunft bei den Menschen bewohnte. Sie mischte sich nur selten unter die Menschenmassen. Selbst als Kind hatte sie schon Menschenaufläufe gemieden.

Sie ergatterten ein paar schöne Kleider, zwei Röcke und mehrere heiße Pullover.

»Jetzt holen wir noch passende Schuhe und dann sind wir fertig«, strahlte Toni sie an.

Stella verdrehte die Augen. »Du hast mir viel zu viel gekauft. Wann soll ich das alles tragen?«

Toni stemmte die Hände in die Hüften. »Süße, du versteckst dich viel zu oft in deinen Overalls hinter deiner Werkbank. Es wird Zeit, dass du mal mit Männern ausgehst. Also nicht mit jedem dahergelaufenen Typen. Eher mit so netten Männern wie dieser Luke Kanton.«

»Dir gefällt Luke?«, fragte Stella erfreut.

»Ja. Er scheint ein ausgesprochen netter Mann zu sein, der noch dazu gut aussieht und es ernst zu meinen scheint. Er macht auf mich nicht den Eindruck, als würde er alles flachlegen, was nicht bei drei auf dem Baum sitzt.« Toni zwinkerte seiner Schwester zu und betrat vor ihr den Schuhladen.

Stella wanderte durch die Regalreihen, bis sie plötzlich ein starkes Ziehen in ihrer Brust vernahm.

Unsicher blickte sie sich um, suchte jedoch keine Schuhe, sondern die Ursache für ihre körperlichen Reaktionen.
Apollo war hier - sie hätte es wissen müssen.
Ihr Herz machte einen aufgeregten Satz beim Anblick des Göttersohnes.
Eilig lief sie den Gang hinunter und lief ihm entgegen.
»Hallo!«, sagte sie atemlos.
Luke drehte sich zu ihr um. »Hallo! Was machst du denn hier?«, fragte er lächelnd.
Stella war erleichtert, dass er sich zu freuen schien, nachdem er beim letzten Zusammentreffen so schnell verschwunden war. Allerdings stutzte sie, als sie mit einem Mal seine Gedanken lesen konnte.
‹Beim Jupiter, Stella ist hier, meine süße Göttin! Ich fasse es nicht. Gott, ihre Nähe bringt mich um. Wenn ich sie nicht bald in den Himmel der Lust entführen kann, drehe ich noch durch!›
Sprachlos starrte Stella ihn an, während sich ihre Hände fast automatisch aufeinander zubewegten. Sie hatte nicht gewusst, dass sie die Fähigkeit des Gedankenlesens beherrschte. Und das, was sie las, gefiel ihr außerordentlich gut.
Als sich ihre Hände berührten, blitzte es.
»Was war das?« Stella lachte nervös und musterte Luke interessiert.
‹Tja, wie erkläre ich ihr, dass ich eigentlich Jupiters Göttersohn Apollo bin, der über ein paar KLITZEKLEINE magische Fähigkeiten verfügt?›, dachte Luke.
Unfassbar!
Hatte er sich wirklich gerade als Apollo offenbart?
Stella fing an, das Gedankenlesen zu genießen. Sie versuchte, weiter in Lukes Kopf einzudringen, aber es wollte ihr nicht mehr gelingen.

Stattdessen stürmten plötzlich diverse andere Gedanken der umherlaufenden Kunden in dem Schuhgeschäft auf sie ein.
Herr im Himmel, wie sollte man sich davor bewahren, ALLE Gedanken zu lesen? Gab es eine Möglichkeit, das irgendwie zu steuern?
Luke näherte sich ihr, nachdem er die Kugelblitze und den kleinen Feuerball in seiner Hand losgeworden war.
Stella versuchte, sich auf ihn zu konzentrieren.
»Luke Kanton«, sagte sie leise. »Schön, dich zu sehen. Du warst neulich so schnell verschwunden.«
»Ich hatte noch etwas Dringendes zu erledigen«, log er.
Stellas Bruder tauchte auf und begrüßte Luke. Und wieder drangen Lukes Gedanken in ihren Kopf.
›*Oh Mann, Toni, warum musst du überall auftauchen, wo Stella ist? Das nervt!*‹
Interessiert musterte sie Luke.
Warum wollte er nicht, dass Toni da war?
Er dachte doch wohl nicht etwa, dass Toni ihr Ehemann war, oder?
Anne platzte mit ihren Gedanken dazwischen und schmiss sich regelrecht an Toni heran. ›*Wahnsinn! Er sieht noch genauso bezaubernd aus wie neulich im Atelier. Ach, wenn ich doch nur den Mut fände, ihn um ein Date zu bitten!*‹
Plötzlich hörte Stella ihren Bruder hinter sich denken.
›*Anne, du kleines Luder, dich würde ich aber auch gerne mal so richtig von hinten vernaschen.*‹
Brüskiert wirbelte Stella herum.
Hatte ihr Bruder das wirklich gerade gedacht?
Voller Entsetzen blickte sie Toni an.
Aber noch jemand schien Tonis Gedanken lesen zu können. »Beim Jupiter, Toni!«, entfuhr es Luke. Entsetzt

starrte er Stellas Bruder an, dann blickte er zu Stella. Er machte einen Schritt in ihre Richtung und wollte etwas sagen, als Stella mit ihrer Einladung nicht länger hinter den Berg halten konnte. »Komm mich doch nochmal in meinem Atelier besuchen!«
Lange blickte Luke sie einfach nur an.
›*Ganz allein in ihrem Atelier? Dann kann ich, so wahr Jupiter mir hilft - oder auch nicht - für nichts mehr garantieren.*‹
Stella lächelte, als sie Lukes Gedanken wahrnahm.
Er wollte sie also auch?
Ein erfüllendes Glücksgefühl stieg in ihr empor.
Das war großartig!
Augenblicklich spürte sie den Drang, die Liebesszenen in ihrem Kopf in Holz umzusetzen.
»Gerne«, sagte Luke schließlich.
»Süße, ich habe gleich noch einen Termin. Den habe ich total vergessen. Wir sind doch auch schon fertig, oder?«, mischte sich Toni ein.
Stella nickte. »Ja, wir können gehen.«
»Dann bis bald«, sagte Luke und hob zum Abschied einen Arm.
»Ja, hoffentlich bis bald«, verabschiedete sie sich von ihrem Göttersohn.
Toni bezahlte die Schuhe und sie verließen den Laden.
»Die Journalistin hat dir gefallen, nicht wahr?«, wandte Stella sich auf der Straße an ihren Bruder.
Toni blickte sie überrascht an. »Woher weißt du das? War ich so auffällig? Habe ich mich danebenbenommen?«
Stella winkte ab. Beruhigend legte sie ihm eine Hand auf den Arm. »Aber nein, du warst ein perfekter Gentleman. Aber ich konnte quasi sehen, wie gut sie dir heute gefallen hat.«

Toni zuckte kaum merklich zurück. »Mann, hast du heute heiße Hände!«

Eine Entschuldigung stammelnd zog Stella ihre Hand zurück.

»Ja«, sagte Toni seufzend, »sie hat mir wirklich gut gefallen. Letztes Mal sah sie viel unscheinbarer aus. Aber heute war sie ganz anders gekleidet. Sie hatte sich zurechtgemacht und wirkte, als sei sie neu geboren.«

Stella lachte leise. »Was die Liebe so alles bewirken kann!«

»Liebe? Du meinst, sie mag mich auch?«, fragte Toni mit leuchtenden Augen.

»Ja. Ich bin mir sicher, dass sie dich toll findet.«

# Der Kuss

Lukes Herz war kurz davor, ihm aus der Brust zu springen, als er das Atelier schon von weitem sah.
Er blickte kurz auf das Türeingangsschild: ›*Götterfunke*‹.
Wenn sie wüsste, wie nah sie einem Götterfunken schon gekommen war!
Vermutlich würde sie ihn gar nicht empfangen, wenn sie wüsste, wer er in Wirklichkeit war.
Luke zwang sich, den Innenhof zu durchqueren und einen Fuß vor den anderen zu setzen. Seine Atmung beschleunigte und sein sonst so hervorragend funktionierender Adlerblick verschleierte zunehmend.
Er atmete noch ein letztes Mal tief durch, dann schob er die große Eingangstür auf und betrat das Atelier.
Stella stand vor ihrer Werkbank und war über und über mit Sägespänen übersät. Die kleinen Holzstücke saßen ihr keck in den Locken, die sie hochgesteckt hatte, um ungestört arbeiten zu können.
Stella war so versunken in ihre Schnitzarbeit, dass sie ihn nicht hatte kommen hören.
Luke überlegte noch, ob er sich räuspern sollte, als sie erschrocken zusammenfuhr und zu ihm herumwirbelte.
»Herr im Himmel, hast du mich erschreckt!«
Aber auch Luke fuhr der Schreck durch die Glieder und so flog er über einen Holzschemel. Hilflos ruderte er mit den Armen, versuchte noch, sich irgendwo festzuhalten, doch es war zu spät. Er landete mit einem lauten Krachen auf dem staubigen Boden und gab eine besonders klägliche Figur ab.

Genervt rollte er mit den Augen und versuchte sich aufzurappeln, als plötzlich eine Hand vor seiner Nase herumwedelte. Luke blickte auf und sah Stella direkt in die Augen.

Er wusste nicht, ob sie sich hinabgebeugt oder ob er sie hintergezogen hatte. Binnen von Millisekunden lag sie auf ihm im Dreck und lachte ihn spitzbübisch an.

Luke sah ihre Augen, ihre vollen Lippen und konnte sich einfach nicht mehr beherrschen.

Die Fleischeslust überrollte ihn wie ein Tsunami. Sein einziger Gedanke galt nur noch der Aufgabe, wie er seinen Körper so schnell wie möglich mit ihrem vereinen konnte.

Sie blickte ihn an, hörte auf zu lachen und im nächsten Moment lagen ihre vollen Lippen auf seinen. Genießerisch schloss er die Augen, als ihre Zartheit ihn traf.

Gott, sie war so warm und weich und feucht.

Ein Strudel aufgestauter Gefühle brach aus ihm heraus, als er sie küsste. Wenn dieser Kuss mit einer Wüste vergleichbar war, dann war diese soeben zu einer Oase erblüht. Er legte alles, wirklich ALLES in diesen einen Kuss. Der Tanz ihrer Zungen riss ihn mit sich, ließ sein Lustzentrum anschwellen und beschleunigte seinen Atem, als würde er einen Marathon laufen.

Plötzlich ertönte die Ladenglocke.

Erschrocken fuhren sie auseinander.

Stella sprang auf und lief auf die Eingangstür zu.

»Guten Tag, die Herrschaften!«, hörte Luke Stella etwas zu laut rufen.

So leise und unauffällig wie möglich kroch er über den Boden und begab sich schließlich auf alle Viere.

»Wo ist denn nur diese verdammte Kontaktlinse? Ich kann sie nirgends finden, Frau Morgenstern«, sagte Luke mit Blick auf die Kundschaft.
Ein älteres Paar stand in der Tür und musterte ihn argwöhnisch.
Theatralisch tastete er den Boden ab. »Wissen Sie, ich bin ohne die Dinger fast blind.«
Das hatte er erst neulich in einem Film gesehen und dachte sich, es konnte nicht schaden, die Szene so glaubhaft wie möglich nachzuspielen, um Stella nicht in Schwulitäten zu bringen. Dabei versuchte er, so unauffällig wie möglich, sein Hemd, welches im Sturm der Leidenschaft leicht aus der Form geraten war, zurecht zu rücken.
»Ach Gottchen, Hermann! Der Ärmste hat seine Kontaktlinsen verloren«, rief die ältere Frau aus.
›*Meine Frau glaubt auch noch an den Weihnachtsmann. Ich fresse unseren Besen, wenn die zwei nicht gerade drauf und dran waren, es in der Werkstatt miteinander zu treiben*‹, knurrte der Mann gedanklich.
Luke wandte sich von dem Pärchen ab und blinzelte vorsichtig zu Stella hinüber.
Ihre Haare hingen ihr wild vom Kopf. Der Knoten hatte sich gelöst und nun fiel ihr das Haar vollkommen unkontrolliert über die Schultern. Ihre Wangen waren gerötet und auf ihrer Stirn glänzte ein leichter Schweißfilm.
»Was kann ich für Sie tun?«, fragte Stella höflich.
Der Mann räusperte sich, ließ Luke aber dennoch keine Sekunde lang aus den Augen. »Meine Frau möchte eine ihrer Götterstatuen kaufen. Für den Garten. Wir haben von Ihnen in der Zeitung gelesen.«
»Oh, wie schön! Natürlich. Für welche haben Sie sich denn entschieden?«, fragte Stella mit einem Lächeln.
Die Ladenglocke ertönte erneut.

Beim Jupiter, das ging hier ja wilder zu als in einem Taubenschlag, dachte Luke genervt.
»Hallo Süße!«
Natürlich.
Toni Morgenstern.
Luke verdrehte innerlich die Augen.
Was machte der Typ schon wieder hier?
»Toni Morgenstern. Guten Tag, die Herrschaften!«
»Guten Tag. Meyer. Wir möchten von Ihrer Gattin eine Götterstatue kaufen«, wiederholte der ältere Herr.
»Für den Garten«, fügte die Frau hinzu.
»Eine weise Entscheidung. Stella kreiert die besten Holzskulpturen. Und sie halten ein Leben lang«, lobhudelte Toni.
Luke hörte, wie die ganze Mannschaft in den Innenhof ging und atmete erleichtert auf. Ächzend setzte er sich aufrecht hin und lehnte sich erschöpft gegen die Werkbank.
Was hatte er sich nur dabei gedacht, Stella im Atelier aufzusuchen? Er hatte doch geahnt, dass sie mit diesem Typen verheiratet war! Und die Aussage des Mannes, dass er die Statue von Tonis ›*Gattin*‹ kaufen wollte, die Toni nicht entkräftet hat, bewies, dass er leider Recht gehabt hatte mit seiner Vermutung über Stellas Familienstand. Er hätte also damit rechnen müssen, dass er Toni hier treffen würde.
Enttäuschung machte sich in ihm breit. Eine Welle des schlechten Gewissens packte ihn. Was ritt ihn bloß, dass er all seine Manieren über Bord warf und auf ihre Liaison mit Toni pfiff? War er so verzweifelt darauf aus, endlich zum Berg des Olymp zurückzukehren?
Und trotz seines inneren Kampfes war Stella nach wie vor zu verführerisch, um die Finger von ihr zu lassen. Er wür-

de ihr auch bei einer weiteren Einladung nicht widerstehen können.
Mit einem vorsichtigen Blick linste er durch die Glasscheibe. Stella erzählte den Kunden gerade die Geschichte von Jupiter, der sich in goldenen Regen verwandelte, doch die ältere Frau hörte gar nicht zu. Sie ging schnurstracks zu einer Statue, die ihm beim letzten Mal gar nicht aufgefallen war. Erschrocken sprang er auf.
Beim Jupiter!
Das war doch…
Wie konnte das möglich sein?
Luke lief aus der Werkstatt und kam nur kurz vor der Statue zum Bremsen. Fast hätte er die Frau über den Haufen gerannt. Ehrfürchtig strich er über die Figur.
»Die ist unverkäuflich«, platzte er zum Ärger des älteren Paares heraus. »Also, ich meinte, die kaufe ich schon, ähm, habe ich sie bereits gekauft.«
»Ach nee, der Herr Fotograf! Wo kommen Sie denn plötzlich her?«, fragte Toni amüsiert. Er reichte ihm seine Hand und Luke ergriff sie. Glücklicherweise löste die Berührung weder einen Kugelblitz noch einen Feuerball aus. Die Skulptur hatte ihn vollkommen in den Bann gezogen. Sie zeigte niemand anderes als seinen Vater, wie er ihn vom Berg des Olymp verbannte.

***

»Und du sagst, die neue Skulptur von Stella zeigt eine Geschichte, die niemand in dem Umfang kennen dürfte? Woher kennst du sie dann?« Anne plusterte sich vor ihm auf.
Luke saß auf ihrem Schreibtischstuhl und nagte an einem furchtbar ungesunden Schokoladenriegel.

Das war sonst so gar nicht seine Art, aber die Begegnung seiner eigenen Geschichte hatte ihn irgendwie leicht aus der Bahn geworfen. Seit Tagen konnte er an nichts anderes mehr denken und versuchte immer wieder den Gedanken beiseite zu schieben, dass Stella vielleicht kein menschliches Wesen, sondern eine Göttin war, die im Auftrag seines Vaters handelte und ihn letztendlich nur zurückbringen sollte, ohne ihn tatsächlich zu lieben.

»Ich kenne sie, weil…« Luke suchte nach einer Ausrede, fand aber keine.

»Weil?« Anne zog die Augenbrauen hoch.

Mittlerweile war Anne fast schon so etwas wie sein bester Kumpel geworden. Sie führten stundenlange Gespräche und Anne plante ihre Interviewtermine so, dass sie ihn als Fotografen mitnehmen konnte.

In der Firma beäugte man sie schon misstrauisch. Ein paar Kollegen hatten bereits Vermutungen angestellt, dass sie das neue Traumpaar waren, denn sie hingen nicht nur permanent zusammen, Anne hatte auch endlich etwas aus ihrem Äußeren gemacht und sah mittlerweile wirklich hübsch aus.

Natürlich kam sie nicht an die Schönheit von Stella heran. Stella hätte glattweg Aphrodites Tochter sein können, aber davon ließ Luke lieber nichts verlauten.

»Weil es MEINE Geschichte ist«, wagte Luke sich vor.

Bisher hatte es nur eine Frau gegeben, der er sich anvertraut hatte, und die war leider kurz darauf auf dem Scheiterhaufen als Hexe verbrannt worden.

Da die Zeit der Hexenverbrennung aber vorüber war, lief Anne jedoch keine Gefahr, vom Klerus bestraft zu werden. Er konnte sie also auch genauso gut einweihen.

Anne verengte ihre Augen zu Schlitzen.

›*Will er mich verkackeiern? Oder erzählt er mir gleich irgendein Märchen? Ist das irgendwie eine neue Masche, sich wichtig zu machen? Merkwürdig, ich hätte ihn anders eingeschätzt.*‹

»Ich weiß, dass du denkst, ich würde dir Märchen auftischen wollen. Tue ich aber nicht. Und ich will mich auch nicht wichtig machen.« Luke zeigte auf das Bild, welches er von der Skulptur geschossen hatte, die er in letzter Sekunde noch hatte kaufen können. Das Bild prangte in Übergröße auf Annes Computer, denn noch stand die Skulptur im Innenhof von Stellas Atelier. Luke hatte Stella zugesagt, dass sie die Skulptur für die Ausstellung stehen lassen durfte.

»Erzählst du mir jetzt gleich noch, dass du Gedankenlesen kannst?«, frotzelte Anne.

»Nun«, sagte Lukes stöhnend, »ich ›*verkackeiere*‹ dich nicht. Das denkst du doch, oder?«

Anne starrte ihn an, als käme er vom Mars und nicht vom Berg des Olymp.

Luke lächelte charmant. »ICH bin Apollo, Jupiters Sohn. Ich bin ein Gott und damit unsterblich. Ich kann deine Gedanken lesen, Schätzchen. Und die Szene, die du dort auf dem Foto siehst, zeigt meine eigene Verbannung vom Berg des Olymp.«

Anne hob beide Augenbrauen. »Luke, für so eine Aussage, wird man auch heutzutage noch eingesperrt. Dafür gibt es geschlossene Psychiatrien.«

Luke schnitt eine Grimasse. »Die Skulptur, die du hier auf dem Bildschirm siehst, zeigt meinen Vater, der mich vor über dreitausend Jahren vom Berg des Olymp verbannt hat, damit ich unter den Erdlingen die wahre Liebe finde. Er war zornig, weil ich nur der fleischlichen Liebe nachging und mir nicht die Mühe machte, die wahre Liebe zu finden.«

Anne runzelte erst die Stirn, dann lachte sie lauthals los. Sie kriegte sich gar nicht mehr ein und noch während sie lachte, kniff sie ihm in den Arm, als müsste sie testen, wie sich dreitausend Jahre alte Haut anfühlte.

»Du«, gluckste sie, »bist niemals…NIEMALS drei-tausend-Jahre alt! Niemals!«

Luke verdrehte die Augen. »Um genau zu sein, bin ich auch nicht dreitausend, sondern dreitausendunddreißig Jahre alt.«

Sie waren alleine in ihrem Büro, also wagte er sich vor. Er streckte seine Hand aus und ließ einen Feuerball erscheinen. Wunderschön drehte sich die glühende Kugel auf seiner Hand und brachte die noch eben glucksende Anne zum abrupten Schweigen.

Ihr Mund öffnete sich und zum ersten Mal, seitdem Luke sie kannte, brachte sie keinen einzigen Ton heraus.

Luke ließ den Feuerball wieder verschwinden und zauberte stattdessen einen Kugelblitz hervor, der vergnügt auf seiner Hand umhertanzte, darauf wartend, auf ein Ziel geschleudert zu werden.

»Beim Jupiter!«, stieß sie hervor. Sie ergriff seine Hand und betrachtete sie von allen Seiten, vorsichtig darum bemüht, der geladenen Kugeln nicht zu nahe zu kommen. »Wie machst du das?«

Luke hatte Anne selten so ehrfürchtig staunen sehen.

JETZT war so ein Moment.

»Ich bin ein Gott! Das sagte ich doch bereits. Das hier ist eine Kleinigkeit für mich.«

Sie stand vor ihm und betrachtete entgeistert die blitzende Kugel in seiner Hand. »Was kannst du noch?«

»Gedankenlesen, extrem gut hören und ich bin außerdem ein, wenn auch miserabler, Gestaltenwandler. Aber bitte verlange nicht von mir, dass ich mir einen Dolch in die Brust jagen soll. Denn auch wenn ich unsterblich bin, so bin ich durchaus schmerzempfindlich.«
»Pfui, das würde ich niemals von dir verlangen! Und du bist wirklich ein Gestaltenwandler? Du kannst eine andere Gestalt annehmen?« Ihre Augen wurden immer größer. »So, wie in den Geschichten, in denen sich Jupiter verwandelt?«
»Ja, ich kann mich in eine Eule verwandeln, wenngleich mir die Rückverwandlung von Jahr zu Jahr schwerer fällt.« Luke seufzte theatralisch, während Anne ungläubig den Kopf schüttelte. »Ich bin leider nicht so ein begnadetes Talent wie mein Vater.«
»Ich kann das gar nicht glauben.«
»Letztendlich bin ich natürlich eine Granate im Bett, wie es sich für einen standesgemäßen Göttersohn gehört.« Luke grinste breit. »Aber ich bitte um Verständnis, dass du den letzten Punkt nie persönlich erleben wirst.«
Entgeistert wanderte Annes linke Augenbraue in die Höhe. »Den letzten Punkt hast du dir ausgedacht. Das ist keine göttliche Qualität. Es soll auch Typen, also Menschen geben, die ganz gut beim Sex sind.«
Luke lachte leise und nickte. »Stimmt. Es ist keine göttliche Fähigkeit. Das hätten wir Götter nur gerne, um die Schönsten der weiblichen Menschenrasse für uns gewinnen zu können.«
»Ihr Götter lasst euch mit Menschen ein?«
»Ja. Sogar ziemlich oft. Und die Kinder aus dieser Verbindung nennt man ›*Halbgötter*‹. Oftmals sehr zauberhafte, verführerische Wesen, denen weder Mensch noch Gott widerstehen können. Ich persönlich vermute ja, dass Stel-

la eine Halbgöttin ist. Was auch erklären würde, warum ich ihr so verfallen bin.«

»Davon habe ich schon gehört. Hielt ich bisher nur für Blödsinn!« Anne kratzte sich am Kopf. »Du kannst dich wirklich in eine Eule verwandeln? Wie cool ist das denn!« Sie musterte Luke von Kopf bis Fuß. Dann betrachtete sie das Foto, welches er von der Skulptur gemacht hatte.

»Die Figur sieht dir wirklich ähnlich. Hat Stella gut getroffen.«

»Sag ich doch! Es ist absolut undenkbar, dass sie als Mensch Kenntnis von meiner Verbannung bekommen hat und die Szene derart echt nachbilden konnte. Vielleicht ist sie eine Gesandte meines Vaters!« Fast ein wenig ängstlich starrte Luke auf das Bild. »Aber egal, wer sie ist«, gestand er, »sie kann verdammt gut küssen. Und wenn ich ihr in die Augen blicke, bringt mich das um den Verstand.«

Anne wirbelte herum. »Du hast sie geküsst? Und du glaubst wirklich, dass sie eine Halbgöttin ist?«

»Ich war vor ein paar Tagen in ihrem Atelier«, stammelte Luke abwesend und berührte seine Lippen. Schon beim bloßen Gedanken an den Kuss, brannten sie wie Feuer.

»Mann, dich hat's aber erwischt! Dann sollte ich mir ganz schnell ihren Toni angeln, damit du freie Bahn hast. Oh Gott, was mache ich, wenn ER ein Halbgott ist?« Anne grunzte ängstlich. »Ich nehme das Opfer natürlich nur in Kauf, um dir zu helfen.«

»Das würdest du für mich tun?« Luke grinste.

Anne nickte.

Luke ergriff ihre Hand. »Du bist zwar keine Frau, mit der ich zusammen sein möchte, aber du bist ein echter Freund. So, wie Jeanne D'Arc damals. Eine phantastische, starke Frau. Ich habe sie sehr geschätzt.«

Anne entzog ihm ihre Hand. »Ich schätze, aus deinem göttlichen Mund ist das ein Kompliment.« Sie pustete sich eine Haarsträhne aus dem Gesicht. »Du hast ernsthaft Jeanne D'Arc getroffen?«
Luke nickte.
»Wahnsinn!« Anne war schwer beeindruckt. »Mann, ich muss die Information erst einmal verdauen, dass du steinalt sein sollst und die Berühmtheiten der letzten Jahrhunderte sogar persönlich getroffen haben willst.«
»Es sollte wirklich ein Kompliment sein«, sagte Luke im Brustton der Überzeugung. »Ich würde nicht viele Frauen mit Jeanne D'Arc vergleichen.«
Anne lächelte. »Danke! Dann bilde ich mir darauf doch glatt etwas ein.«
»Das kannst du auch. Gott, wie vermisse ich den Berg des Olymp! Du kannst dir gar nicht vorstellen, wie ich in den letzten dreitausend Jahren gelitten habe.«
»Du siehst jetzt nicht wirklich leidend aus«, gab Anne zu.
Luke winkte ab. »Das täuscht. Ich vermisse mein Zuhause. Mein Götterleben.«
Anne beäugte ihn misstrauisch. »Also, so richtig nehme ich dir die Geschichte ja nicht ab, auch wenn ich zugeben muss, dass deine Zaubershow wirklich spektakulär und überzeugend war. Aber was passiert denn eigentlich, wenn ich dir den Weg zu Stella freimache und du bei ihr die wahre Liebe findest?«
»Dann wird der Bann gebrochen und ich darf mein armseliges Menschendasein endlich eintauschen gegen das pompöse, sorglose Leben eines Göttersohnes. Ich darf endlich zurück auf den Berg des Olymp.« Luke grinste breit.
Anne schaute ihn eine Weile schweigend an, dann schüttelte sie den Kopf. »Ich glaube, dann will ich dir doch

nicht helfen. Du bist der erste ehrliche Mensch, ähm, oder Gott, oder was auch immer, der mir die Wahrheit gesagt hat. Ich kann mich absolut auf dich verlassen und um ehrlich zu sein, hatte ich noch nie so einen guten Freund wie dich. Ich will dich gar nicht gehen lassen.«
Ergriffen angelte Luke nach Annes Händen und drückte sie aufrichtig. »Das verstehe ich gut. Aber ich finde, nach dreitausend Jahren habe ich es endlich verdient, nach Hause zurück zu kehren. Und wenn du Toni an Land ziehst, dann hast du doch auch einen Freund und Mann fürs Leben an deiner Seite.«
Skeptisch hob Anne eine Augenbraue, doch sie erwiderte nichts.
An ihrem Bildschirm ploppte eine Email auf.
»Was ist das?«
Pikiert blickte Luke das merkwürdige Foto an, auf dem ein nackter Mann eine Sekretärin verführte. »Ich finde, du solltest der Geschäftsführung von den sexuellen Übergriffen unseres Chefredakteurs erzählen«, drängte er Anne.
»Findest du? Und was ist, wenn die mir nicht glauben? Ich habe die meisten Fotos bereits gelöscht. Es war mir unangenehm, sie in meinem Posteingang zu haben«, erwiderte Anne.
»Das verstehe ich. Aber du solltest es trotzdem tun«, beharrte Luke. »Und wenn es Ärger gibt oder die dir eine Affäre mit ihm unterstellen, dann unterstütze ich dich. Ich kann den Emaileingang bestätigen.«
»In Ordnung«, sagte Anne und seufzte schwer. »Dann bereite ich dem Ganzen mal ein Ende. Danke!«
»Dafür nicht.«

# Die Nacht der Verführung

Stella arbeitete Tag und Nacht an den Skulpturen, die nächste Woche bei der Ausstellung verkauft werden sollten. Zwischendurch dachte sie immer wieder an Luke und an ihre Mission, ihn wieder zurück zum Berg des Olymp zu bringen.

Jetzt, da sie quasi aus ihrer Hypnose erwacht war, und davon ausgehen konnte, dass sie eine Halbgöttin war, entdeckte sie immer mehr Fähigkeiten, die all die Jahre in ihr geschlummert haben mussten.

Vor allem schnitzte sie ihre Figuren in der doppelten Geschwindigkeit. Sie besaß auf einmal Kräfte, die sie stark wie ein Mann werden ließen - und sie war noch nie ein schwaches Mädchen gewesen.

»Du meine Güte, Stella! Hast du irgendein Geschwindkeitskraftfutter gegessen? Wie viele Figuren hast du in der Kürze der Zeit geschnitzt? Zwanzig?« Toni lachte leise auf. »Egal, ich muss mal eben in die Firma. Komme nachher gleich wieder und helfe dir weiter beim Aufbau der Skulpturen.«

»Das ist lieb von dir, Toni. Aber wenn du in der Firma noch zu tun hast, können wir auch noch heute Abend aufbauen«, lenkte Stella ein.

Im Grunde genommen brauchte sie Toni nicht, um die Skulpturen zu verschieben. Sie konnte jede einzelne bis zu dreihundert Kilogramm locker mit einer Hand tragen - was ihr erst gelang, seitdem ihr Erinnerungsvermögen und, schätzungsweise damit verbunden, auch ihre göttlichen Fähigkeiten geweckt worden waren.

»Nein, nein, das passt schon. Es ist mir wichtig, dass ich meiner Schwester helfe.« Toni winkte und war auch schon verschwunden.

Stella arbeitete und arbeitete und ignorierte sogar ihr Magenknurren. Da sie gerade so im Arbeitsfluss war, warf sie sich zwischendurch nur ein paar Erdnüsse ein.

»Hallo!« Jemand räusperte sich hinter ihr.

Erschrocken fuhr Stella herum.

Sie war derart in die Arbeit vertieft gewesen, dass sie niemanden bemerkt hatte.

»Herr im Himmel, hast du mich erschreckt!«

Luke stand vor ihr und zuckte durch ihre schreckhafte Reaktion derart zusammen, dass er rückwärts stolperte und prompt über einen Holzschemel flog. Mit einem lauten Krachen landete er auf dem staubigen Boden.

Stella streckte ihm die Hand hin und überlegte noch, ob sie ihn mühelos hochziehen sollte, als sie nach unten sackte und auf ihm landete.

Sie blickten sich an und fielen schließlich wie ausgehungerte Tiere übereinander her.

Stella tauchte in den großartigsten Kuss hinein, den sie je bekommen hatte. Schwer atmend lag sie auf ihm und spürte seine Lust wachsen. Sein Hemd hatte sie bereits angefangen aufzuknöpfen und war gerade dabei, sich an seiner Hose zu schaffen zu machen, als plötzlich die Ladenglocke ertönte.

Erschrocken fuhren sie auseinander.

Stella sprang auf und lief auf die Eingangstür zu.

»Guten Tag, die Herrschaften!«, sagte Stella nervös.

Aus den Augenwinkeln sah sie, dass Luke auf allen Vieren umherkroch, als hätte er seine Kontaktlinse verloren.

Stella führte das Pärchen in den Innenhof und begrüßte im Vorbeilaufen ihren Bruder, der, wie versprochen, zum Helfen früher von der Arbeit nach Hause gekommen war.
Sie wusste, Luke war noch immer in ihrer Werkstatt.
Am liebsten hätte sie die Leute weggeschickt und sich den göttlichen Freuden der körperlichen Liebe hingegeben. Noch nie zuvor war sie so wild darauf gewesen, einem Mann nahe zu sein.
»Diese Statue von Jupiter gefällt mir besonders gut«, sagte die ältere Frau. »Die nehme ich.« Plötzlich glitt ihr Blick zu einem anderen Bildnis. Stella hatte es gerade erst vor ein paar Tagen gefertigt. Es zeigte Jupiter, der seinen Sohn während eines Liebesspiels mit einer wunderschönen Halbgöttin verbannte.
Das Bild war ihr im Traum erschienen und so hatte sie es gleich fertigen müssen.
Plötzlich flog die Werkstatttür auf und Luke kam herausgeschossen. Er preschte an der älteren Dame vorbei und rannte sie beinahe über den Haufen. Er warf sich regelrecht auf die Figur und hielt schützend die Hände darüber.
»Die ist unverkäuflich«, platzte er zum Ärger des älteren Paares heraus.
Verwirrt blickte Stella Luke an.
›*Mann, ich war SO kurz davor, Stella zu vernaschen und da müssen ausgerechnet Kunden auftauchen und dann auch noch dieser Toni! Das ist echt nicht mein Tag! Aber diese Skulptur hier bekommt niemand! Ich werde sie mit meinem Leben verteidigen.*‹
Luke hatte sie verführen wollen?
Hatte er sich bereits in sie verliebt?
Würde Jupiter ihn nun zurück auf den Berg des Olymp holen?
Und sie hier auf der Erde zurücklassen?

Fast ein wenig ängstlich blickte Stella gen Himmel. Sie war noch nicht bereit, just in diesem Moment die Erde zu verlassen und auf den Berg der Götter umzuziehen. Im Laufe der Zeit, die sie hier bei den Menschen verbracht hatte, hatte sie sich eine gewisse Unflexibilität angeeignet und damit menschliche Züge angenommen.

Erleichtert atmete sie auf, als sie feststellte, dass nichts passierte. Es gab keinen Knall, keinen Donnerschlag und auch sonst tat sich nichts, außer dass die beiden Herrschaften die Goldregen-Statue kauften, während Luke ›*Die Verbannung*‹ erwarb.

Nachdem sie die Statue von Jupiter in den Wagen des älteren Paares geschafft hatten, bezahlte Luke seine Errungenschaft und ließ sich von Toni noch nach draußen begleiten.

\*\*\*

»Toni, Telefon für dich!« Stella reichte ihrem Bruder das Telefon.

»Anne!« Toni lächelte ihr zu und verließ die Werkstatt. Kurze Zeit später kam er bis über beide Ohren grinsend zurück. »Ich habe ein Date.«

»Wirklich? Mit Anne?« Stella lächelte. »Lass mich raten! Du nutzt den Abend meiner Ausstellungseröffnung, um dich mit ihr zu treffen.« Sie kannte ihn nach all den Jahren schon lange genug, um zu wissen, dass er es mied, Partys mit vielen Menschen aufzusuchen, wenn er nicht beruflich vor Ort sein musste. Und da er ihre Feier nicht als gefährlich einschätzte, mied er den Menschenauflauf.

Natürlich wusste sie auch, dass er im Innenhof zwei seiner Mitarbeiter postieren würde, um ihre Sicherheit zu gewährleisten.

»Ja. Ich hoffe, du bist damit einverstanden.« Fast flehend blickte Toni sie an. »Wenn du mich brauchst, wähle ich natürlich einen anderen Termin.«
»Nein, nein«, sagte Stella und winkte ab. »Ich schaffe das schon. Ich bin doch ein großes, starkes Mädchen.«
Toni umarmte sie und tanzte überglücklich mit ihr durch den Raum. Dann blieb er plötzlich stehen. »Zuerst fand ich sie recht schräg. Aber als wir sie zum zweiten Mal trafen, war sie so verändert, dass ich anfing, mich für sie zu interessieren. Und JETZT«, er holte tief Luft, »finde ich sie einfach nur noch toll. Sie ist nicht nur hübsch, sondern auch intelligent. Eine tolle Mischung!«
»Das freut mich wirklich sehr für dich! Ihr passt auch gut zusammen.«
»Hast du Luke auch zu deiner Vernissage eingeladen?« Eindringlich blickte Toni sie an.
Seufzend schüttelte Stella den Kopf. »Die Einladung ging eher an die ganze Redaktion.«
Ihr Bruder verdrehte die Augen. »Ach, Stella, du hättest ihm persönlich eine Einladung schicken sollen. Ich kann nur für dich hoffen, dass er auch kommt.«
»Kannst du nicht Anne fragen, ob er kommt?«, fragte sie.
Toni grinste. Dann zückte er sein Telefon und schickte Anne eine Nachricht.

›*Hallo Anne, weißt du zufällig, wer aus deiner Redaktion zur Ausstellung kommt? Viele Grüße, Toni*‹

Sie brauchten nicht lange zu warten, da kam auch schon die Antwort.

›*Hallo Toni, Luke wird kommen. Ich musste ihn zwar ein wenig überreden, da er sich ungerne in enge Räume begibt, die voller Menschen sind, aber er wollte sich die Kunst nicht entgehen lassen. Bis später. Anne*🦔‹

Toni schaltete das Handy aus und schob es in die Hosentasche zurück. »Siehst du! Er wird kommen.«

*\*\*\**

Den ganzen Nachmittag über lief Stella durch die Gegend, als hätte man ihr den Kopf abgeschraubt. Sie war unglaublich nervös und überprüfte alles dreimal. Sie hatte einen Partyservice beauftragt, der eine Stunde vor der Eröffnung das Essen bringen sollte und Toni hatte mit einem Freund die Getränke herangekarrt.
Nachdem der Partyservice alles geliefert hatte, trudelten die ersten Leute ein, darunter auch ein paar alte Schulfreundinnen.
Es war bullig heiß in Stellas Atelier und bei jeder Türglocke horchte sie erwartungsvoll auf. Eine gefühlte Ewigkeit später sah sie ihn endlich im Türrahmen stehen. Mit klopfendem Herzen - sie war schließlich zur Hälfte ein Mensch - bahnte sie sich einen Weg durch die Massen an Besuchern, wurde hier und da aufgehalten und verlor ihn schließlich aus den Augen. Irgendwann entdeckte sie ihn an der Bar.
»Hallo Luke!«, hauchte sie ihm ins Ohr und legte ihm von hinten eine Hand auf die Schulter.
Langsam, im Zeitlupentempo, drehte er sich um.
Die Luft um sie herum knisterte.
Stella überlegte kurz, wie sie ihn begrüßen sollte, und entschied sich schließlich für einen Frontalangriff. Sie stellte

sich auf die Zehenspitzen und zog ihn mit einer Hand an der Wange zu sich herunter. Zärtlich hauchte sie ihm einen Begrüßungskuss auf die Wange
»Hi!«, brachte Luke heiser hervor.
»Schön, dass du gekommen bist«, sagte Stella lächelnd.
»Wie hätte ich so einer Einladung widerstehen können? Ich hatte sogar etwas von Rabatt gelesen«, sagte Luke spitzbübisch grinsend.
»Für welche Skulptur interessierst du dich denn noch?«, fragte Stella überrascht.
»Ich habe mich noch nicht entschieden.« Luke blickte ihr tief in die Augen und steigerte ihre Nervosität ins Unermeßliche. Dann stellte er sein Glas auf den hohen Tresen und umfasste mit einer Hand ihre Hüfte. Langsam zog er sie zu sich und flüsterte ihr ins Ohr. »Ich gehe davon aus, dass die Gäste bald gehen und ich der Einladung zwischen den Zeilen meiner Einladungskarte folgen kann?«
Seine Stimme war wie eine Liebkosung.
Stella erzitterte trotz der Hitze in dem übervollen Atelier.
»Ja«, war alles, was sie herausbrachte.
»Dann solltest du jetzt ganz viel verkaufen, damit die Leute schnell zufrieden nach Hause gehen«, fuhr Luke fort. Sein Atem hinterließ ein heißes Brennen auf ihrer Haut.
»Frau Morgenstern, Ihre Skulpturen sind wahre Kunstwerke. Mein Mann und ich haben uns entschieden. Wir möchten gerne Jupiter kaufen, der sich seinem Gegner auf dem Adler stellt und sie mithilfe des Tieres und seiner Blitzgewalt besiegt«, unterbrach sie eine ältere Frau.
Stella warf Luke einen letzten, heißen Blick zu und widmete sich dann ihren Kunden.

Um kurz vor Mitternacht gingen die letzten Gäste und das Atelier sah aus wie nach einem Bombenangriff. Es war komplett leergekauft.

Eine weitere Viertelstunde später plumpste Stella auf einen Barhocker und klopfte neben sich auf den Tresen, um Luke herbeizulocken.

»Trinkst du noch etwas mit mir?«

Luke schlenderte betont lässig durch den Raum, ohne sie auch nur eine Sekunde aus den Augen zu lassen.

Sein Blick war wie eine Verheißung.

Galant umrundete er schließlich den Tresen. »Was möchte die Lady denn für einen Drink haben?«

»Irgendetwas Alkoholfreies, bitte«, sagte sie erschöpft. »Ich glaube, sonst schlafe ich ein.«

»Das wollen wir natürlich nicht«, erwiderte Luke grinsend.

»Ich nehme eine Fruchtschorle bitte.«

Fragend blickte Luke sie an.

Stella grinste bis über beide Ohren. »Entschuldige, du kommst ja nicht von hier. Eine Schorle ist ein Getränk, bei dem du Saft mit Mineralwasser mischt. Es ist erfrischend und sehr bekömmlich.«

»Also eine Fruchtschorle für die Dame. Kommt sofort.«

Luke mischte das Getränk an, versorgte sich auch gleich noch mit einer Schorle und setzte sich schließlich zu ihr an den Tresen.

»Dein Atelier sieht aus, als hätte hier eine Schlacht stattgefunden«, bemerkte er, bevor er ihr zuprostete.

Stella erhob ihr Glas. »Das Gefühl habe ich auch. Es ist wirklich viel gekauft worden heute Abend. Mehr als sonst.«

»Das ist gut, oder?« Er schaute sie über den Rand seines Glases an.

Stella nickte. »Das ist sehr gut. Die letzten Monate musste ich ziemlich auf Sparflamme leben. Ich habe schon lange nicht mehr so viel verkauft. Und irgendwie muss ich ja auch meine Kosten decken.«
»Eigentlich hatte ich auch vorgehabt, mir noch eine Skulptur zu kaufen«, deutete Luke an.
»Wirklich?« Neugierig musterte Stella ihn.
»Wirklich.«
»Und auf welche Skulptur hast du ein Auge geworfen?«
»Den Adler. Den habe ich in letzter Zeit schon öfters fotografiert.«
»Den habe ich vorhin erst verkauft«, bedauerte Stella.
»Ich weiß.« Luke nippte an seinem Getränk.
»Warum bist du eigentlich Fotograf geworden?«
»Das«, sagte Luke betont langsam, »ist eine verdammt gute Frage. Ich glaube, es war in diesem Abschnitt meines Lebens die beste Wahl.«
»Das nenne ich mal eine interessante Antwort. Du hast also schon andere Berufe ausprobiert?«
»Ich habe durchaus schon andere Berufe ausprobiert. Aber die Ablichtung von Menschen ist…so herrlich vielseitig.«
»Vielseitig? Das glaube ich.« Stella rutschte vom Barhocker und schob sich eng an ihm vorbei. Seinen Blick spürend, ging sie zu einem tiefer gelegten Regal und holte eine kleine Skulptur hervor. »Die ist für dich!«
Mit weit geöffnetem Mund starrte Luke die Statue an.
Ein kleines Messingschild am Fuß der Skulptur zeigte seinen wahren Namen: Apollo.
Luke schluckte.
»Sie ist wunderschön.«
»So wie du«, wagte Stella sich vor.

Schweigen machte sich zwischen ihnen breit, während sich ihre Augen abtasteten.

Das Knistern zwischen ihnen wurde fast unerträglich, bis sich Luke schließlich vorwagte.

Er umfasste ihre Hüfte, rutschte von seinem Barhocker und näherte sich ihren erwartungsvollen Lippen.

# Süß wie Zitronensorbet

Sollte er wirklich noch einmal ins Atelier fahren?
Luke war sich unsicher.
Anne hatte heute Abend ein Date und sie wollte ihm partout nicht verraten, wen sie treffen wollte. Dabei wusste er ohnehin, dass Toni der Auserwählte war. Sie hatte offenbar vergessen, dass er Gedankenlesen konnte und so konnte sie rein gar nichts vor ihm geheimhalten, auch wenn er sich bemühte, nicht in ihren Gedanken herumzuwühlen.
Wie ein aufgescheuchtes Huhn rannte sie durch die Redaktion. Dabei sah sie heute allerdings um Klassen besser aus als noch vor vier Wochen.
»Jetzt setz dich endlich hin! Du machst mich ganz nervös«, knurrte er sie schließlich an.
Anne hielt inne. »Also gut, ich werde dir sagen, wen ich heute treffe…« Geheimnisvoll sah sie ihn an, gerade so, als müssten gleich Blitze vom Himmel zucken.
»Na los, sag schon!«
»Toni.«
Luke rümpfte demonstrativ die Nase. »Du triffst dich ernsthaft mit Toni Morgenstern?«
»Ehrlich gesagt, kenne ich nur einen Toni. Ich bezweifle allerdings, dass er der Ehemann von Stella ist«, erwiderte Anne und grinste bis über beide Ohren. »Sonst würde er sich doch wohl kaum mit mir verabreden.«

»Du bist erwachsen und kannst dich treffen, mit wem du willst. Und wenn er verheiratet ist, musst du das für dich entscheiden.«

»Ich mache das natürlich nur, damit du heute Abend freie Bahn hast, mein Lieber. Also sei brav, nutze die Zeit und folge der Einladung unserer ›*Holztrulla*‹!«

»Nenn sie nicht immer ›*Holztrulla*‹. Stella ist eine Göttin«, schwärmte Luke.

Anne grinste. »Na, dann passt sie ja ausgezeichnet zu dir, Apollo.« Sie zwinkerte ihrem Kollegen zu und warf ihm die Einladungskarte vom Atelier ›*Götterfunke*‹ entgegen.

Neugierig beäugte Luke die Karte. »Warum triffst du Tonni nicht dort?«

Anne zuckte mit den Schultern. »Toni meinte, er habe keine Lust zu solchen Menschenaufläufen. Er hat ihr dafür bei den ganzen Vorbereitungen geholfen. Und dir kann das jawohl ganz recht sein, wenn er nicht da ist, oder?«

»Glaubst du, ICH habe Lust, zu solchen Menschenaufläufen zu gehen? Und das in dem winzigen Atelier?« Seufzend packte Luke seine Kamera ein.

»Nein, aber ich glaube, du hast Lust auf SIE«, erwiderte Anne.

Gemeinsam verließen sie fünf Minuten später die Redaktion. Vor dem Gebäude drückte sie Lukes Arm. »Denk dran, immer deine Fähigkeiten unterdrücken, sonst hebt ihr zwei noch ab, wenn du explodierst!« Sie kicherte über ihren eigenen Witz, den Luke allerdings weniger lustig fand. Er war in letzter Zeit schon des Öfteren außer Kontrolle geraten und er befürchtete tatsächlich, dass er aus Versehen einen Feuerball und Kugelblitz hervorbringen könnte, sobald er in Ekstase geriet.

Anne klopfte ihm beruhigend auf den Rücken. »Du wirst das schon schaffen. Jetzt werde ich mich erst einmal aufbrezeln, damit ich einen gewissen Herrn auch verführen kann. Schließlich will ich ja nicht als alte, vertrocknete Jungfer enden.«

»Du schaffst das!«, sprach Luke ihr Mut zu, was überhaupt nicht nötig war, denn sie war heute entschlossener als er.

»Ich hatte einen verdammt guten Lehrer.« Sie winkte ihm zum Abschied zu und nachdem er ihr noch eine Weile hinterhergeblickt hatte, machte er auf dem Absatz kehrt und lief eilig nach Hause, um zu duschen und noch eine Kleinigkeit zu essen.

***

Als er die Tür öffnete, schlug ihm Hitze entgegen. Menschen drängten sich durch die Werkstatt und begutachteten die Skulpturen, die Stella erschaffen hatte.
Luke machte sich auf die Suche nach Stella, doch er fand sie nirgends. Stattdessen drückte ihm eine junge Frau etwas zu Trinken in die Hand.

»Ein Fruchtcocktail, alkoholfrei«, sagte sie lächelnd.

»Danke!« Höflich nippte Luke an dem köstlichen Gesöff und hielt sich die nächsten Minuten an dem Glas fest.

»Hallo Luke!«, hörte er plötzlich eine leise Stimme hinter sich. Sie schien seinen Rücken zu streicheln, so zärtlich glitten ihre Worte sein Rückgrat hinunter.

Luke erschauerte.

Augenblicklich erinnerte er sich wieder an den heißen Kuss, den sie erst vor wenigen Tagen ausgetauscht hatten.

Langsam, im Zeitlupentempo, drehte er sich um.

Die Luft um sie herum knisterte.

Nervös umklammerte er sein Glas.

Wenn er das kühle Sandgebläse umfasste, war die Gefahr geringer, dass ihm versehentlich ein Kugelblitz entglitt, oder noch schlimmer: ein Feuerball.
Der würde hier drinnen in der Holzwerkstatt innerhalb von Sekunden ein Inferno der Verwüstung hinterlassen.
Das erste, was er sah, als er sich umdrehte, waren ihre wunderschönen blauen Augen. Ihre langen Wimpern fächerten ihm ein sanftes ›*Hallo*‹ zu und für den Bruchteil einer Sekunde überlegte er, wie er sie begrüßen sollte: Verhalten, mit Handschlag oder einem verheißungsvollen Kuss.
Stella stellte sich kurzerhand auf die Zehenspitzen und zog ihn mit einer Hand an der Wange zu sich hinunter. Zärtlich hauchte sie ihm einen Begrüßungskuss auf die Wange, der ihm einen rasenden Zug der Leidenschaft durch die Eingeweide jagte. Die hungrige Schlange in seinem Innern raste ihm vom Herzen durch den Magen hinunter in seinen Schoß.
Hitze machte sich in ihm breit.
Es war, als brannte er lichterloh.
»Hi!«, brachte Luke heiser hervor. Seine Lippen waren ausgetrocknet, er hatte einen dicken Kloß im Hals.
Er spürte die Erregung wachsen, als sich ihr Mund zu einem Lächeln verzog. Das Lächeln erreichte ihre Augen und er wusste augenblicklich, es galt nur ihm.
»Schön, dass du gekommen bist«, sagte sie, wobei ihre Worte nur ein lasziziv Hauchen waren.
Ihre Augen verrieten, dass sie ihn genauso sehr wollte wie er sie. Es brannte das Feuer der Leidenschaft in ihnen.
Luke blendete die vielen Menschen um sie herum aus und genoss die Berührung ihrer Hände auf seinem Arm.
Sein Blick glitt an ihr herunter.

Heute trug sei keinen Overall. Sie trug, dem Anlass angemessen, einen kurzen Faltenrock und einen schwarzen Pullover mit einem extrem verführerischen Ausschnitt. Dieser ließ ihre wohlgeformten Brüste mehr als erahnen. Der hauchzarte Büstenhalter gewährte ihm einen tiefen Einblick in das, was sich darunter verbarg. Ihre Knospen waren so unübersehbar gehärtet, dass er sich zwingen musste, woanders hinzuschauen. Stella zeigte mit ihrem Outfit Knie und hatte ihre schlanken Beine in ansprechende Lederstiefel verpackt. Sie sah heute nicht aus wie eine Holzkünstlerin, sondern wie eine echte Göttin - oder eine verführerische Halbgöttin, die nur darauf wartete, in den Genuss seiner Verführungskünste zu kommen.
»Wie hätte ich so einer Einladung widerstehen können? Ich hatte sogar etwas von Rabatt gelesen«, versuchte er einen einigermaßen vernünftigen Satz zu formulieren.
»Für welche Skulptur interessierst du dich denn?«, fragte Stella neugierig.
»Ich habe mich noch nicht entschieden«, deutete Luke wage an.
Stella lachte leise und legte ihm erneut eine Hand auf seinen nackten Unterarm. »Dann hoffe ich doch, dass sie nachher noch da sein wird.« Sie lächelte angespannt.
»Du bist nervös?«, flirtete Luke sie bewusst an.
Stella erwiderte seinen Blick und im selben Augenblick wussten beide, dass es heute Nacht passieren würde.
Sie war bereit.
Und er konnte sich kaum noch halten.
Am liebsten hätte er sie sofort an den Hüften gepackt, auf den Werktisch geworfen und seine Lippen in ihrem Schoß vergraben, um von ihrer süßen Frucht zu probieren.
Mit leicht geöffnetem Mund beobachtete er sie, fast ein wenig verträumt.

Sie starrte ebenfalls auf seine Lippen, dann blickte sie ihm wieder in die Augen. »Ja, ich bin nervös. Es sind viele Leute da. Du bist da…«
Luke stellte sein Glas auf den hohen Tresen und fasste ihr mit einer Hand an die Hüfte. Langsam zog er sie zu sich und flüsterte ihr ins Ohr. »Dann gehe ich doch mal davon aus, dass die Gäste bald gehen und ich der Einladung zwischen den Zeilen deiner Einladungskarte folgen kann?«
Er genoss die Berührung ihrer Lippen an ihrem zarten Ohr, als sie ein leises ›Ja‹ stöhnte.
Der Hauch ihres Atems versetzte seinen ganzen Körper in höchste Schwingungen. Luke hoffte, dass es niemandem auffiel, wie eng seine Jeans mit einem Mal wurde.
»Dann solltest du jetzt viel verkaufen, damit die Leute ganz schnell zufrieden nach Hause gehen können«, wisperte er ihr zu.
Im Schutz ihrer langen, braunen Locken nutzte er die Gelegenheit und biss ihr verspielt ins Ohr. Dabei tat er so, als sei es ihm versehentlich passiert und zwinkerte ihr aufreizend zu.
Es folgte ein langer Blickwechsel, dann widmete er sich wieder seinem Getränk. Er wollte sie verführen, aber er wollte nicht aufdringlich sein. Sie hatte ihm die Tür geöffnet, nun wollte er auch hindurchgehen und sie in die Welt der Leidenschaft entführen.
Später.
Beim Jupiter, er wollte sie überall berühren, sich in ihr verlieren und ihre heiße Tiefe spüren - sobald die vielen Menschen endlich gegangen waren.
»Frau Morgenstern, Ihre Skulpturen sind wahre Kunstwerke. Mein Mann und ich haben uns entschieden. Wir möchten gerne Jupiter kaufen«, sagte eine ältere Frau.
Sie roch förmlich nach Geld.

Luke kannte solche Leute zur Genüge.

Sie waren reich, und zu weilen auch eiskalt.

Dieses Exemplar hier neben ihm zeichnete sich durch besondere Kälte aus. Sie war so unnahbar, dass sich sein pralles Glied in Sekundenschnelle verabschiedete.

Er warf Stella noch einen langen, sehnsüchtigen Blick zu, der ihr bedeuten sollte, dass er heute Nacht auf sie warten würde.

Stella erwiderte seinen Blick und widmete sich dann ihrer Kundschaft.

Lukes Augen glitten ihr dabei über die Brust.

Ihre Nippel waren noch immer hart aufgestellt.

Sie war nicht weniger erregt als er.

Sie warf ihm einen letzten Blick über die Schulter zu, dann sah er sie nur noch von hinten.

Eine ganze Weile beobachtete er die Leute. Als diese so nach und nach das Atelier verließen, spürte er die Vorfreude wachsen.

Viele Gäste waren nicht mit leeren Händen gegangen.

Das Atelier sah daher aus wie nach einem Bombenangriff.

Eine weitere Viertelstunde später plumpste Stella auf einen Barhocker und klopfte neben sich auf den Tresen.

»Trinkst du noch etwas mit mir?«

Luke schlenderte betont langsam durch den Raum, ohne sie auch nur eine Sekunde aus den Augen zu lassen.

Er spürte, dass sie nervös war. Sie rutschte auf ihrem Stuhl umher und versuchte eine Position zu finden, in der sie sicher sitzen konnte.

Als Mann der alten Schule fuhr er also einen Gang zurück. Er wollte von ihr eingeladen werden, sie zu verführen. Er wollte sie nicht überrumpeln. Das würde ihnen hinterher nur leidtun.

Galant umrundete er den Tresen. »Was möchte die Lady denn für einen Drink haben?«
»Irgendetwas Alkoholfreies, bitte«, sagte sie erschöpft. »Ich glaube, sonst schlafe ich ein.«
»Das wollen wir natürlich nicht«, sagte er grinsend. Er warf ihr einen Blick zu, der sie augenblicklich aufzumuntern schien. Sie richtete sich auf und deutete auf den Mangosaft. »Ich nehme eine Fruchtschorle bitte.«
Fragend blickte Luke sie an.
Was, beim Jupiter, war eine Schorle?
Stella grinste bis über beide Ohren. »Entschuldige, du kommst ja nicht von hier. Eine Schorle ist ein Getränk, bei dem du Saft mit Mineralwasser mischt. Es ist erfrischend und sehr bekömmlich.«
»Also eine Fruchtschorle für die Dame. Kommt sofort.« Luke mischte das Getränk an, versorgte sich auch gleich noch mit einer Schorle und setzte sich zu ihr an den Tresen.
»Dein Atelier sieht aus, als hätte hier eine Schlacht stattgefunden«, bemerkte er, bevor er ihr zuprostete.
Stella hob ihr Glas. »Das Gefühl habe ich auch. Es ist wirklich viel gekauft worden heute Abend. Mehr als sonst.«
»Das ist gut, oder?« Luke schaute sie über den Rand seines Glases an.
Stella nickte. »Das ist sehr gut. Die letzten Monate musste ich ziemlich auf Sparflamme leben. Ich habe schon lange nicht mehr so viel verkauft. Und irgendwie muss ich ja auch meine Kosten decken.«
»Eigentlich hatte ich auch vorgehabt, mir noch eine Skulptur zu kaufen«, sagte Luke wage.
»Wirklich?« Neugierig musterte sie ihn.

»Wirklich.« Ihr eindringlicher Blick allein sorgte dafür, dass seine Hose verdammt eng wurde. Sein gesamter Unterleib ging auf Alarmbereitschaft.
»Und auf welche Skulptur hast du ein Auge geworfen?«
»Den Adler. Aber der ist ja bereits verkauft. Ich habe in letzter Zeit häufig Fotos von Adlern geschossen.«
Ihre Augen streichelten ihn. Ihr Blick wanderte langsam an ihm herunter, wanderte über seine durchtrainierte Brust. Er hatte den athletischen Bau, der einem Göttersohn würdig war, und die Frauen, die er die letzten dreitausend Jahre beglücken durfte, waren allesamt hingerissen gewesen von seinem breiten Kreuz.
Breite Schultern waren seit jeher ein Inbegriff von Männlichkeit und weckten stets die Begierde der Weiblichkeit.
»Warum bist du eigentlich Fotograf geworden?«
Himmel, das war eine gute Frage!
Er war gedanklich bereits beim Sex angekommen und hatte Mühe, sein Gehirn nun wieder auf Smalltalk umzuschalten.
Er hatte schon so viele Jobs gehabt in den letzten dreitausend Jahren, dass er aufgehört hatte, sich diese Frage zu stellen, warum er irgendetwas tat.
»Das«, sagte er betont langsam, »ist eine verdammt gute Frage. Ich glaube, es war in diesem Abschnitt meines Lebens die beste Wahl.«
Stellas Augenbrauen wanderten in die Höhe. »Das nenne ich mal eine interessante Antwort. Du hast also schon andere Berufe ausprobiert?«
Luke war versucht abzuwinken und ihr aufzutischen, dass er Tausende von Berufen hinter sich hatte, als ihm einfiel, dass es höchst unklug war, seine Tarnung als Göttersohn auffliegen zu lassen.

Er wechselte seine Sitzposition und berührte fast automatisch ihr Bein mit seinem Knie.
Sie zog ihr Bein nicht zurück.
Das war für ihn das Zeichen, dass er zur Verführung übergehen konnte. Das war seine ganz persönliche Einladung.
Die Stimmung kippte.
Sie war mit einem Mal geladen wie ein gewaltiger Blitz.
Luke spürte, dass sich der Punkt näherte, an dem die Spannung am höchsten war.
»Ich habe durchaus schon andere Berufe ausprobiert. Aber die Ablichtung von Menschen ist…so herrlich vielseitig.«
»Vielseitig? Das glaube ich.« Stella rutschte vom Barhocker und schob sich an ihm vorbei. Ihre Brüste berührten seine Arme, der Blick, den sie ihm dabei zuwarf, brachte ihn fast um den Verstand.
Was hatte sie vor?
Kokett tänzelte sie an ihm vorbei und ging zu einem tiefer gelegten Regal. Dort bückte sie sich und zeigte etwas mehr von ihren langen, schlanken Beinen. Er sah den Hauch ihrer halterlosen Strümpfe, die von spitzenbehafteten Strapsen gehalten wurden.
Ohne es zu wollen, tauchten Phantasien von ihrem Schoß in seinem Kopf auf und feuerten die Begierde an, die stetig in ihm wuchs - angeschwollen, bereit zur Zusammenkunft, zart rosa und einladend.
Sie holte eine kleine Skulptur hervor und kam zu ihm zurück. Wieder schob sie sich eng an ihm vorbei und platzierte das Kunstwerk auf dem Tresen. »Das ist für dich!«
Mit weit geöffnetem Mund starrte Luke die Statue an.
Ein kleines Messingschild am Fuß der Skulptur zeigte seinen Namen: Apollo.
Er schluckte.

Sein Hals war trocken.
Eilig trank er einen Schluck von der sprudelnden Schorle.
»Sie ist wunderschön.«
»So wie du«, sagte sie und wandte sich ihm zu.
Schweigen machte sich zwischen ihnen breit, während sich ihre Augen abtasteten. Das Knistern zwischen ihnen wurde fast unerträglich und schließlich wagte er sich vor.
Er umfasste ihre Hüfte, rutschte von seinem Barhocker und näherte sich ihren vollen, sanften Lippen.
Noch während er sie berührte, schloss er seine Augen und gab sich ganz der Leidenschaft hin, die von ihm Besitz ergriff.
Er knabberte zunächst an ihren Lippen, öffnete leicht seinen Mund und glitt dann mit seiner Zunge durch ihre Mundöffnung, vorbei an ihren geraden, weißen Zähnen, bis er ihre Zunge fand.
Er umspielte ihre Spitze zunächst sehr vorsichtig und sanft, bis er seine Lust nicht länger zurückhalten konnte. Inbrünstig küsste er sie und stöhnte leise auf, als ihre Hände über seinen Rücken fuhren.
Sein Atem beschleunigte und er musste sich zusammenreißen, um ihr nicht die Kleidung vom Leib zu reißen.
Leicht löste er sich von ihr und blickte ihr tief in die Augen. Mit den Zeigefingern streichelte er ihr über die Wange. »Du bist so wunderschön!«
Bevor sie antworten konnte, knabberte er erneut an ihren Lippen. Er biss zart hinein, leckte darüber und verschloss ihre Lippen schließlich mit einem erneuten, leidenschaftlichen Kuss. Er ließ seine Zunge durch ihren Mund tanzen und genoss die hungrige Schlange, die durch seinen Körper schoss. Er saugte an ihrer Zungenspitze, bis sie anfing, lustvoll zu stöhnen.

Er wusste, er hatte ihren erogenen Punkt erwischt, der ihr den Druck vom Mund bis hinunter in die Gebärmutter jagte.
JETZT war es Zeit, dass seine Hände zum Einsatz kamen. Zielstrebig wanderte er zu ihren Brüsten, rutschte in ihren tiefen Ausschnitt und suchte nach ihren verführerischen Nippeln. Er löste seinen Mund von ihrem und wanderte mithilfe seiner Zähne an ihrem Hals hinab in tiefere Regionen.
Vorsichtig nestelte er an ihrem BH und legte ihre Brüste ein stückweit frei, weit genug, um ihre harten Nippel endlich in den Mund zu nehmen. Sanft saugte er daran und entlockte Stella ein leidenschaftliches Stöhnen.
Er wusste durch seine vielen Frauen, die er auf der langen Reise schon beglückt hatte, dass die Brust ein äußerst empfindliches Körperteil war. Sie war auf neckische Weise mit dem Unterleib verbunden und sorgte bei den Damen für wahre Gefühlsstrudel.
Dennoch wanderte er mit dem Mund wieder nach oben und küsste ihre leicht geöffneten Lippen. Mit kreisenden Bewegungen ließ er seine Zunge um ihre gleiten, während seine Hände ihre Schenkel hinunterwanderten.
Er wollte ihren Schmetterling erreichen und sein Glied in nächster Zukunft in ihrer feuchten Spalte versenken. Seine Hände erreichten die Innenseite ihrer Schenkel und arbeiteten sich unaufhörlich höher, bis sie ihr Höschen erreichten.
Für einen kurzen Moment stutzte er, doch sie biss ihm einfach nur ins Ohr. »Hör nicht auf!«
Das ließ er sich nicht zweimal sagen.
Er ging in die Hocke, glitt mit seinen Fingern an der Innenseite ihrer Schenkel entlang und schob dabei ihren Rock hoch. Zuerst nahm er ihr schwarzes Höschen nur

etwas beiseite, dann entschied er sich, es abzustreifen. Obwohl er schon so viel Weiblichkeit gesehen hatte in den letzten dreitausend Jahren, überwältigte ihn dieser Augenblick aufs Neue.

Bei dem Versuch, ihr den Slip hinunter zu streifen, hatte er nur ein Problem: Er bekam den Slip nicht herunter, ohne die Strapse zu lösen. Also sah er sich nach einer Schere um, fand sie und schnitt den Slip kurzerhand ab.

Dann genoss er den Anblick ihrer geschwollenen Vulva und näherte sich ihr mit seinem Mund. Mit der Zunge fuhr er ihren Schenkel hinauf und ließ seine Hände massierend folgen. Als er am Ziel war, tippte er sanft mit der Zungenspitze an ihr Hütchen.

Gott, es war köstlicher als Honig, besser als alles, was er je probiert hatte. Mit einem lustvollen Zungenschlag glitt er über ihre Spalte und erkundete jeden Winkel.

Sie schmeckte ein bisschen süß, vielleicht ein wenig wie Zitronensorbet, aber es war einfach nur köstlich.

Stöhnend krallte sich Stella in seinem Haar fest und animierte ihn, sie mit der Zunge immer weiter, immer mehr zu beglücken.

Ihr Atem wurde schneller und er wusste, er war auf dem besten Weg, ihr einen Höhepunkt zu bereiten.

Aber er wäre kein Göttersohn, wenn er seine Liebschaften so schnell davonkommen lassen würde.

Also unterbrach er sein Zungenspiel und glitt mit den Händen über ihre Beine. Ächzend stand er auf und wollte sie küssen, doch sie rutschte vom Stuhl und wankte zur Tür.

»Warte kurz«, stammelte sie mühsam.

Sie schloss die Ateliertür von innen ab und dämmte das Licht. Dann schritt sie so aufreizend langsam auf Luke zu, dass er fast schon bei ihrem göttlichen Anblick hätte ab-

spritzen können. Er schloss für den Bruchteil einer Sekunde die Augen und versuchte, sich zusammenzureißen.
Stella lächelte.
Sie blickte ihm tief in die Augen. Ihr Lächeln wurde noch eine Spur breiter, während sie, kokett mit der Hüfte wackelnd, in seine Gefahrenzone kam.
»Du wolltest mich also anheizen und dann fallen lassen?«, warf sie in den Raum.
Nun musste Luke grinsen.
Sie hatte ihn erwischt.
»Fallenlassen trifft es nicht ganz. Es war eher ein…Aufschub«, beendete er seinen Satz leise.
»Ein Aufschub?« Stella ließ ihren Zeigefinger über seine Brust wandern und stieß ihn zur Werkbank. Sie hob ihm das Shirt über die Schultern und schlug ihre Zähne in seine Brustmuskeln. Luke war sich nicht sicher, ob es schmerzte oder erregend war. Sanft saugte sie an seinen viel zu kleinen Brustwarzen. Und doch löste sie eine Welle der Erregung in ihm aus. Sie nahm seine Finger einzeln in den Mund und lutschte daran, als wollte sie ihnen Milch entlocken. Ihre Hände massierten seinen Oberkörper, während sie mit dem Mund immer weiter abwärts glitt.
Sie öffnete seinen Gürtel und schlüpfte mit ihren Händen in seinen Slip. Mit der anderen Hand zog sie Lukes Gesicht zu sich und schob ihre Zunge fordernd in seinen Mund.
Luke wusste nicht, was ihn wahnsinniger machte: Ihre Zunge in seinem Mund oder ihre Hände an seinem Schaft. Wie eine Schlange glitten ihre Finger geschickt über seinen Schwanz, der so hart war, dass er fast schon zu platzen drohte.
Seine Schwellkörper waren bereit.

ER war bereit, rechnete aber nicht mit ihrem blitzschnellen Angriff.
Noch während sie ganz harmlos in seine Lippen biss, zog sie seine Vorhaut zurück, massierte seine prallen Hoden und brachte seine Nerven zum Singen. Ungefähr viertausend kleine Lüstlinge setzten sein Denkzentrum außer Kraft.
Stella ließ seine Manneskraft los und zog ihm die Hose über die Hüften. Sie rutschte hinunter und umspielte nun seine bloßgelegte Nacktheit mit ihrem Mund.
Beim Jupiter!
Luke hatte nur wenige Frauen erlebt, die die Kunst dieser oralen Sextechnik beherrschten!
Stella gehörte definitiv dazu.
Sie MUSSTE eine Halbgöttin sein, aber darüber nachzudenken, war ihm momentan nicht möglich.
Er umklammerte ihren Kopf wie ein Ertrinkender, während ihre Zungenspitze über sein Frenulum wanderte, dem kleinen, aber doch sehr empfindlichen Häutchen zwischen Vorhaut und Schaft. Wie eine Schlange schlüpfte ihre Zunge unter seine Vorhaut und umspielte seine Eichel.
Dann verschlang sie sein bestes Stück, als wollte sie ihren Rachen damit massieren.
Luke stöhnte laut auf, als sich ihr warmer, feuchter Mund um sein hartes Glied schloss und ihn fast schon zu verschlucken schien.
Er näherte sich unweigerlich einem Orgasmus, spürte den Druck, der sich in ihm aufbaute, als sie plötzlich abbrach und grinsend wieder auftauchte.
Tausend Gedanken rasten durch sein Hirn, aber keiner vermochte ihm die Fähigkeit zu verleihen, klar zu denken.
»Ein Aufschub?«, witzelte er gequält lächelnd.

Stella nickte. »Ein Aufschub. Was hältst du von einer Trinkpause?«
Luke brauchte jetzt alles nur keinen Aufschub - und erst recht keine Trinkpause.
»Wie beim Sport?« Er blickte ihr tief in die Augen und das war das Zeichen, der Startschuss.
Ruhig, aber bestimmt schob er sie auf die Werkbank und ließ sein hartes Glied über ihre feuchte, heiße Spalte gleiten.
»Darf ich?«, hauchte er ihr fast ein wenig unsicher entgegen.
Statt zu antworten, zog Stella seinen Kopf zu sich herunter und drang mit ihrer Zunge in seine Mundhöhle ein. Gleichzeitig schob sie ihm ihr Becken entgegen.
Sie war bereit.
Luke schob sein pralles Glied in ihre Spalte und drang tief in ihre Vagina ein. Augenblicklich spürte er die Hitze und Enge, die seinen Penis umgaben, während seine Vorhaut zurückgeschoben wurde. Zunächst stieß er ganz flach hinein, dann ging er von Stoß zu Stoß tiefer. Ihr Stöhnen heizte ihn an, er tauchte schneller und tiefer in sie hinein.
Kurz bevor er spürte, dass er seinen Orgasmus nicht mehr würde aufhalten können, unterbrach er den Akt und tauchte mit dem Mund ab, um sie mit seiner Zunge am so empfindlichen Knöspchen zum Höhepunkt zu bringen.
Gleichzeitig massierte er den Eingang ihrer Höhle mit einem Finger, spreizte ihre Lippen und drang erst wieder in sie ein, als er ein eindeutiges Zucken vernahm. Noch während sie ihren Höhepunkt erreichte, stieß er lustvoll in ihre zuckende Vagina, bevor er sich in ihr ergoss.
Viel zu spät fiel ihm ein, dass er keines dieser neumodischen Präservative zum Einsatz gebracht hatte. Er war nicht sonderlich geübt mit den Dingern. Als Göttersohn

konnte er sich nicht einmal mit irgendwelchen Viren infizieren. Er war immun. Er war unsterblich.
Er konnte höchstens Nachwuchs zeugen. Und das wäre ihm bei Stella ganz recht.
Ihre Wangen waren rosig, ihre Augen glänzten.
»Bitte verzeih! Ich habe nicht daran gedacht, ein neumodisches Gummidings zu benutzen«, sagte Luke noch immer leicht außer Atem.
Stella winkte ab. »Kein Problem. Ich verhüte. Und ich bin gesund. Du hoffentlich auch. Normalerweise fragt man das ja vorher…«
»Ich bin kerngesund. Gesund und unsterblich«, versuchte Luke witzig zu sein.
Stella wackelte mit den Augenbrauen. »Unsterblich klingt toll.«
»Wenn du wüsstest! Unsterblich zu sein, ist alles andere als toll. Es ist eine Tortur, eine Qual«, platzte Luke heraus. Aber DAS einem Sterblichen klar zu machen, war ein sinnloses Unterfangen.
Luke kam auch nicht weiter dazu, darüber nachzudenken, denn Stella drängte ihn auf die Werkbank und setzte sich auf seinen Schoß.
Fast ein wenig grunzend überging Luke die schmerzvolle Sekunde nach dem Höhepunkt, der erst kurze Zeit zurücklag, und widmete sich erneut der Fleischeslust.
Er war endlich angekommen.
Wenn da nur nicht die Tatsache wäre, dass Stella verheiratet war!

# Plötzlich Adler

Wie in Trance durchlebte Stella den Tag nach ihrer Ausstellung und der Nacht mit Luke. Niemand hatte sie auf die Gewalt ihrer Gefühle vorbereitet, weder ihre menschlichen Ersatzeltern, noch Jupiter, der sie schließlich beauftragt hatte, seinen Sohn zurückzuholen. Das Aufeinandertreffen mit Luke hatte in einem Feuerwerk der Gefühle geendet. Die Leidenschaft, mit der Luke sie gepackt hatte, ließ sie jetzt noch erzittern. Wie eine liebeshungrige Schlange fuhr ihr die Lust beim bloßen Gedanken an Lukes Verführungskünste durch den Leib.

Am späten Nachmittag spürte sie jedoch plötzlich etwas ganz anderes. Es war eine leichte Übelkeit, die in ihr aufstieg. Zunächst versuchte sie, das mulmige Gefühl zu ignorieren, doch irgendwann wurde es so stark, dass sie in die Küche stürzte, um sich ein Glas Wasser zu holen. Sie leerte es in einem Zug, als sie von einem heftigen Ruck geschüttelt wurde. Erschrocken krallte sie sich an der Arbeitsplatte fest. Es ploppte leise und ihre Nase verformte sich zu einem Schnabel.

Voller Panik griff sie in ihr Gesicht.

Das konnte doch nicht möglich sein!

Wieso bekam sie einen Adlerschnabel?

So schnell ihre Beine sie trugen, rannte sie ins Bad und blickte in den Spiegel. Das, was sie dort sah, versetzte ihr den größten Schrecken: Sie trug einen mächtigen gelben Schnabel statt einer menschlichen Nase und ihre Haare verwandelten sich in ein Federkleid.

Was, beim Jupiter, passierte mit ihr?

Sie versuchte, einen klaren Kopf zu behalten, aber es gelang ihr nicht. Sie war derart innerlich aufgewühlt, dass es fast ihren Verstand zu sprengen schien.

Ein weiterer Ruck ging durch ihren Körper und ihre Arme verwandelten sich in Flügel. Mit scheckgeweitetem Mund starrte Stella an sich herunter.

Das war ein Traum, oder?

Ein Alptraum!

Noch während sie erneut von heftiger Übelkeit gepackt wurde, ging ein weiterer Ruck durch ihren Körper und sie war mit einem Mal nur noch ein Drittel so groß. Ihr Shirt riss auseinander, ihre Hose rutschte schlaff zu Boden. Die Schuhe knarrten bedrohlich, bis die Naht schließlich nachgab und das Leder auseinanderfiel. Ihre Füße waren zu gelben, starken Fängen geworden.

Voller Panik versuchte Stella, aufs Waschbecken zu gelangen, um einen erneuten Blick in den Spiegel zu erhaschen, aber sie war zu schwer zum Abheben.

Ruhig Blut, Stella!

Konzentriere dich!

Sie atmete mehrmals tief durch, dann bewegte sie ihre Arme - oder vielmehr ihre gefingerten Handschwingen.

Sie hob tatsächlich leicht vom Boden ab und landete vor dem Spiegel.

Der Anblick, der sich ihr bot, raubte ihr den Atem.

Sie war ein imposanter WEISSKOPFSEEADLER geworden!

Zugegeben, sie war ein wunderschöner Adler, aber eben ein Adler - sie war kein Mensch und auch keine Halbgöttin mehr.

Für einen kurzen Moment schloss sie die Augen und versuchte sich daran zu erinnern, weshalb sie ein Gestaltenwandler zu sein schien. Oder hatte jemand sie verzaubert, verhext, verflucht? So sehr sie sich auch bemühte, zu ergründen, wie aus ihr ein Adler hatte werden können, sie konnte sich nicht erklären, wieso sie diese Fähigkeit besaß.

Als sie ihre glasklaren, blauen Adleraugen wieder öffnete und in den großen Wandspiegel blickte, war sie leider immer noch ein Greifvogel.

Seufzend sprang sie vom Waschbecken herunter und trippelte zur Tür. Vorsichtig lief sie in die Werkstatt, immer auf der Hut, mit ihren breiten Schwingen nichts umzureißen.

Es war zum Glück niemand da.

Mit einer stolzen Vogelgröße von fünfundachtzig Zentimetern konnte sie zumindest annähernd auf die Werkbänke gucken, auch wenn ihr das wenig nützte. Sie hätte nicht einmal ein Telefon bedienen können, um Hilfe zu rufen. Und wen hätte sie auch anrufen sollen?

Toni?

Luke?

Plötzlich wurde die Tür schwungvoll aufgerissen und ein Mann kam herein.

»Hallo? Halloooo? Frau Morgenstern?«

Als er Stella in der Gestalt eines Adlers sah, schreckte er zurück. »Huch, ein Vogel? In einer Werkstatt?«

Stella verdrehte innerlich die Augen.

Der Mann näherte sich ihr. »Ein Weißkopfseeadler? Hier? In Deutschland?« Er beugte sich zu ihr hinunter. »Wo kommst du denn her? Bist du ausgebückst?« Er richtete sich wieder auf und blickte sich suchend um. »Frau Morgenstern? Sind Sie da? Hallo?«

»Sie ist nicht da«, entfuhr es Stella.

Erschrocken stolperte der Mann rückwärts über einen Eimer mit Sägespänen. Dieser fiel so laut krachend um, dass es Stella fast das empfindliche Gehör sprengte.
»Verflixt! Ein SPRECHENDER Adler!«, rief der Mann und flüchtete aus der Werkstatt.
Sie konnte sprechen?
Worte formen wie ein Mensch?
Bevor sie weiter darüber nachdenken konnte, wie sie die Eingangstür verschließen konnte, tauchte Toni auf.
»Stella? Stella? Da war eben so ein merkwürdiger Typ. Der hat irgendeinen Unsinn gefaselt, dass hier ein Adler herumspuken würde, der sprechen kann. Leute gibt's! Stella, wo steckst du? Stella?«
Stella blickte ihren Bruder an und hielt wohlweislich den Schnabel. Wenn sie jetzt auch noch zu Toni reden würde, wäre das Chaos perfekt. Einem Mann, der behauptete, sprechende Adler gesehen zu haben, würden die Menschen nicht glauben. Aber einen zweiten Zeugen brauchte sie, beim Jupiter, ganz bestimmt nicht.
Stella suchte nach einem Versteck, aber da hatte ihr Bruder sie auch schon entdeckt.
»Heißa! Da ist ja tatsächlich ein Adler! Was bist du denn für ein schönes Tier?« Neugierig kam Toni näher und ging in die Hocke. »Stehst du meiner Schwester Modell?«, witzelte er leise.
Stella blieb ruhig stehen und blickte ihn nur an.
Toni verharrte in sicherer Entfernung vor dem Adler und begutachtete das Tier, nicht wissend, dass das eigentlich seine Schwester war. »Wo kommst du denn her?«
Stella hätte am liebsten gelächelt, aber ihr harter, hakenförmiger Schnabel hinderte sie daran.
Toni erhob sich wieder. »Nun, du kannst mir natürlich nicht antworten. Sprechende Adler gibt es natürlich nicht,

so ein Blödsinn! Der Mann hatte wohl zu tief ins Glas geguckt.« Er lief suchend durch die Privaträume im hinteren Teil der Werkstatt, während Stella langsam zur Tür hüpfte.
»Stella?« Laut stöhnend kam Toni wieder zurück in die Werkstatt. »Wo steckt sie nur?«, redete er mit sich selbst. »Die Tür ist offen, niemand ist da. Das sieht ihr überhaupt nicht ähnlich.« Er erblickte den Adler in Türnähe und ging langsam auf ihn zu. »Und wie auch immer du hier hereingekommen bist, du schöner Greifvogel, ich entlasse dich besser wieder in die Freiheit. Und die Werkstatttür schließe ich erst einmal ab, bis ich weiß, wo Stella steckt.«
Er öffnete die Tür und hielt sie für den Adler offen. »Na, los! Hinaus mit dir! Oder muss ich dir Beine machen?«
Stella schüttelte automatisch den Kopf, was Toni dazu veranlasste, fragend die Augenbrauen hochzuziehen. »Du verstehst meine Sprache? Ein kluger Adler bist du wohl noch, was?«
Stella lief an ihm vorbei. Die Flügel hielt sie eng an den Körper gepresst. Bei einer Flügelspannweite von mehr als zwei Metern hätte sie niemals durch die schmale Tür gepasst. Hinter ihr schloss Toni die Tür ab und steckte den Schlüssel in seine Hosentasche. Dann zückte er sein Handy und drückte die Kurzwahltaste. Es klingelte, doch niemand ging ans Telefon. Kopfschüttelnd verstaute er das Telefon wieder. »Stella ist nicht erreichbar. Wo steckt sie nur?« Er beugte sich zum Adler hinunter. »So, du schönes Tier! Du verschwindest besser in den Wald. Nicht, dass der merkwürdige Typ noch die Polizei holt, die dich dann einsperrt.«
Erschrocken holte Stella Luft.
Einsperren? In eine Haftzelle?

Nein, das konnte sie wirklich nicht gebrauchen.
Wie sollte sie sich zurückverwandeln, wenn sie in einer Gefängniszelle saß?
Leichte Panik stieg in ihr auf.
Was war, wenn sie sich gar nicht zurückverwandeln konnte? Schließlich war sie keine geübte Gestaltenwandlerin!
Stella machte auf dem Absatz kehrt und hob ihre Schwingen, aber es war gar nicht so einfach, in dem relativ kleinen Innenhof abzuheben.
»Du hast keinen Platz zum Fliegen, was?«, sprach Toni sie an. »Na, komm schon! Folge mir in den Garten! Dort hast du mehr Platz zum Abheben.«
Warum war sie nicht darauf gekommen, den angrenzenden schmalen, aber doch sehr länglichen Garten aufzusuchen?
Eilig stolperte Stella ihm hinterher.
Kaum berührten ihre Füße die Wiese, erhob sie sich tatsächlich in die Lüfte. Sie konnte kaum glauben, dass sie wirklich flog. Sie ließ die Häuser der Stadt hinter sich und ließ sich in den Norden treiben.
Als sie unter sich den Wildtierpark entdeckte, beschloss sie, in sicherer Entfernung außerhalb des Parks auf einer Waldlichtung zu landen.
Die Sonne stand hoch am Himmel und um sie herum vernahm sie ein wahres Konzert an Vogelstimmen.
Erschöpft ließ sie sich auf einem großen, flachen Stein nieder. Nach einer ganzen Weile nahm sie ihre Umgebung wahr. Auf der Lichtung standen wunderbare Baumstümpfe, die sie hervorragend als Schnitzholz verwenden konnte. Sie beschloss, hier unbedingt noch einmal herzukommen - in Menschengestalt. Und vorher natürlich beim Förster für das Holz zu bezahlen.

Das Problem war nur, wie sollte sie ihre menschliche Gestalt wieder erlangen?

Stella schloss die Augen und konzentrierte sich ganz auf ihren Körper. Sie ging noch einmal den wundervollen Flug über die Dächer der Stadt durch, bis sie im Wald angekommen war. Was musste sie tun, um sich zurück zu verwandeln? Oder würde sie auf ewig die Gestalt eines Adlers einnehmen müssen?

Ein Ruck ging durch ihren Körper und während sie wieder diese schreckliche Übelkeit packte, wurden ihre Flügel zu Armen, ihre Fänge zu Füßen. Es dauerte ein paar Minuten, dann hatte sie ihre menschliche Gestalt wieder.

Ihre Haare waren vom Wind zerzaust, ihr Slip zierte etliche Risse. Sie trug nur einen BH und fühlte sich reichlich nackt. Wie, zum Henker, sollte sie in Unterwäsche zurück zur Werkstatt kommen?

Wie machten das andere Gestaltenwandler? Wo verstauten die ihre Kleidung? Sie konnte bei einer Verwandlung ja schlecht ihre menschliche Kleidung mitschleppen. Es war wohl besser, sich hier im Wald noch ein Versteck anzulegen, wo sie etwas Kleidung bunkerte.

Stella blickte sich um. Sie hatte weder Geld, noch einen Fahrschein dabei, nicht einmal ihr Handy trug sie bei sich. Glücklicherweise war es heute warm und sommerlich, so dass sie zumindest nicht frieren musste.

Seufzend verließ Stella die Lichtung und stapfte durch den Wald, bis sie dem Förster begegnete.

»Guten Tag, junge Frau!« Er musterte sie kritisch.

»Guten Tag!«, erwiderte Stella.

›*Was, zum Henker, macht eine so schöne Frau halbnackt alleine im Wald? Soll ich sie ansprechen? Vielleicht braucht sie Hilfe*‹, hörte sie den Förster denken. Schließlich nahm der Mann all seinen Mut zusammen und wandte sich an sie. »Kann ich Ihnen irgendwie helfen? Sie sehen ein bisschen orientierungslos aus.«

»Ja. Um ehrlich zu sein, weiß ich nicht, wie ich hierher gekommen bin und auch nicht, wie ich nach Hause kommen soll.« Stella lächelte schüchtern.

Natürlich war es gelogen, dass sie nicht wusste, wie sie hierher gekommen war. Andererseits konnte sie ihm schlecht erzählen, dass sie eine Gestaltenwandlerin auf ihrem ersten Flug war und - weil sie darauf nicht vorbereitet gewesen war - nun halbnackt in der Gegend umherirrte. Da sie bei den Menschen quasi aufgewachsen war, wusste sie, dass ihre Lügengeschichte weniger Probleme verursachen würde als die Wahrheit.

Der Mann blieb stehen. »Haben Sie Schmerzen? Hat man Ihnen etwas angetan?«

Stella blickte an sich herunter.

Er folgte ihrem Blick. »Ihr Slip ist zumindest nicht mehr heil. Wir sollten die Polizei rufen. Vielleicht sind Sie ein Opfer körperlicher Gewalt.«

»Nein, warten Sie! Das ist sicherlich nicht nötig. Aber wir könnten meinen Bruder anrufen. Er könnte mich abholen.«

Der Förster zückte ein Handy. »Haben Sie seine Nummer im Kopf?«

Stella nickte. Dankend nahm sie sein Mobilgerät und wählte Tonis Nummer. »Toni?«

»Stella, wo steckst du denn? Ich habe mir tierische Sorgen gemacht. In deinem Atelier turnte ein riesiger Weißkopfseeadler herum und du warst nicht da. Wo steckst du bloß?«

Stella blickte den Förster fragend an. »Wo bin ich hier?«, fragte sie leise.

»In den Harburger Bergen.«

»Das habe ich gehört«, sagte Toni erschrocken. »Was, bitte, machst du in den Harburger Bergen?«
»Ich weiß es nicht«, log Stella auch ihren Bruder an. »Aber ich habe kein Handy bei mir, keine Papiere, kein Geld für ein Busticket und ich bin halbnackt.«
Toni schluckte. »Was? Was ist passiert? Steckt da etwa Luke dahinter? Hat er dir K.O.-Tropfen verabreicht?«
»Nein, nein. Er hat damit nichts zu tun«, beeilte Stella sich zu sagen.
»Aber er war der Letzte gestern Abend, der dich gesehen hat«, beharrte Toni nervös.
»Toni, du hast mich doch heute Morgen beim Frühstück gesehen. Und dann war ich in der Werkstatt und habe gearbeitet«, versuchte Stella, ihren Bruder zu beruhigen. »Und plötzlich hatte ich einen Blackout. Als ich wieder zu mir kam, war ich hier im Wald.«
Toni schnaufte. »Das ist höchst bedenklich. Warte dort, ich hole dich ab! Sag dem Förster bitte, er soll mir einen Standort schicken, damit ich dich finde!«
»Wir gehen zum Parkplatz. Dann schicke ich ihm eine Standortmeldung«, mischte sich der Förster ins Gespräch. Dankbar lächelte Stella ihn an.
»Toni?«
»Ja?«
»Könntest du mir vielleicht eine Hose und ein Shirt mitbringen?«
»Ja.«
Stella sah förmlich, wie er fassungslos den Kopf schüttelte.
»Danke!« Stella beendete das Gespräch und reichte dem Förster das Telefon. Gemeinsam mit ihm ging sie zum nächstgelegenen Parkplatz. Von dort aus schickte der Förster einen Standort an Tonis Nummer und wartete net-

terweise, bis Stellas Bruder mit dem Auto auf den Sandplatz preschte.

Toni überreichte dem Mann eine Flasche Rotwein, die er zunächst nicht annehmen wollte, doch Toni konnte sehr bestimmend sein. Er bestand darauf, dem Retter seiner Schwester etwas zu überreichen. Dann warf er Stella Hose und Shirt aus seiner Sicherheitsfirma zu und hielt ihr die Autotür auf.

»Einsteigen, Lady!«

Stella verabschiedete sich vom Förster und stieg in Tonis Auto ein.

Kurz darauf düsten sie durch die Stadt.

Kopfschüttelnd betrachtete Toni sie immer wieder. »Und du weißt wirklich nicht, was passiert ist?«

»Nein.«

»Wir fahren zur Polizei. Und dann in ein Krankenhaus. Vielleicht hat man dir K.O.-Tropfen verabreicht und dich hierher entführt und vergewaltigt. Ich will kein Risiko eingehen.«

»Das ist nicht nötig, Toni. Es geht mir gut«, beharrte Stella.

Toni blickte sie an der nächsten roten Ampel prüfend an. »Seitdem du dich in diesen Luke verliebt hast, bist du irgendwie anders. Ich erkenne dich kaum wieder. Was ist nur los? Mir macht das große Sorgen. Wir sollten diese Angelegenheit nicht auf sich beruhen lassen.«

Stella war für einen kurzen Moment versucht, ihm die Wahrheit zu sagen. Doch dann sank ihr Mut. Sie konnte ja schlecht behaupten, dass sie aus einer Art Trance erwacht war und nun nicht mehr das schnöde Leben eines Menschen führte, sondern das leicht bizarre Leben einer Halbgöttin, die noch dazu eine Gestaltenwandlerin war.

Wenn sie eines bei den Menschen gelernt hatte, war es, dass Menschen Angst hatten vor Dingen, die sie nicht erklären konnten. Entsprechend heftig reagierten sie dann auch auf solche Vorkommnisse. Es war also günstiger, den Schnabel zu halten, der mittlerweile zum Glück wieder zu Mund und Nase geworden war.

# Zurück auf dem Berg des Olymp

Als Luke erwachte, traute er seinen Augen kaum. Er lag auf einer Steinmauer umgeben von Säulen. Um ihn herum standen eine Menge lächelnder Frauen, alle in der typischen weißen Toga, die er vom Berg des Olymp kannte. Eine der Damen sprang auf ihn zu und fächerte ihm Luft zu.
Die Sonne brannte heiß vom Himmel.
Es war keine einzige Wolke zu sehen.
Fast ein wenig orientierungslos blickte Luke sich um.
War er wirklich zurück?
Zurück auf dem Berg des Olymp?
JETZT?
Nach einer phantastischen Nacht mit Stella, der Frau seiner Träume, die mögliche Anwärterin der wahren Liebe?
Dreitausend Jahre hatte er darauf hingearbeitet, hierher zurückzukehren. Und jetzt, wo er die wahre Liebe gefunden zu haben glaubte, wollte er überall sein, nur nicht hier.
»Apollo, mein Sohn!« Jupiter kam mit ausgestreckten Armen auf ihn zu, als sei es gestern gewesen, dass sie sich zuletzt begrüßt hatten.
»Vater!« Luke schluckte.
Jupiter umarmte seinen Sohn mit einem festen Griff. »Ich bin so stolz auf dich! Du hast dich hervorragend in der Welt der Menschen geschlagen. Und, wenn mich meine Augen nicht getrübt und die Boten mir richtig berichtet haben, dann hast du ENDLICH die wahre Liebe gefunden.«

»Lass mich bitte los, Vater! Du erdrückst mich.« Unwirsch befreite sich Luke. Er wollte nicht hier sein. Er wollte kein unsterblicher Göttersohn sein. Er wollte zu Stella und so oft es ging, im leidenschaftlichen Feuer verglühen. Er wollte ihre Küsse spüren, ihre zarte Haut, ihre breiten Hüften packen und sich ganz der körperlichen - und geistigen - Liebe mit ihr hingeben.
»Ich sehe einen gewissen Widerstand, mein Sohn. Was gefällt dir nicht? Ich biete dir an, wieder auf den Berg der Götter zurückzukehren und deinen Stand als Göttersohn einzunehmen. Du kannst dir eine dieser wirklich hübschen Frauen aussuchen und sie zu deinem Weibe nehmen!«
»Vater!« Voller Empörung sprang Luke von der Mauer. »Du willst mich nicht ernsthaft mit einer deiner Dienerinnen verkuppeln, nachdem ich dreitausend Jahre in der Welt der Menschen versucht habe, Kriege, Hungersnöte und harte Arbeit zu überstehen, um die wahre Liebe zu finden? JETZT, da ich sie gefunden habe, kann ich nicht hier sein! Ich MUSS zurück! Zurück zu Stella! Ich habe sie doch gerade erst kennengelernt.«
»Mein heißblütiger, geliebter Sohn! So lange musste ich auf dich verzichten. Nun, wo du deine Prüfung endlich bestanden hast, will ich dich aber nicht mehr gehen lassen«, widersprach Jupiter.
»Dann erlaube mir, Stella mit auf den Berg der Götter zu bringen. Mach, dass sie unsterblich wird, damit ich bis ans Ende meiner Göttertage mit ihr zusammenleben kann.« Voller Verzweiflung fuhr Luke sich übers Gesicht. Er war keinesfalls gewillt, sie nach nur einer Nacht aufzugeben. Er war vom Feuer der Liebe ergriffen und zu allem entschlossen.

Sein Vater ergriff seinen Arm und zwang ihn, sich neben ihn auf den zweiten Thron zu setzen. »Vielleicht verwechselst du Lust mit Liebe, mein Sohn?«
»Dann hättest du mich aber nicht hierherholen dürfen, oder? Der Bann forderte die wahre Liebe, nicht die wahre Leidenschaft ein, richtig?«, gab Luke Widerworte.
Jupiter lächelte überlegen. »Ein wahres Wort. Ich sehe, aus dir ist ein Mann geworden.«
»Nach dreitausend Jahren, die ich mein Unwesen unter den Menschen trieb und so manches Weib zu Grabe tragen musste, weiß ich, Vater, was Liebe wirklich bedeutet. Und du hättest mich nicht hierher zurückgeholt, wenn ich nicht die wahre Liebe gefunden hätte. Dafür kenne ich dich zu gut. Ich will nicht ohne Stella leben. Bitte gewähre mir nur diesen einen Wunsch, Vater!«
»Ich kann doch nicht irgendein Menschenkind auf den Berg des Olymp lassen! Sie ist eine Sterbliche«, log Jupiter.
Prüfend blickte Luke seinen Vater an und versuchte, seine Gedanken zu lesen, aber er verschloss seinen Geist vor ihm. »Ist sie das? Ist sie das wirklich?«
»Gib dir keine Mühe, in meinen Geist einzudringen, mein Sohn! Ich bin der mächtigste Gott und DU wirst nicht in meinen Gedanken herumstöbern!« Jupiter lächelte.
»Wenn sie keine Halbgöttin ist, dann musst du sie verzaubern, Vater! Mach, dass sie unsterblich wird!«, flehte Luke seinen Vater an. Dieser schüttelte jedoch lächelnd den Kopf. »Ruhig Blut, mein Junge! Liebe kommt, Liebe vergeht. Du wirst sie schnell vergessen haben. Sieh dir nur diese Auswahl an, die du hier hast! Es ist ein Paradies der Weiblichkeit.«
Luke rümpfte die Nase, als er die vielen Weiber sah, die ihn fast schon gierig betrachteten. Sie kamen ihm augen-

blicklich unattraktiver vor als Anne in ihren schlimmsten Zeiten.

Nein, es war unmöglich, eine von ihnen als Weib zu nehmen! Er konnte nicht bleiben und eine von ihnen ehelichen.

Niemals!

Luke sprang auf. »Vater, wenn du nicht erlaubst, dass Stella mit mir hier unter den Göttern lebt, dann werde ich auf die Erde zurückkehren - als Mensch.«

Jupiters rechte Augenbraue wanderte interessiert in die Höhe. »Auch wenn sie vergeben ist?« Sein linkes Augenlid zuckte. Er sah ihn so merkwürdig an, dass Luke plötzlich daran zweifelte, dass Stella tatsächlich vergeben war.

Was wusste sein Vater, was er nicht wusste?

Misstrauisch beäugte Luke seinen Vater. »Vater, möchtest du mir etwas sagen?«

Der große Jupiter schüttelte den Kopf. Er winkte eine seiner Dienerinnen heran und ließ sich ein paar Weintrauben reichen. »Nein, mein Sohn. Alles, was ich weiß, wirst du noch herausfinden. Es steht mir nicht zu, dich in Kenntnis zu setzen.«

»Dann schickst du mich zurück in die Menschenwelt?«, fragte Luke hoffnungsvoll.

Lange schaute ihn sein alter Herr an. Schließlich räusperte er sich. »Du willst wahrlich zurück und dich weiter als popliger Fotograf durch das Leben eines normalen Sterblichen kämpfen? Für eine Frau?«

»Ich war nie ein Sterblicher und das werde ich auch nie sein, Vater. Aber um deine Frage zu beantworten, ja, ich will wieder zurück, und zwar sofort. Lass mich gehen! Bitte! Ich bin nicht bereit, meine wahre Liebe aufzugeben. Nicht nach all den Schmerzen, die ich dreitausend Jahre lang durchleben musste. Die Menschen sind ein ungnädi-

ges Volk! Aber Stella füllt mein Herz mit Liebe. Sie macht mich zu einem vollständigen Mann.«
Wieder starrte Jupiter ihn lange und eindringlich an. Dann nickte er. »In Ordnung. Du darfst gehen. Aber…« Er hob eine Hand. »…Aber du bekommst nur eine Bedenkzeit bis zum nächsten Vollmond. Hast du ihr bis dahin nicht deine Liebe gestanden und dich entschieden, gibt es kein Zurück mehr. Dann wirst du ein Sterblicher und musst die Tage, die dir noch verbleiben, als einfacher Mensch verleben.«
»Und wenn ich versuche, Stella mit auf den Berg des Olymp zu nehmen?«, hakte Luke vorsichtshalber noch einmal nach, auch wenn er die Antwort bereits ahnte.
»Wenn sie ein Mensch ist und du sie ohne mein Einverständnis hierherbringst, wird sie verglühen, noch bevor ihre Füße den göttlichen Boden berührt haben.«
»Ist das dein letztes Wort?«, fragte Luke mit versteinerter Miene. Wie hatte er nur Jupiters Unbarmherzigkeit vergessen können?
Sein Vater nickte.
Luke drehte sich um und atmete tief durch.
Beim nächsten Blinzeln war er zurück in seinem kleinen Zimmer bei Witwe Krummbein.

\*\*\*

Wie ein einsamer Wolf tigerte Luke durch sein Zimmer. Er hatte schon besser gelebt, als in dieser kleinen Behausung, in der der Drache namens Herlinde Krummbein gleich nebenan hauste. Er hatte allerdings auch schon schlechter gelebt.
Seufzend blickte er aus dem Fenster, als es an der Tür klopfte.

»Herr Kanton, machen Sie auf!«, ertönte die herrische Stimme seiner Vermieterin.
Erschrocken fuhr Luke zusammen.
»Moment!«, rief er und eilte zur Tür. Bevor er öffnete, atmete er noch einmal tief durch.
Er war erst vor zwei Tagen vom Berg des Olymp zurückgekehrt, obwohl er dreitausend Jahre auf die Rückkehr hingearbeitet hatte. Nun hatte er ganze vier Wochen Zeit, um seine Gedanken und Gefühle zu sortieren.
Die letzten zwei Tage hatte er sich in seinem Gefühlschaos hier verkrochen, nun wurde es wohl Zeit, wieder unter die Menschen zu gehen.
Er öffnete und blickte seine Vermieterin an.
Witwe Krummbein war eine von den menschlichen Gestalten, denen man besser aus dem Weg ging. Sie war alt, verknöchert, miesepetrig und sehr, SEHR herrisch. Oh, und launisch nicht zu vergessen.
Witwe Krummbein war eines der weiblichen Wesen, denen man das Geschlecht nicht ansah. Vermutlich war das auch der Grund, weshalb sie so war, wie sie war. Luke konnte sich auch bei allergrößter Anstrengung nicht vorstellen, welches Exemplar Mann mit DEM Drachen hätte mithalten sollen.
Mit einem aufgesetzten Lächeln wandte er sich an sie.
»Was kann ich für Sie tun?«
»Besuch«, knurrte die Alte und trat beiseite.
Mit fragendem Gesichtsausdruck spähte Luke in den dunklen Hausflur, bis er Anne erkannte.
»Aber glauben Sie nicht, dass ich Ihnen plötzlich Damenbesuch erlaube, nur weil die Dame von der Zeitung ist. Damenbesuch ist und wird in diesem Haus NICHT toleriert.«

»Was sind wir doch froh, dass Sie keine Dame sind«, erwiderte Luke so leise, dass das geschädigte Gehör seiner Vermieterin ihn nicht verstehen konnte.

»Was haben Sie gesagt? Sie sind froh, das hier keine Damen erlaubt sind?« Misstrauisch beäugte ihn die Alte.

Luke nickte lächelnd und hob den Daumen. »Genau. Diese lästigen Frauen sollen doch bleiben, wo der Pfeffer wächst.«

»Aber schwul sind Sie nicht, oder? Männer sind hier auch nicht erlaubt. Sex unter meinem Dach ist ein absolutes Tabu!«

Eilig schüttelte Luke den Kopf.

Ein Grinsend huschte über das Gesicht der alten Witwe. Das sah man äußerst selten. Sie fischte etwas aus ihrer Kitteltasche und steckte es sich in den Mund. Es war ein abgekautes Stück Zigarre. Mit einer Hand zum Gruß verabschiedete sie sich. »Ich sehe, wir verstehen uns, Herr Kanton.«

Kaum war sie weg, eilte Anne in Lukes Zimmer. Erschrocken blies die Backen auf und starrte ihn mit großen Augen an. »*Hier* wohnst du also? Ist das nicht ein wenig beengend so dicht bei dem alten Drachen? Wie hältst du das aus?«

»Es war gar nicht so einfach, in dieser großen Hafenstadt eine vernünftige Unterkunft zu finden, die bezahlbar war«, sagte Luke seufzend.

»Du solltest dringend umziehen und den Fängen ihrer Klauen entkommen, solange du noch kannst.«

»Ein neuer Auftrag?« Lenkte Luke vom Thema ab und deutete auf Annes Notizbuch.

Anne nickte.

»Wo führst du mich denn dieses Mal hin? Zur Eisentrulla? Oder warte, gibt es noch andere Elemente, die mir als

Prüfung auferlegt werden? Wasser vielleicht?« Ächzend schnappte Luke sich seine Kamera und folgte Anne nach draußen. Sein Zimmer war wirklich alles andere als wohnlich, aber es war auch keine Unterkunft auf Dauer.

Was ihn gleich wieder zu seiner eigentlichen Aufgabe führte: Er musste sich entscheiden.

Noch während sie die Treppe hinunterstapften, entschied Luke sich, Anne um Rat zu fragen.

Sie hatte es schwer gehabt in ihrem bisherigen Leben - so als nicht sonderlich attraktive, überehrgeizige Journalistin. Vielleicht wusste sie, wie er sich entscheiden sollte.

»Wenn du die Wahl hättest zwischen dem Schlaraffenland und der Drachenwohnung, wofür würdest du dich entscheiden?«

Anne blieb mitten auf der Treppe stehen und schnitt eine Grimasse. »Das fragst du nicht ernsthaft, oder?«

»Doch.«

»Wo ist der Haken?«

»Es gibt keinen Haken.«

Misstrauisch beäugte Anne ihn. »Es gibt IMMER einen Haken, wenn man das Schlaraffenland versprochen bekommt. Wohnt dort der Teufel?«

»Nein, mein Vater.«

Fast erschrocken blickte Anne zu ihm auf. »Du darfst zurück auf den Berg des Olymp?«

»Ja.«

Ohne ein weiteres Wort, lief Anne weiter und verließ das stickige Haus. Draußen holte sie erst einmal tief Luft.

Kaum hatte Luke sie eingeholt, ging sie mit hoch erhobenem Finger auf ihn zu. »Ich wette mit dir, du darfst wieder zurückkommen, aber deine Auserwählte muss hier bleiben. Richtig?«

Erschrocken zuckte Luke zurück.

Woher wusste sie das?
Fragend blickte er sie an. Dabei sah er so idiotisch aus, dass sie anfing zu lachen. »Du hast dich zwei Tage in deinem Loch da oben verkrochen und warst nicht einmal in der Redaktion. Du warst zuhause, oder? Zuhause auf dem Berg des Olymp.«
Luke nickte seufzend und ließ sich auf der Mauer nieder. »Mein Vater hat mir ernsthaft angeboten, dass ich JETZT, wo ich nach dreitausend Jahren endlich die wahre Liebe gefunden habe, doch wieder nach Hause kommen und eine seiner Dienerinnen heiraten könnte. Eine Dienerin? Was glaubt er eigentlich, wer er ist?«
Es krachte am Himmel, obwohl nur eine einzige, weiße Wolke zu sehen war.
Verärgert hob Luke eine Hand. »Ja, ja, belausche du mich nur, Vater! Aber du weißt genau, dass ich Recht habe. Ich meine ER hat sich als Gestaltenwandler in etliche Gestalten verwandelt, um seiner wahren Liebe die Aufwartung zu machen und ICH soll mich mit weniger abgeben und eine seiner DIENERINNEN heiraten? Niemals!«
Anne setzte sich neben ihn und legte ihm eine Hand auf den Arm. »Ich verstehe deinen Frust. Du hast eine Ewigkeit damit zugebracht, wieder nach Hause zurückkehren zu können und jetzt, wo du dein Herz verschenkt hast, kannst du nicht mehr weg, weil SIE hier ist.«
»Genau.« Luke ließ den Kopf hängen. »Ich kann sie nicht einfach verlassen.« Luke stutzte. »Was ist eigentlich aus dem Date mit dir und Toni geworden?«
»Gott, er ist einfach umwerfend«, gestand Anne. »Wir sind im Bett gelandet und ich habe es einfach nicht übers Herz gebracht, ihn nach seinem Familienstand zu fragen. Ich wollte den Moment nicht verderben, weißt du.«

»Ging mir haargenau so! Dann weißt du also nicht, ob er mit Stella verheiratet ist? Beim Jupiter, wir sind keinen Schritt weiter!« Luke verdrehte die Augen. »Ich habe nur vier Wochen Zeit, mich zu entscheiden. Bis zum nächsten Vollmond.«
»Mist!« Missmutig schüttelte Anne den Kopf. »Und was ist dann? Wirst du Stella fragen? Sie Toni entreißen?«
»Beim Jupiter, ja! Ich MUSS es tun! Sonst werde ich entweder in den nächsten fünfzig Jahren als normaler Mensch sterben oder auf ewig mit gebrochenem Herzen auf dem Berg des Olymp leben«, rief Luke aus.
Anne lachte laut auf. »Das ist alles so unwirklich! Manchmal fällt es mir echt schwer, dir zu glauben.«
»Du glaubst mir nicht?«
»Ein Teil von mir glaubt dir. Will das unbedingt glauben. Wie würde man deine absonderlichen Fähigkeiten sonst erklären können? Aber ein anderer Teil von mir sagt, das ist vollkommener Humbug. Kein Mensch kann gleichzeitig ein Gott sein.«
»Ich bin kein Mensch. Ich bin ein Gott«, widersprach Luke lahm.
Beschwichtigend hob Anne eine Hand. »Ich möchte nicht in deiner Haut steckt, du Göttersohn! Du stehst vor einer der schwierigsten Entscheidungen, vor denen man wohl stehen kann. Liebe gegen Heimat. Aber ich glaube, ich wüsste, wofür ich mich entscheiden würde.«
»Ach, echt? Wofür?«
Anne blickte ihm pikiert in die Augen. »Für die Liebe natürlich. Sie ist stärker als alles andere auf dieser Welt. Sie ist einzigartig und letztendlich das, was uns Lebewesen ausmacht, egal ob Mensch, Tier, Gott oder Halbgott. Oder Göttersohn«, fügte sie mit einem grinsenden Seitenblick auf Luke hinzu.

»Und was macht man mit der Liebe, die man für sein Zuhause empfindet?«
Anne verdrehte die Augen. »Du willst mir ernsthaft erzählen, dass du dreitausend Jahre von Zuhause weg bist und noch immer ›Liebe‹ für deinen Berg oder dein altes Leben empfindest? Oder ist es eher die kindliche Geborgenheit, die du vermisst?«
Darüber musste Luke erst nachdenken. Das waren definitiv zu viele Fragen auf einmal. »DAS sind SEHR gute Fragen, Anne! Darüber muss ich ernsthaft nachdenken.«
»Nicht zu lange, mein Süßer! Sonst bist du ein Mensch, ehe du dich versiehst. Nicht, dass das menschliche Leben nichts zu bieten hätte, aber ich könnte mir vorstellen, dass man es als Gott doch erheblich leichter hat. Du bist unsterblich, kannst nie krank werden und außer Hunger kennst du sicherlich keinerlei Nachteile, die wir Menschen so erfahren.« Anne klapperte mit den Autoschlüsseln. »Wollen wir losfahren?«
»Ja.« Luke erhob sich ebenfalls und folgte ihr zum Auto.
Anne öffnete die Fahrertür und zeigte mit dem Finger auf ihn. »Du sagst, du warst Anfang der Woche auf dem Olymp? Was hast du empfunden, als du dort aufgewacht bist?«
»Ich habe mich am falschen Ort gefühlt. Ich wollte wieder weg, und zwar so schnell wie möglich«, antwortete Luke intuitiv. »Ich wollte zurück zu Stella.«
»Siehst du! Damit hast du doch deine Antwort.«
»Ich wusste, dass du die klügste Frau auf Erden bist«, sagte Luke und grinste.
Anne rollte mit den Augen und ließ sich auf den Fahrersitz plumpsen. »Der Berg ist definitiv NICHT mehr dein Zuhause. Zumindest nicht ohne deine wahre Liebe. Glaube mir, Zuhause ist dort, wo dein Herz ist! Du hast dein

Zuhause aus den Augen verloren, als du das Ziel verfolgtest, wieder dorthin zu kommen, nämlich auf der Suche nach der wahren Liebe. Du warst so lange weg, dass du nur noch das Gefühl liebst, wieder auf den Götterberg zurückzugehen, aber nicht den Akt selbst.«
»Zuhause ist dort, wo dein Herz ist? Das macht Sinn. JETZT macht es Sinn.« Luke blickte seine Kollegin an, die ihm längst eine gute Freundin geworden war. »Danke, Anne!«
»Gern geschehen. Endlich kann ich dir auch mal was von deinem Charme zurückgeben.« Lächelnd startete Anne den Motor und fuhr los.

***

»Wir fahren auf den Kunstmarkt?« Ungläubig schaute Luke Anne an, aber die wich seinem Blick aus und zeigte auf ihren Plan. »Es gibt ein paar coole Künstler auf dem Markt und die Gelegenheit ist günstig, weil alle auf einem Fleck sind. Ich kann quasi alle Interviews führen, für die ich sonst Tage einplanen müsste. Ich denke nur wirtschaftlich«, konterte seine Kollegin.
Luke stöhnte innerlich.
War er bereit, Stella zu begegnen? Er fühlte sich noch immer leicht ramponiert von seinem kurzen Ausflug auf den Berg der Götter und wollte seiner Auserwählten lieber kraftvoll entgegentreten.
Wie ein Schaf folgte er Anne zwei Stunden lang und schoß hier und da die Fotos, die sie brauchte, als er am Ende des Marktes einen Stand mit geschnitzten Götterfiguren entdeckte.
Anne hatte ihn auch entdeckt.

Ohne auf Luke zu achten, raste sie zu dem Stand und fiel Toni in aller Öffentlichkeit regelrecht um den Hals.
Stella war nirgends zu sehen.
Luke tat so, als interessiere er sich an einem benachbarten Stand für ein paar Keramikstücke und blieb in sicherer Entfernung stehen. Dabei scannte er die Umgebung, fand Stella nicht und ging schließlich zu Anne und Toni.
»Luke«, begrüßte Toni ihn mit einem aufrichtigen Lächeln. »Stella und ich würden Sie morgen gerne zum Abendessen einladen.«
Eine Einladung zum Abendessen?
Im trauten Heim des Ehepaares?
Lukes Herz schlug schneller beim bloßen Gedanken an Stella. Er sah sich noch einmal um, konnte sie aber nirgends entdecken.
»Stella ist nicht da«, erriet Toni seine Gedanken. »Es ging ihr heute nicht so gut. Darum vertrete ich sie auf dem Kunstmarkt.«
Natürlich!
Sonst hätte er Anne auch nicht so ungeniert auf offener Straße geküsst, wenn seine Ehefrau in der Nähe gewesen wäre, schoss es Luke durch den Kopf.
Beim Jupiter, er musste Stella für sich gewinnen, auch wenn das hieß, Toni auszubooten. Er wollte derjenige sein, der mit Stella das Bett teilte und am Tisch ihre Hand hielt. Er wollte derjenige sein, der sie lieben durfte.
Luke spürte zu spät, dass er wütend wurde und versehentlich am Nachbarstand einen Karton mit Tellern in Brand setzte.
»Feuer! Feuer!«, brüllte eine ältere Frau erschrocken.
Ohne nachzudenken, beugte Luke sich vor und pustete das Feuer aus. Damit sein eiskalter Atem nicht auffiel,

wedelte er eilig mit einer Wolldecke über dem Karton herum.

Staunend betrachtete ihn die Frau. »Wie haben Sie das gemacht? Haben Sie einen Atem aus Eis?« Sie lachte über ihren eigenen Witz und Luke tat so, als müsste er auch darüber lachen. »Nein, nein, so etwas gibt es doch gar nicht. Das Feuer wurde durch die Decke gelöscht, junge Frau«, schmeichelte er der älteren Dame.

Diese hob einen Daumen und lächelte. »Vielen Dank, edler Ritter!«

»Gern geschehen.«

Toni fixierte ihn mit argwöhnischer Miene. »Das war äußerst merkwürdig.«

»Ich bin gleich wieder da«, rief Luke Anne zu und nahm die Beine in die Hand. Er musste kurz Luft schnappen und Tonis Nähe entfliehen, um abzukühlen.

In dem Moment, in dem er die einsame Gasse betrat, spürte er bereits das ihm so bekannte Kribbeln in der Hand. Noch bevor er irgendetwas dagegen unternehmen konnte, hatte sich seine Hand auch schon in einen Eulenflügel verwandelt.

Na, super, dachte Luke genervt, wenn er Pech hatte, würde er Tage brauchen, bis er sich wieder zurückverwandeln konnte! Eilig versteckte er seine Kleidung und die Kamera in einer dunklen Ecke hinter einer Mülltonne.

Auch seine linke Hand verwandelte sich und beim Anblick der Federn begann Luke daran zu zweifeln, dass das das Gefieder einer Eule war. Seine Füße schrumpften und noch vor dem nächsten Atemzug war er ein Adler.

Steckte sein Vater dahinter oder hatte ihm die Rückkehr auf den Berg des Olymp neue magische Kräfte verliehen? Oder war die Tatsache, dass er unglücklich verliebt und gleichzeitig so wütend auf Toni war, dass er seine Liebe

unbedingt für sich gewinnen wollte, obwohl er sie mehr oder weniger stehlen würde, der Grund dafür, dass er plötzlich, ebenso wie sein Vater, eine andere Gestalt annahm?
Er hatte keine Zeit, weiter darüber nachzudenken.
Seine Flügel wollten bewegt werden.
Kreischend hob er ab.
Er war das Fliegen zwar nicht mehr gewohnt, aber dennoch konnte er mit wenigen Flügelschlägen den Himmel erreichen. Dort kreiste er nun und genoss die Freiheit und Ruhe, die sich in seinem Körper breit machte. Hier oben kamen ihm seine Sorgen so verdammt klein vor. Er spürte, wie der Schmerz in seiner Brust langsam nachließ und ließ sich im Sinkflug zur Erde gleiten.
Nach einer Weile machte er sich auf den Rückweg zur einsamen Gasse und konnte sich in einem dunklen, verlassenen Hauseingang verstecken. Mit geschlossenen Augen konzentrierte er sich auf die Rückverwandlung und spürte zu seiner Erleichterung das ihm so bekannte Kribbeln. Es ging ein heftiger Ruck durch seinen Körper, dann hatte er seine menschliche Gestalt wieder.
Beschwingt zog er seine Kleidung über, schnappte seine Kamera und verließ die Gasse wieder, um zu Anne zurückzugehen.
Sowohl die Verwandlung als auch die Rückverwandlungen waren ein echtes Kinderspiel gewesen!
Die problemlose Transformation machte ihn so überschwänglich, dass er Toni für den morgigen Abend zusagte.

# Wahre Liebe?

Vollkommen erschöpft von dem aufregenden Tag als Gestaltenwandlerin fiel Stella am Abend ins Bett, ohne nochmal mit Luke gesprochen zu haben. Da er kein Handy besaß, war es ihm auch nicht möglich gewesen, ihn anzurufen oder ihm gar zu schreiben.
Stella schlief unruhig und träumte von ihrem Adlerflug. Als sie schließlich erwachte, schien ihr die Sonne ins Gesicht.
Orientierungslos blickte sie sich um.
Sie war definitiv NICHT in ihrem Schlafzimmer und lag auch NICHT in ihrem Bett.
Aber wo war sie?
»Sei gegrüßt, Tochter der Aphrodite und einem Sterblichen! Wie geht es dir, Stella?« Ein älterer Mann mit wilder Lockenmähne und lockigem Vollbart blickte auf sie herab.
»Wo bin ich?«
Der Mann lächelte. »Auf dem Berg des Olymp, mein Kind! Du hast lange bei den Menschen gelebt. Nicht lange für einen Gott, aber du bist ja auch nur eine Halbgöttin.«
»Jupiter?« Fragend richtete sie sich auf.
»Jupiter, Zeus, Himmelsvater, die Menschen geben mir viele Namen.«
»Wie komme ich hierher?« Nervös schaute Stella sich um.

DAS war also der Berg des Olymp, den sie bereits so oft in ihren Träumen gesehen hatte! Er war mächtig, farbenfroh und seine Aura hatte etwas Magisches.
»Ich habe dich geholt, Stella, um dir ein Angebot zu machen.« Ruhig blickte Jupiter auf ihn hinunter.
Stella richtete sich auf und blickte ihm auf Augenhöhe ins furchendurchzogene Gesicht. »Was für ein Angebot? Habe ich meinen Auftrag denn schon erfüllt?«
Jupiter strich sich stirnrunzelnd über den üppigen Bart. »Nun, zumindest bist du aus meiner Hypnose erwacht und hast auf die Begegnung mit meinem Sohn reagiert. Ich kann mit Stolz sagen, dass meine Wahl damals richtig war. Du hast deinen Auftrag perfekt ausgeführt«, erklärte der Göttervater.
Stella schluckte. »Da der Auftrag lautete, Euren Sohn auf den Berg des Olymp zurückzubringen, erlaubt mir eine Frage, Jupiter!«
»Bitte!«
»Ist Apollo zurückgekehrt, obwohl ich meine wahre Identität nicht preisgegeben habe?«
»Wahre Liebe fragt niemals nach der Identität, meine Liebste! Die wahre Liebe findet Ihresgleichen, ohne nach so weltlichen Dingen wie Familienstand, Beruf, Name oder andere menschliche Fesseln zu fragen. Sie ist ein Gefühl. Ein starkes Gefühl, wohlwahr. Aber sie ist und bleibt ein Gefühl. Kein Mensch - und kein Gott - ist davor gefeit. Ich kann ein Liedchen davon singen.« Jupiter lächelte verträumt.
Noch recht schlaftrunken versuchte Stella seine Worte zu verstehen. »Ich bitte um Erlaubnis, noch eine Frage stellen zu dürfen!«
Jupiter nickte ergeben.

»Warum habe ich die Fähigkeiten einer Göttin? Warum kann ich Gedankenlesen, menschliche Arbeiten scheinbar zeit- und mühelos verrichten und mich in einen Greifvogel verwandeln?«
Jupiter blickte in die Ferne. Dann wanderten seine gütigen Augen zurück zu ihr. »Stella, Kind der Aphrodite - der Göttin der Schönheit, Liebe und sinnlichen Begierde. Was meinst du, weshalb ich gerade DICH für diese schwere Aufgabe auswählte, nachdem es mein geliebter Sohn DREITAUSEND Jahre lang nicht geschafft hat, die wahre Liebe zu finden?«
»Nun, wenn ich eine Tochter der Aphrodite bin, dann werdet Ihr Euch auf die starken Fähigkeiten meiner liebreizenden Mutter Göttin verlassen haben. Denn mit einer Mutter, die als Göttin über die Liebe, Schönheit und sinnlichen Begierde wacht, muss ich ja geradezu prädestiniert sein für diese Aufgabe«, entgegnete Stella nachdenklich. »Aber das erklärt nicht, warum ich solche Fähigkeiten habe.«
»Jeder Halbgott und jede Halbgöttin bekommt bei seiner Zeugung gewisse Fähigkeiten seiner Eltern übertragen.«
Jupiters Lächeln wurde breiter. Er tätschelte beruhigend ihren Arm und setzte sich zurück auf seinen Thron. »Und so erhieltest du die Fähigkeit der Gestaltenwandlung, des Gedankenlesens und der schnellen Verrichtung. Ich gebe zu, das sind zwei Fähigkeiten mehr als üblich, aber jede Halbgöttin ist ein Individuum. Und alles ist möglich.«
»Dann kann ich mir sicher sein, dass Luke Euer Sohn ist und ich meine Aufgabe erfüllt habe? Und was ist mit mir? Empfinde ich wahre Liebe für Apollo oder ist das Gefühl nur künstlich von Euch erzeugt?«, fragte Stella nervös.
»Du bist dir noch immer unsicher, obwohl ich eine Art Code in deine Hypnose eingebaut habe, die dich mit dem

Zeitpunkt eurer Begegnung erwecken sollte?«, fragte Jupiter gegen.
Stella senkte den Blick. »Verzeiht meine Zweifel! Ich habe wohl zu lange unter den Menschen gelebt. Eure Hypnose erscheint mir zumindest äußerst kunstvoll. Ein schlauer Schachzug.«
»So ist es. Was wäre ich für ein Himmelsvater, wenn ich nicht auch eine gehörige Portion Intelligenz mitbrächte? Du darfst nun zurück zu deiner Mutter gehen und es dir auf dem Berg des Olymp gemütlich machen«, sagte Jupiter großmütig.
»Vater, ich kann nicht hier auf dem Berg des Olymp bleiben! Noch nicht. Ich muss zurück auf die Erde! Ich muss Luke zeigen, dass er die wahre Liebe gefunden hat. Ich muss ihn zurück auf den Olymp bringen!«
Jupiters Stirn legte sich in Falten, als er gen Horizont blickte. Ein Blitz zuckte so krachend vom Himmel, dass Stella ängstlich zusammenzuckte. »Und du bittest mich darum, ihn begleiten zu dürfen?«
Stella nickte ängstlich.
Jupiter nickte seufzend. »So sei es denn! Kehre zurück und lehre meinen Sohn die wahre Liebe. ABER…«, er hielt inne und blickte so streng auf sie herab, dass ihr das Herz zu rasen begann, »…aber ihr habt nur Zeit bis zum nächsten Vollmond. Schaffst du es nicht, ihn von der wahren Liebe zu überzeugen und den Wunsch in ihm zu wecken, hierher zurückzukehren, so wird er ein Sterblicher.«
»Ein Sterblicher?«, hauchte Stella nur.
Jupiter nickte erneut.
»Und was wird aus mir?«
Ein Blitz zuckte durch seine Iris. »DU, geliebte Tochter, wirst auf den Berg des Olymp zurückkehren. Unabhängig von deinen Gefühlen oder Möglichkeiten, die sich dir auf

der Erde bieten.« Er schluckte. »Apollo wird sich dir allerdings zu erkennen geben müssen. Sonst wirst du ihn nicht auf den Berg des Olymp zurückholen können! UND«, warnte Jupiter noch, »DU darfst dich NICHT zu erkennen geben, bevor ER sich nicht entschieden hat, aber du musst ihm deine Liebe gestehen.«
Dann zuckte ein Blitz vom Himmel. Ihm folgte ein heftiger Donnerschlag, der Stella zusammenfahren ließ.
Sie blinzelte und war auch schon in der Dunkelheit verschwunden. Schwer atmend erwachte sie in ihrem Schlafzimmer neben der Werkstatt.

\*\*\*

»Toni!«
Stellas Bruder blickte verwundert vom Frühstück auf. »Was ist, Süße?« Er musterte seine Schwester und stutzte. »Du siehst so anders aus heute! Warst du beim Frisör? Trägst du Make-up?«
Beim Blick in den Spiegel war Stella selbst aufgefallen, dass sie an Schönheit kaum noch zu übertreffen war. Es war, als sei sie nun vollends erblüht. »Ja, gefällt es dir?«
»Du siehst...unglaublich schön aus. Wunderschön! Ich sollte dir einen GPS-Sender anheften, damit du nie wieder verloren gehst. Oder ich sperre dich ein, damit sich kein Mann dieser Welt an dir vergreifen kann!« Toni lachte leise über seinen eigenen Witz.
Stella lachte nicht.
Sie hatte nicht vor, sich einem Menschen hinzugeben.
Sie wollte Luke - oder auch Apollo - ihren geliebten Göttersohn.
Räuspernd griff sie nach dem Müsli, obwohl sie - wie seit ihrer Verwandlung schon öfters - eher Hunger auf Fisch

hatte. »Ich gehe nicht verloren und niemand wird sich an mir vergreifen. Das verspreche ich dir. Warum strahlst du heute so?«
»Ich habe Luke und Anne heute zum Abendessen eingeladen.« Toni verschluckte sich plötzlich an seiner Milch. Stella klopfte ihm sanft auf den Rücken - zumindest dachte sie, sie hätte es sanft getan. Aber ihr Klopfen war so heftig ausgefallen, dass Toni vom Stuhl rutschte. Keuchend hockte er auf allen Vieren und rang nach Luft. Voller Entsetzen zerrte Stella an seinem Ärmel und half ihm auf die Beine. »Verzeihung!«
»Hast du Kraftfutter gegessen?«, lachte Toni noch immer schwer atmend. »Du bist stark wie ein Bär!«
Stella schüttelte den Kopf. »Das muss an der vielen Arbeit in der Werkstatt liegen. Ich habe offenbar meine Kräfte unterschätzt.«
»Du hast zugeschlagen wie ein dreihundert Kilo schwerer Sumō-Ringer!«, beschwerte sich ihr Bruder. Dann drückte er ihr einen Kuss auf. »Und dabei bist du die schönste Frau, der ich je begegnet bin.«
Stella lächelte ihn an. »Danke, Toni!« Sie setzte sich zu ihm an den Tisch. »Also, kommen die zwei heute Abend?«
»Ja. Ich möchte wirklich wissen, ob Luke etwas mit deinem komischen Verschwinden vor ein paar Tagen zu tun hat. Ich meine, es kann doch nicht sein, dass du noch morgens quietschvergnügt in der Werkstatt arbeitest, und dann plötzlich mittags halbnackt in einem Wald wieder auftauchst und dich nicht daran erinnern kannst, was passiert ist«, sagte Toni aufgebracht.
»Dann frage ihn«, ermunterte Stella ihn, obwohl sie ihn gerne davon abgehalten hätte.

***

»Du kommst gerade recht«, sagte Stella und lächelte Luke dankbar an. Sie hatte vor gehabt, noch einmal in den Wald zu fahren und einen der Baumstämme abzusägen, die sie beim Förster käuflich erworben hatte.

»Warum?«

»Ich muss etwas abholen und könnte etwas Hilfe gebrauchen. Warte, ich ziehe mir schnell den Overall aus. Zwei Minuten. Lauf nicht weg!« Mit diesen Worten verschwand sie durch die Tür, auf der ›*Privat*‹ stand. Eilig schlüpfte sie in ein luftiges Sommerkleid, von dem sie hoffte, dass es ihn in höhere Schwingungen versetzen würde. Sie hatte nicht einmal mehr vier Wochen, um ihn zu einer Entscheidung zu bewegen. Sie hatte also keine Zeit zu verlieren.

»Wow! Du siehst umwerfend aus. Was hast du vor? Willst du mich verführen?«, fragte Luke hoffnungsvoll.

Stella bemerkte, dass er ihren Körper scannte, der in diesem Sommerkleid sehr gut zur Geltung kam. Sie wusste, dass er ihr auf die Brüste starrte - schließlich war er trotz seiner Göttlichkeit immer noch ein Mann!

»Danke für das Kompliment! Vielleicht will ich das«, deutete sie wage an. »Komm, lass uns gehen!«

Mit dem Auto, welches Toni ihr vorübergehend ausgeliehen hatte, fuhren sie in das Waldgebiet, in dem sie erst vor ein paar Tagen als Adler gelandet war. Auf dem Weg dorthin redeten sie ununterbrochen miteinander. Immer wieder blickte Stella ihn lächelnd von der Seite an und sah das Feuer der Leidenschaft in seinen Augen lodern.

»Was machen wir im Wald?«, fragte Luke schließlich, als Stella den Wagen auf dem sandigen Parkplatz parkte.

»Ich brauche noch eine ganz bestimmte Holzform. Ich dachte mir, wenn ich schon einen starken Mann mit so einem breiten Kreuz zur Verfügung habe, der mir beim Absägen des Stammes helfen kann, dann muss ich das ausnutzen«, log Stella und lachte. Den Baumstamm abzusägen, wäre eine Kleinigkeit für sie gewesen.
Aus den Augenwinkeln sah sie, dass er vor Bewunderung erschauerte. Stella setzte ihre neue Sonnenbrille auf, die sie seit ihrer Gestaltenwandlung brauchte, da ihre Augen in der menschlichen Gestalt extrem lichtempfindlich geworden waren, und stieg aus dem Wagen aus. »Es ist ein Stückchen des Weges, aber wir sind ja jung und sportlich«, witzelte sie.
Luke nickte.
Hand in Hand wanderten sie durch den Wald, bis sie den Baumstamm endlich gefunden hatte. »Da ist er! Ist er nicht perfekt?«
»Darf man einfach einen Stamm absägen?«, fragte Luke nachdenklich. »Die Menschen haben doch so viele Gesetze. Ich meine, wenn es schon verboten ist, kleine Stöcker im Wald zu sammeln, was ist dann mit solch riesigen Baumstämmen?«
Stella grinste und holte ein Schreiben vom Förster aus ihrer Tasche. »Ich habe eine Sondergenehmigung vom Förster. Kann ich jedem vorzeigen, der fragt. Ich habe den Stamm bezahlt.«
Luke streckte die Hand nach der Säge aus, die sie in einer kleinen Tasche bei sich getragen hatte. »Soll ich Hand anlegen?«
»Hand anlegen? An mir? Oder dem Baumstamm?«, neckte sie ihn und schlug aufreizend ihre Wimpern nieder, wohlwissend, dass sie ihn an der Angel hatte.

Luke lachte verschmitzt auf. »Sehr gerne an dir, obwohl ich tatsächlich den Baumstamm meinte.«

Lächelnd reichte sie ihm die mitgebrachte Säge. Luke zog sein Shirt aus und klappte die Säge auf. Dann setzte er an der Stelle an, die sie ihm vorgab.

Während er sägte, beobachtete sie seinen stählernen Körper. Er war ein Bild von einem Mann - oder einem Gott. Er machte Jupiter alle Ehre!

Luke hatte den Stamm noch nicht ganz abgesägt, als Stella eine Hand an seinem knackigen Hintern hinuntergleiten ließ. Bei dem Gedanken daran, dass er sie gleich nehmen könnte, erschauerte sie lustvoll.

Luke hielt kurz inne und blickte über seine Schulter. »Wenn du deine Hände nicht von meinem Körper nimmst, kann ich mich nicht mehr aufs Sägen konzentrieren.«

»Du bist so unglaublich sexy! Wenn ich dich nur ansehe, kann ich meine Finger nicht mehr bei mir lassen. Wie kann dir überhaupt jemand widerstehen?«, fragte Stella heiser.

Grinsend widmete Luke sich wieder dem Baustamm.

Stella stutzte.

Hatte er nicht vernommen, was sie gesagt hatte?

»Ich habe sehr wohl gehört, was du gesagt hast, Stella. Und um deine Frage zu beantworten«, ächzte Luke beim Sägen und wischte sich den Schweiß von der Stirn, »die meisten können mir nicht widerstehen. Aber ich nehme natürlich nicht jede.« Grinsend sägte er weiter.

Stella schnaufte leise lachend. Dann ließ sie erneut einen Finger über seinen Po gleiten. Ächzend sägte Luke weiter. Schließlich knackte es und der Baumstamm war abgesägt. Erleichtert richtete Luke sich auf - mit Feuer im Blick.

Stella zeigte auf den großen Findling, der in der Sonne lag und zum Rasten einlud. »Wollen wir uns einen Augenblick setzen?«
»Gerne.«
Luke setzte sich zur ihrer Linken auf den Stein und klappte die Säge wieder zusammen. Langsam legte er sie auf den Boden.
»Dankeschön!«, sagte Stella und lächelte so verführerisch wie möglich.
»Gern geschehen«, er erwiderte ihren Blick, »meine Göttin der Schönheit.« Doch plötzlich veränderte sich sein Blick. »Beim Jupiter, du bist so wunderschön!«
Stella lachte und warf ihre langen, braunen Locken über ihre Schultern. Sie stand auf und nestelte unter ihrem Kleid herum. Mit wachsendem Staunen beobachtete Luke, wie sie ihr feines Spitzenhöschen auszog und es galant in ihrer Handtasche verschwinden ließ.
»Was war das denn?«, fragte Luke fast stotternd.
Stella setzte sich wieder und fuhr über seine Brust. »Das Höschen war zu viel.« Lächelnd setzte sie sich auf seinen Schoß. Mit beiden Armen umarmte sie ihn. Die Sonnenbrille schob sie sich aufs Haar.
»Du fragst, wie man MIR widerstehen kann? Ich frage mich gerade, wie jemand DIR widerstehen kann«, sagte Luke mit brüchiger Stimme.
Lasziv lächelnd leckte Stella sich über die Lippen und lud ihn ein, sie hier und jetzt in den Himmel der körperlichen Liebe zu entführen.

# Göttliche Verführung

Stella raubte ihm in ihrem wunderschönen Sommerkleid fast den Atem. Sie war an Schönheit nicht zu übertreffen. Und der Gedanke, dass ihr Höschen fehlte, machte ihn rasend vor Lust.
»Du siehst umwerfend aus«, sagte er heiser. Er scannte ihren Körper, der in diesem Sommerkleid sehr gut zur Geltung kam. Sogar die Brustnippel begrüßten ihn, als wollten sie ihn einladen, sie erneut zu beglücken.
Beim Jupiter, er war so aufgeladen, dass er befürchtete, keine einzige Bewegung mehr machen zu können.
Diese Frau brachte ihn um den Verstand.
Luke legte die Säge neben den großen Stein und atmete tief durch. Er spürte ihren hungrigen Blick und wusste, sie war nicht weniger elektrisiert als er.
Verstohlen blickte er sich um.
Es war weit und breit niemand zu sehen.
Sie waren alleine im Wald.
Und weit ab vom nächsten Wanderweg.
»Wenn ich es nicht besser wüsste, würde ich sagen, du bist ein Abkömmling von Aphrodite«, sagte Luke leise.
»Eine Tochter der Göttin der Schönheit, Liebe und sinnlichen Begierde?« Stella lachte und warf ihre langen, braunen Locken über ihre Schultern. Ihre Zungenspitze tanzte über ihre Lippen und lud ihn ein, sich zu bedienen. Nur mit Mühe und Not schaffte er es, sich zu beherrschen. Aber offenbar wollte Stella gar nicht, dass er sich beherrschte, denn sie streckte ihre Hand aus und fuhr über seine nackte, schweißnasse Brust. Ganz leicht spreizte sie

ihre Beine und Luke erinnerte sich augenblicklich, dass sie kein Höschen mehr trug.

Er schluckte, unsicher, ob er bereits über sie herfallen durfte. Doch Stella lächelte nur und rutschte auf seinem Schoß herum. Mit beiden Armen umarmte sie ihn und leckte ihm über die Lippen.

»Wenn du noch einmal über deine oder meine Lippen leckst, kann ich mich nicht länger zusammenreißen«, sagte Luke mit brüchiger Stimme.

»Vielleicht sollst du dich ja auch gar nicht beherrschen?«, lachte Stella leise.

Luke stöhnte.

Seine Erregung wuchs sekündlich. Seine Schwellkörper hatten längst ihre Arbeit aufgenommen. Luke spürte die Lust in seinem ganzen Körper um Erlösung schreien.

Genüsslich strich Stella mit ihren zarten Fingern über sein Gesicht, fuhr ihm durchs Haar und sah ihn mit einem Blick an, der sein Denkzentrum in höchste Schwingungen versetzte. Mit leicht geöffneten Lippen betrachtete sie ihn. Als sie wieder sanft darüber leckte, war es um seine Beherrschung geschehen. Er beugte sich vor und ergriff Besitz von ihren Lippen. Zaghaft knabberte er an ihrer Unterlippe, biss hinein und verschlang sie schließlich ganz. Als ihre Zunge in seinen Mund tauchte, war er kurz davor, zu explodieren.

Ihre Küsse machten ihn wahnsinnig.

Hungrig, ja beinahe gierig, fuhr er mit seinen Händen über ihren Körper. Erst über ihren Rücken, dann um ihren Leib und hinauf zu ihren knackigen Brüsten.

Ihre Nippel sprachen bereits mit ihm, auch wenn sie durch den sommerlich leichten Stoff verdeckt waren.

Luke löste seine Lippen von ihren und blickte ihr aufs Dekolleté. Er wollte an ihre Brüste ran, wollte sie in sich aufsaugen, als müsste er sich noch wie ein Baby nähren. Lüstern ließ er seine Finger unter den Stoff ihres Kleides gleiten und ertastete das Ziel seiner Begierde.

Noch bevor er irgendetwas sagen oder tun konnte, hatte sie mit einer Hand ihren BH geöffnet und ausgezogen.

»Gott, du bist unglaublich schön«, stöhnte er voller Vorfreude. Sanft, aber bestimmt, schob er den Stoff beiseite und ließ ihr Kleid über die rechte Schulter gleiten, um an ihre Brüste heranzukommen.

Lüstern beugte er sich vor und umspielte ihre Brusthöfe gar nicht erst. Er wollte sie ganz und nahm ihre Brust in den Mund. Leidenschaftlich saugte er an ihren Nippeln und glitt gleichzeitig mit den Händen hinunter zu ihrem nackten Schoss.

Stella warf den Kopf in den Nacken und heizte ihn mit ihrem lauten Stöhnen an.

»Was ist, wenn ich dir sage, dass ich den Slip nur ausgezogen habe, um dich anzuheizen, aber du in Wirklichkeit gar nicht in meinen Schoß hineingleiten darfst?«, hauchte Stella und zwinkerte ihm aufreizend zu.

Für den Bruchteil einer Sekunde versuchte Luke ihre Frage zu verstehen. Er war im Sex-Modus und DAS war in diesem Stadium eine viel zu komplizierte Frage.

Er wollte nicht nachdenken.

Er wollte einfach nur aus dem Garten Eden naschen.

»Du möchtest gar keinen Sex?«, fragte er also leicht verwirrt und zog augenblicklich seine Hände zurück.

Stella lachte leise. Dann biss sie ihm in die Lippen und wanderte mit ihrem Mund an seiner Brust herunter. Voller Verlangen streichelte Stella über seine nackten Schultern, über die durchtrainierte Brust und machte schließlich an seinen empfindlichen Brustwarzen Rast. Sie beugte sich vor und biss sanft hinein. Mit der Zunge umkreiste sie sie, saugte leicht daran und entließ die hungrige Schlange der Lust aus seinem Käfig. Wie eine Rakete schoss sie durch seinen Körper und brachte sein Glied zum Pulsieren.

Luke versuchte sich zu beherrschen und gleichzeitig die Gefühle zu genießen, die sie in ihm auslöste. Aber das war keine leichte Aufgabe.

Als sie anfing, seinen Unterleib mit den Händen zu massieren, verschlug es ihm fast den Atem.

Nun war Luke derjenige, der stöhnend den Kopf zurückwarf. Er wollte nur noch eines: in sie eindringen und sie spüren.

»Gott, du bringst mich um meinen Verstand«, sagte er leise lachend. »Wie war das mit deinem Höschen? Du hast es nur zur Tarnung entledigt?«

Stella grinste breit. »Vielleicht.«

»Beim Jupiter, dann muss ich mir Wege überlegen, wie ich meine enorme Lust zügele«, gestand er, inständig hoffend, dass sie es nicht ernst meinte. »Oder wie ich dich doch noch überzeugen und in den Himmel der Lust entführen kann.«

Ohne Vorwarnung küsste Stella ihn inbrünstig.

Schließlich kämpfte er sich frei. »Du willst mich nur anheizen? Oder ist das doch eine Einladung?«

Statt zu antworten öffnete sie seinen Gürtel und knöpfte seine Jeans auf. Fragend blickte er sie an, doch ihre Antwort lag in ihrem Blick. Also hob er sie mühelos auf seine Arme und ließ sich die Hose von den Hüften schieben. Sein erigiertes Glied stand wie eine Eins und entlockte Stella ein leises Staunen.

»Hast du gedacht, es lässt mich kalt, wenn du mich auf einer Waldlichtung verführst?«, fragte Luke leise lachend.

Stella schüttelte den Kopf. Dann wackelte sie so auffordernd mit ihren Hüften, dass er sofort nach ihrer Spalte suchte. Er brauchte nicht lange, dann drang er voller Vorfreude in sie ein. Gott, er liebte den ersten Vorstoß, weil dieser so ziemlich alles für ihn war: Erleichterung, Anspannung und Glücksgefühl.

Aber auch Stella schien es zu genießen, dass sie ihn in sich aufnehmen konnte. Mit beiden Händen packte er sie an den Hüften, während sie sich ihm entgegenschob, damit er seine Stöße tief und genussvoll durchführen konnte. Stöhnend suchte er ihren Mund und tauchte schließlich hinein, gleichzeitig stieß er mit seiner ganzen Manneskraft in ihre feuchte, enge Vagina.

Jegliche Anstrengung, seinen Höhepunkt noch länger hinauszuzögern, war vergebens. Ohne, dass er etwas dagegen hätte tun können, zog sich sein Leib zusammen und eine gewaltige Ladung schoss aus ihm heraus, suchte sich ihren Weg in ihr tiefstes Inneres.

Luke wollte sich für das jähe Ende entschuldigen, doch Stella legte ihm einen Finger auf die Lippen. »Sssch, sag nichts. Es ist alles gut.«

Luke überlegte für den Bruchteil einer Sekunde, dann hob er sie von seinem Schoß und legte sie auf den flachen Stein. Genussvoll bewegte er seine Hände massierend über ihre Beine aufwärts und ließ seinen Mund folgen.

Er ließ seine Finger in ihre Vagina gleiten und massierte die feuchten Innenseiten, während seine Lippen nach ihrem Röschen tasteten. Mit der Zunge leckte er darüber und noch während er beschleunigte, spürte er, dass sie sich anspannte, um den Höhepunkt zu begrüßen. Sie krallte ihre Hände in seinen Haarschopf, hielt kurz den Atem an und entließ dann ein langes Stöhnen, während er an seinen Fingern ein pulsierendes Zucken spürte.

Nach einem kurzen Augenblick des Genusses, zog er ihr das Kleid artig über die Schenkel und rutschte nach oben.

Ein schneller Kuss auf ihre leicht geöffneten Lippen und ein wohliger Seufzer waren die Folge.
»Du bist unglaublich! Ich hatte noch nie so guten Sex«, platzte Stella heraus.
Luke lächelte. »Dann hattest du offenbar noch keinen talentierten Liebhaber.« …und keinen Göttersohn, fügte er in Gedanken hinzu.
»Offensichtlich.« Verliebt zwinkerte Stella ihrem Göttersohn zu.

\*\*\*

»Ich kann meine Finger einfach nicht von ihr lassen. Sie ist so wunderschön, so heiß, so verführerisch«, sagte Luke schwärmerisch und legte sich stöhnend auf Annes Sofa. Dabei lastete das schlechte Gewissen auf ihm wie ein Tonnengewicht. Er liebte eine verheiratete Frau und wollte nichts sehnlicher, als sie ihrem Ehemann zu entreißen.
Anne lächelte geheimnisvoll. »Dann geht es dir wohl genauso wie mir mit Toni. Ich bin schon sehr gespannt, wie das Abendessen heute wird.«
»Wir sollten das nicht tun«, platzte Luke heraus. »Wir reißen ein Ehepaar auseinander, um unsere egoistischen Gefühle zu befriedigen. Sind wir noch normal?«, fragte er nachdenklich.
Anne schüttelte den Kopf. »Sie ist deine wahre Liebe, oder? Jetzt musst du dich nur noch entscheiden! Willst du ohne sie auf dem Berg des Olymp als Gott leben oder hier mit ihr als Sterblicher! Ich habe da schon eher ein Problem. Ich bin nämlich nur ein Mensch. Und ich habe mich das erste Mal so richtig verliebt. Ausgerechnet in einen Mann, von dem wir zumindest glauben, dass er verheiratet ist. Aber er ist nicht nur einfach verheiratet, nein, er ist

gleich mit der schönsten Frau liiert, die es überhaupt auf diesem Erdball gibt. Gegen ihre Schönheit komme ich nicht einmal in meinen kühnsten Träumen an.« Anne blieb kurz stehen. »Kann man ein wirklich tief verbundenes, verliebtes Paar auseinanderreißen? Ist nicht Liebe stärker als jede Gefahr von außen? Ich meine, wenn sie sich beide jeweils für uns entscheiden, dann kann es mit ihrer Beziehung doch nicht weit her sein, oder?«

Annes Frage ließ sich ganz klar bejahen. Niemand konnte eine intakte Beziehung von außen zerstören. Das war schlichtweg unmöglich. Liebesbande waren einfach zu stark, unüberwindbarer als das härteste Metall.

Sie gingen eine enge Gasse hinunter, in der Dreck und Ratten zuhause waren. Sie waren auf dem Weg zu einem Fototermin, der Luke mit Fortschreiten des Weges immer anrüchiger vorkam. Was wollten sie in so einer verlassenen Hintergasse?

»Sind wir bald da? Der Ort gefällt mir nicht«, sagte er ungeduldig.

Anne blickte auf ihr Handy, welches sie zum Ort des Interviews führen sollte. »Es muss hier gleich sein.« Sie blickte auf und im selben Moment sprangen drei Gestalten vom Deckel eines Müllcontainers. Sie landeten direkt vor ihnen.

Erschrocken wich Anne zurück.

Luke streckte seinen Rücken durch. Selbst wenn er bei Übergriffen verletzt wurde, dauerten seine Wunden nie lange an. Er hatte keine Angst vor Verletzungen. Und da er unsterblich war, konnte ihn keine Waffe der Welt töten. Aber er sorgte sich um Anne, die als Sterbliche durchaus verletzlich war und getötet werden konnte.

Die Männer waren ganz in schwarz gekleidet und trugen Baseballschläger bei sich.

»Geld her oder wir braten euch eins rüber!«, rief einer von ihnen.
»Handy her, Alte!«, sagte der Mann in der Mitte.
Der dritte im Bunde sprang auf sie zu und riss Anne das Handy aus der Hand.
Entsetzt kreischte Anne auf.
Verzweifelt versuchte Luke seine Kräfte zu wecken, aber irgendetwas in seinem Körper war blockiert. Er sah rechts von sich einen kleinen, unscheinbaren Laden, der ihm vorher gar nicht aufgefallen war.
Es war ein kleines Kunstgeschäft.
Eine Frau stand in dem Laden und wich vom Fenster weg, als sie ihn sah. Für den Bruchteil einer Sekunde dachte Luke, das sei Stella gewesen, aber das konnte nicht sein. Was hätte sie in so einer schäbigen Gasse zu suchen gehabt?
Der Typ vor ihm versuchte Annes Handtasche wegzureißen. Luke rannte auf ihn zu und ließ ihn seine Faust spüren. Getroffen strauchelte der Mann kurz, dann holte er ebenfalls zum Schlag aus.
Kreischend flüchtete sich Anne nach rechts und versuchte, sich hinter einer Mülltonne zu verstecken. Wenngleich Lukes elektrische Energie gerade eingeschränkt war, konnte er trotzdem kraftvoll zuschlagen.
Unter Einsatz all seiner Muskelkraft kämpfte er gegen die drei Angreifer. Mit einem geschickten Schlag konnte er einen Mann überwältigen und widmete sich den anderen beiden. Doch dann sah er aus den Augenwinkeln, dass der Dritte zu Anne lief und sie an den Haaren hinter der Mülltonne hervorzog. Schwungvoll holte der Typ aus und schlug ihr mitten ins Gesicht.
Ihre Nase fing augenblicklich an zu bluten.

Das war der Schlüsselmoment, der Lukes Kräfte zu wecken schien. Wut und Adrenalin schossen ihm durch den Körper. Seine Hände brannten und endlich konnte er den ihm so vertrauten Feuerball formen. Voller Wucht schleuderte er seine Waffe auf den Typen vor sich, dessen Kleidung sofort Feuer fing.
Voller Entsetzen schrie dieser auf.
Dann tauchte endlich ein Kugelblitz in Lukes Hand auf. Drohend hielt Luke die Hand in die Höhe und wollte den Blitz gerade auf die anderen beiden Angreifer werfen, als diese den Ernst der Lage erkannten.
»Alter, was ist das?«, rief einer von ihnen und trat den Rückzug an.
Luke warf ihm den Kugelblitz direkt zwischen die Beine. Er strauchelte und fiel getroffen zu Boden. Panisch rappelte er sich wieder auf und flüchtete. Auch sein Kompagnon rannte um sein Leben.
Luke zauberte einen weiteren Kugelblitz hervor und vertrieb damit den letzten Angreifer, der sich ächzend an den Rand der Gasse schleppte. Luke hatte ihn am Bein verletzt. Der brennende Angreifer warf sich panisch in einen Trog mit Abfällen, um seinen brennenden Pullover zu löschen und verschwand schließlich ebenfalls.
Schwitzend rappelte Luke sich auf und lief zu Anne.
»Bist du okay?«
Anne nickte.
Sie war vollkommen aufgelöst und hielt sich die noch immer blutende Nase. Er strich darüber und stoppte damit die Blutung. Dann strich er erneut über ihre Nase und richtete sie mit einem leisen Knacken.
»Du kannst Menschen heilen?«, fragte Anne perplex.

Luke zuckte nonchalant mit den Schultern. »Ein bisschen. Ich bin schließlich der Gott der Heilung. Wäre ungünstig, wenn ich dann keine heilenden Fähigkeiten hätte, oder?«
»Stimmt! Danke, Luke! Das war ziemlich gut«, sagte Anne schwer beeindruckt.
»Dankeschön!«, erwiderte Luke schmunzelnd. Er half ihr beim Aufstehen und reichte ihr Handy und Handtasche, die der brennende Typ hatte fallen lassen.
»Was hätten wir nur ohne deine Fähigkeiten gemacht?«, sagte Anne und lächelte gequält. »Du hast mein Leben gerettet. Ich stehe ewig in deiner Schuld. Danke!«
»Keine Ahnung, was wir ohne sie gemacht hätten. Ich hatte anfangs Schwierigkeiten, meine Kräfte überhaupt zu aktivieren, aber dann konnte ich meine Kräfte doch noch wecken.« Luke wischte sich den Schweiß aus dem Gesicht.
Er blutete an der Lippe.
Anne reichte ihm ein Taschentuch, doch das brauchte er nicht. Mit einer kurzen Handbewegung stoppte er die Blutung und heilte die Wunde.
»Vielleicht sollten wir den Pressetermin in dieser Gasse verschieben?«, sagte Anne nachdenklich.
»Wo sollte das Interview denn überhaupt stattfinden?«, fragte Luke. »Dort?« Er zeigte auf den kleinen Laden.
Anne drehte sich um und nickte. »Genau, dort in dem kleinen Kunstgeschäft. Komm, lass uns reingehen!« Ohne abzuwarten, stürmte Anne zur Tür.
Luke folgte ihr widerstrebend. Nichtsahnend betrat er den Laden, als er fast eine Frau über den Haufen rannte. Wie vom Donner gerührt erstarrte er, als er sein Gegenüber erkannte.
»Stella!«
Stella hatte tatsächlich am Fenster gestanden?

Eine Million Gedanken fegten durch sein Hirn, als er sie ansah. Er sah die Mischung aus Lust, Anbetung und Angst in ihren Augen, als sie seinen Blick erwiderte.

»Hallo!«, sagte Anne verwundert.

»Hallo!«, erwiderte Stella, ohne Luke aus den Augen zu lassen. »So sehen wir uns nun schon zum zweiten Mal an diesem Tag.« Augenblicklich dachte sie an seine Berührungen auf der Waldlichtung.

Luke erzitterte, als die Schlange der Lust durch seinen Leib schoss. »Ich kann dich gar nicht oft genug sehen«, sagte er leise und lächelte.

Stella lächelte nicht. Sie ging auf Luke zu und blieb nur wenige Zentimeter vor ihm stehen. »Wer oder was bist du?«, fragte sie kaum hörbar.

Luke schloss die Augen.

Mist!

Sie hatte den Feuerball und die Kugelblitze gesehen.

Wie sollte er ihr das erklären?

Dafür gab es keine menschliche Erklärung.

Er öffnete den Mund, um etwas zu sagen, aber seine Gedanken purzelten durcheinander. Er fand keinen passenden Satzanfang und schloss den Mund wieder.

Fragend schaute Stella ihn an.

Beim Jupiter, er DURFTE ihr NICHT sagen, dass er Apollo war! Als er seine wahre Identität das letzte Mal preisgegeben hatte, hatte er dadurch seine Frau verloren.

Da er mit der Antwort zögerte, stürmte sie an ihm vorbei und ließ ihn in dem Kunstgeschäft einfach stehen.

# Götterzorn

Stella war nicht gerne in dieser Gegend, aber Heinrich Otto vom Kunsthandel ›*Nebenan*‹ hatte ihr einen großen Auftrag versprochen. Da sie als Halbgöttin mittlerweile über besonders starke Kräfte verfügte, wagte sie sich auch mutiger als sonst in die enge, verlassene Gasse, die nicht umsonst als eine der gefährlichsten Straßen der Stadt galt. Es war ein regnerischer Tag und der Himmel nahm den Hauseingängen das letzte Licht.
Aus den Augenwinkeln bemerkte sie mehrere Gestalten, die sich vermummt hinter den Mülltonnen aufhielten.
Stella versuchte, sie zu ignorieren und schlüpfte in das Kunstgeschäft.
»Ah, welch Glanz in meiner bescheidenen Hütte! Ich grüße Sie, Frau Morgenstern!« Heinrich Otto war ein älterer, untersetzter Mann. Seine Haare trug er schulterlang, was ihn eher wie einen Chemieprofessor aussehen ließ. Er hatte sein Leben ganz der Kunst verschrieben und war als Geheimtippgeber in der ganzen Stadt bekannt. Wenn er einen Künstler empfahl, konnte der Künstler innerhalb kürzester Zeit in Eselsmilch baden, denn niemand zweifelte seinen Kunstverstand an.
»Guten Tag, Herr Otto! Wie geht es Ihnen?« Stella lächelte den Mann aufrichtig an.
»Sie werden mit jedem Tag schöner, Frau Morgenstern! Sie sind eine wahre Augenweide, wenn ich das sagen darf.« Heinrich Otto verbeugte sich leicht und brachte sie zum Schmunzeln. »Vielen Dank, Herr Otto!«

Stella legte ihre Handtasche auf den Tresen. »Sie sagten am Telefon, Sie hätten einen Auftraggeber?«
»Oh ja!« Heinrich Otto kramte in den vielen Zetteln herum, die den Tresen bevölkerten und fand schließlich, was er suchte. »Hier ist er! Er ist sehr reich, müssen Sie wissen. Er will eine Statue von Ihren Gottheiten in der Größe von etwa zwei Metern«, hauchte er ehrfürchtig.
»Zwei Meter?«
In Gedanken überschlug Stella ihre Möglichkeiten. Große Bäume waren in diesem Teil der Erde eher Mangelware.
Verschwörerisch hob Heinrich Otto eine Hand. »Er meinte, Geld spiele keine Rolle. Sie sollen ihn anrufen. Er würde Ihnen dann einen Vorschuss zahlen, damit Sie das Holz beschaffen können.«
Stella nahm den Zettel mit den Kontaktdaten entgegen. »Das ist wirklich sehr großzügig. Ich hoffe, bei diesem Geschäft machen Sie auch etwas gut!«
Heinrich Otto lächelte und entblößte seine Zahnlücke. »Meine liebste Frau Morgenstern! Rücksichtsvoll und immer an andere denkend, das ist eine Eigenschaft, die ich sehr an Ihnen schätze!«
Stella lächelte, dann wurde sie wieder ernst. »Wenn ich Pech habe, muss ich den Baumstamm aus Übersee bestellen. Das wird teuer und kostet Zeit.«
»Wie gesagt, für den Kunden spielt Geld keine Rolle.« Er verließ seinen Platz hinter dem Tresen und zeigte ihr eine Porzellansammlung. »Als Gegenleistung für meine Vermittlung hat er mir das kostbare Meißner Porzellan fast zum Nulltarif überlassen, so dass mir eine Provision von fünf Prozent ausreicht.«
»Das ist sehr großzügig, danke, Herr Otto!«

Als sie aus den Augenwinkeln einen huschenden Schatten vor dem Fenster bemerkte, blickte sie neugierig nach draußen.

Die drei Gestalten hatten ihr Versteck hinter den Mülltonnen verlassen. Stella sah, wie sich zwei Menschen die Gasse hinaufbewegten, als sich die drei Männer den Fremden auch schon in den Weg stellten.

»Was ist das?«, rief Heinrich Otto erschrocken.

»Bleiben Sie lieber zurück, Herr Otto!«, warnte Stella den alten Kunsthändler, den sie auf gute einhundert Jahre schätzte.

»Soll ich die Polizei rufen?«

»Ja, ich denke, das wäre besser.«

Kopfschüttelnd entfernte sich Heinrich Otto und suchte schimpfend sein Telefon unter den Bergen von Papier.

Stella stellte sich unterdessen ans Fenster und beobachtete das Schauspiel, welches sich ihr nun bot.

Plötzlich stutzte sie.

Waren das etwa Anne und Luke?

Stella verengte ihre Augen zu Schlitzen und spürte im selben Augenblick, wie sich ihre Sinne schärften. Übelkeit überfiel sie.

Beim Jupiter, sie durfte sich auf keinen Fall jetzt und hier in einen Adler verwandeln!

Sie betete, dass sie ihre menschliche Gestalt behielt.

Die Männer prügelten sich und Stella fragte sich, wieso Luke seine Fäuste nutzte, wenn er doch über magische Fähigkeiten verfügte.

War das vielleicht doch nicht Luke?

Einer der Täter zog die Frau an den Haaren hinter der Mülltonne hervor. Er holte aus und schlug ihr mitten ins Gesicht. Exakt in diesem Moment ging ein Ruck durch den Körper des Mannes, den Stella für Luke hielt. Er ballte die Fäuste und hatte innerhalb von einer Millisekunde einen Feuerball geformt. Diesen warf er mühelos auf einen der Angreifer. Dann holte er Kugelblitze hervor und ließ sie erst ein wenig tanzen, bevor er sie auf die Angreifer schoss.

Fasziniert starrte sie zu Luke, der kämpfte wie ein Löwe.

Es dauerte nicht lange, da hatte er alle drei Angreifer in die Flucht geschlagen und ging mit Anne auf den Laden zu.

Als Luke den Laden betrat, blieb er wie vom Donner gerührt stehen.

Würde er sich jetzt endlich zu erkennen geben?

Würde er ihr seine ewige Liebe schwören, so dass sie ihn zum Berg des Olymp begleiten konnte?

»Hallo!«, sagte Anne erfreut und reichte Stella die Hand.

»Hallo!«, erwiderte Stella und schüttelte ihre Hand.

»Wer oder was bist du?«, wandte sie sich leise an Luke.

Luke schwieg sie an.

›*Beim Jupiter, sie hat mich gesehen! Ich darf ihr auf keinen Fall sagen, dass ich ein Göttersohn bin, sonst werde ich sie verlieren.*‹, konnte sie stattdessen seine Gedanken lesen.

Stella schloss für einen Augenblick die Augen.

Sie durfte durfte sich ihm nicht zu erkennen geben, bevor er ihr nicht gesagt hatte, wer er war. UND bevor er sich entschieden hatte!

Fragend schaute Stella ihn an.

Wieder spürte sie diese elendige Übelkeit in sich aufsteigen. Ein unangenehmes Kribbeln fuhr durch ihren Körper und kündigte ihre Transformation an.

»Wir sehen uns heute Abend«, murmelte sie kaum hörbar und drückte sich an ihm vorbei. Nach Luft schnappend riss sie die Ladentür auf und lief auf die Straße. Sie stürmte zum nächsten dunklen Hauseingang und ließ die Verwandlung zum Adler über sich ergehen.

Als sie sicher sein konnte, dass niemand sie sah, hob sie ab und verließ die Gegend, um nach Hause zu fliegen.

***

»Warum ist er nur so ein feiger Schuft? Wieso redet er nicht mit mir? Spürt er denn nicht, wer ich bin? Ich dachte immer, Götter und ihre Abkömmlinge hätten magische Fähigkeiten. Vorahnungen, die Fähigkeit zum Voraussagen, aber nein! Pah…« Stella rammte das Schnitzmesser in die Figur und verabreichte Apollo einen Kugelblitz, der sich gewaschen hatte. »Feige ist er! Ein feiger Hund! Und so was schimpft sich Göttersohn!« Sie wischte sich eine Träne aus den Augenwinkeln. Sie hatte nur noch drei Wochen, bis der Vollmond kam und sie zurück zum Berg des Olymp musste. Und wenn Luke sich weiterhin so verbohrt zeigte, würde sie ohne ihn gehen müssen.

Ihr Weggang barg außerdem noch ein Problem in sich: Sie musste ihr Verschwinden so inszenieren, dass sie Toni nicht das Herz brach und ihn mit einem Haufen Aufträgen für Götterfiguren zurückließ.

»Schwesterherz, was schimpfst du denn so?« Toni streichelte ihr lächelnd über den Rücken.

Erschrocken zuckte Stella zusammen. Sie hatten ihren Bruder nicht bemerkt.

»Du bist wütend und schreckhaft? So kenne ich dich ja gar nicht.« Toni beäugte ihre Figur. »Was machst du da? Apollo mit Kugelblitz? Was ist das bitte für ein Blödsinn?«

»DAS sind seine wahren Fähigkeiten, mein Lieber. Das weiß nur niemand. Abgesehen von seiner elendigen Feigheit!«, konterte Stella erbost. »Aber die schnitze ich ihm noch ins Gesicht.«

Draußen ertönte ein tosender Donnerschlag.

Erschrocken zuckte Toni zusammen. »Brrr! Was für ein Unwetter da draußen! Und ich muss nochmal schnell ins Büro und die gemütliche, warme Werkstattstube verlassen! Ich beeile mich.«

»Verführungskünste hat er«, schimpfte Stella weiter, »aber Charakter hat er keinen! Und er will ein Göttersohn sein! Er will in die Fußstapfen seines großartigen Vaters treten? Pah, dass ich nicht lache!« Stella schnitzte in einer solchen Geschwindigkeit, dass Tonis Augen immer größer wurden. »Süße, was machst du da? Willst du einen Rekord im Geschwindigkeitsschnitzen aufstellen?«

»Du wirst lachen, Bruderherz, aber es gibt tatsächlich Meisterschaften im Speed-Carving.«

»Ja, aber doch eher im Bereich der Kettensägenschnitzerei, oder?«

»Wer weiß, vielleicht gibt es das auch bei der Kleinkunst!« Stella hackte auf die Skulptur ein, als wollte sie ihm Seele einhämmern.

»Ich bekomme langsam Angst vor dir, Stella! Was ist mit dir los?«, fragte Toni leise.

»Nix. Es ist alles in bester Ordnung! In bester Ordnung! Ich muss nur diesem kleinen, feigen Schuft etwas Manieren beibringen. Er schweigt? Schön, das kann ich auch. Er will sich nicht outen? Schön, dass muss ich auch nicht. Komm her, du feiges Stück Holz!« Binnen Sekunden hatte sie die Figur fertiggestellt und strich sich die Haare aus der verschwitzten Stirn. »Fertig!«

»Muss ich mir Sorgen machen?« Toni warf einen letzten Blick auf sie.

»Nein. Aber ich werde heute Abend ein ernstes Wörtchen mit Luke reden müssen. Ich wäre dir also dankbar, wenn du es irgendwie ermöglichst, dass wir für eine Weile alleine sind.« Sie versuchte zu lächeln, aber sie guckte eher finster.
»Gut«, sagte Toni und tätschelte besänftigend ihre Schulter. »Dann fahre ich jetzt nochmal schnell ins Büro und bin in einer Stunde wieder da, damit wir das Abendessen vorbereiten können.«
»Okay«, sagte Stella und schlug auf das nächste Holzstück ein, »tu das! Bis gleich!«
Toni warf ihr einen letzten Blick zu, dann verschwand er.
Kraftlos sackte sie in sich zusammen.
Erschöpft ließ Stella ihren Kopf auf die Werkbank sinken und konnte die Tränen nicht länger zurückhalten.

# Im Haifischbecken

»Schön, dass Sie es einrichten konnten«, sagte Hans Klockring, der Chef vom ›*Blattsalat*‹ und bedachte alle mit einem freundlichen Blick. »Wir müssen die Bereiche unserer freien Journalisten neu einteilen. Anne Müller wird weiterhin den Kunstbereich machen, aber zusätzlich die PR-Artikel übernehmen, Uta Brettschneider macht Asyl und Politik…«
»Das finde ich nicht gut«, fiel Uta dem Geschäftsführer ins Wort. »Anne bekommt viel zu viel Platz im Blatt. Warum soll sie noch die PR-Artikel machen? Sie ist erst seit drei Jahren an Bord. Ich bin viel länger da.«
Luke wechselte einen schnellen Blick mit seiner Kollegin, die ihm mittlerweile eine gute Freundin geworden war.
Anne fielen fast die Augen aus dem Kopf. Sie sah aus, als würde sie sich am liebsten übergeben.
Uta schlug die letzte Ausgabe vom ›*Blattsalat*‹ auf und deutete auf die vier Sonderseiten über Kunst. »Es ist nicht einzusehen, weshalb Anne so viele Artikel bekommt und wir leer ausgehen. Seitdem sie dabei ist, gibt es nur noch Unfrieden.«
»Du meinst eher Neid und Missgunst«, sagte Anne leise mit verkniffener Miene. »Diese Sonderseiten waren eine absolute Ausnahme. Das meiste nehmt ihr doch wohl an Platz ein mit der regulären Redaktionsarbeit.«
»Das ist jawohl ein Witz«, pfefferte ihr Sabine entgegen. »ich bin doch nicht neidisch. Wir finden nur, du solltest weniger Raum für deine schlechten Artikel bekommen.«

»Nein, ihr seid weder neidisch, noch missgünstig«, mischte Luke sich mit äußerst sarkastischem Tonfall ein. »Darum seid ihr auch so verblendet, dass ihr unterhalb der Gürtellinie argumentiert und kein gutes Haar an Anne lasst, obwohl nichts von euren Worten wahr ist.«
Erschrocken blickte Uta ihn an.
Luke hatte sich noch nie zuvor eingemischt, obwohl er schon mehrfach Zeuge des journalistischen Haifischbeckens geworden war. Aber mittlerweile war ihm Anne ans Herz gewachsen und er sah nicht länger ein, weshalb sie mehr kämpfen musste als die anderen Sklaven.
»Möchtest du auch noch deinen Senf dazugeben, Luke?«, fragte Hans Klockring genervt.
»Wir können auch warten, bis sich die Ladies gegenseitig zerfleischt haben«, erwiderte Luke mit einem abfälligen Lächeln in Richtung Geschäftsführer. Er hielt nicht viel von Hans, aber das wusste nur Anne. »Dann erledigt sich die Platzfrage vielleicht von ganz allein.«
»Wieso verteidigst du Anne?«, warf Uta Luke vor. »Habt ihr was miteinander, oder was?« Wütend schnaufte sie.
Luke schnitt eine Grimasse. »Selbst wenn es so wäre, würde es dich nichts angehen, Uta. Aber ich frage mich, weshalb du so darauf herumreitest, dass Anne ein paar Sonderseiten im Jahr macht. Kunst wird nur nebenbei mitgemacht, Asyl und Politik ist das Hauptfeld der Zeitung. Du wirst also nicht verhungern. Im Gegenteil, bisher bist du immer am besten weggekommen.«
»Darum geht es doch hier gar nicht«, beschwerte sich Uta.
»Ach nein?«, hakte Anne ein. »Worum geht es dann? Im Gegensatz zu dir fahre ich nicht dreimal im Jahr in den Urlaub. Kann ich mir gar nicht leisten.«
»Jetzt kommt DIE Leier wieder«, stöhnte Uta. »Du wilderst mit den PR-Artikeln in meinem Bereich herum.

Warum kann ich die Werbekunden nicht auch noch mit abfrühstücken?«

»Weil du schon einen Großteil der Zeitung füllst und Anne nicht«, erklärte Hans Klockring ruhig. »Wir müssen ja auch gucken, dass unsere freien Mitarbeiter nicht verhungern müssen. Außerdem wollen die Anzeigenkunden Annes Beiträge.«

»Seitdem Anne dabei ist, ist hier nichts mehr, wie es war. Sämtliche Kollegialität ist verschwunden«, versuchte es Uta schließlich wie ein beleidigtes Kind.

»Das liegt jawohl nicht an mir«, konterte Anne zu Recht. »Es gab eine Einteilung der Bereiche und daran habe ich mich stets gehalten. Im Gegensatz zu euch!«

»Hast du nicht, schließlich nutzt du die Sonderseiten schamlos aus, um in unserer Region zu schreiben. Und wir dürfen jawohl auch mal woanders herumwildern. Schließlich sind wir schon lange dabei«, sagte Uta unwirsch. Sie schlug die Zeitungsausgabe von letzter Woche auf und deutete mit dem Finger auf die zwei Doppelseiten über den Kunstmarkt. »Hier hast du ganz klar in meinen Bereich hineingepfuscht.«

»Das waren Anzeigenkunden, die zu ihren Anzeigen auch ihre Werbeartikel bekommen haben«, verteidigte sich Anne.

»Aber es war teilweise mein Bereich«, beharrte Uta wie ein dreijähriges Mädchen.

»Die Anzeigenabteilung hat entschieden, dass Anne die Werbekunden übernimmt und die PR-Artikel schreibt«, mischte sich nun Jan Seifhardt, Chef der Anzeigenabteilung, ein. »Und die vier Sonderseiten waren ein sehr kurzfristiger Auftrag, bei dem die Themen schon vorgegeben waren. Bei Anne können wir uns darauf verlassen, dass

sie in kürzester Zeit gute Artikel liefert. Bei euch ist das leider nicht der Fall.«
Uta schnaufte erbost. »Als wenn das Indianerdorf von einem Anzeigenkunden unterhalten wird! Schon klar...« Sie grunzte ungläubig.
Luke verdrehte die Augen.
Anne hatte Recht.
Dieser vor Neid zerfressene Giftzahn eines Piranhas war nicht auszuhalten.
»Du willst also die Aussage des Anzeigenchefs anzweifeln? Merkst du nicht, dass DU hier Gift versprühst, weil du Anne nicht einen einzigen Artikel gönnst?«, platzte Luke wütend heraus. Er musste verdammt aufpassen, dass er keinen Kugelblitz auf sie abschleuderte. »Reicht dein Luxus nicht aus, den du dir von deinen Einkünften leisten kannst? Pass lieber auf, dass dich Hades nicht verschlingt und mit in seine Unterwelt nimmt, Uta!«
Uta verschränkte die Arme vor der Brust. »Willst du mich verarschen?«
»Will er nicht«, sagte Anne trocken. »Oder hast du noch nie vom Gott der Unterwelt gehört?«
»Den gibt es jawohl nicht wirklich, oder?«, sagte Uta und lachte höhnisch.
»Sicher?«, blitzte Anne sie an.
Utas Lachen verschwand. »Bevor du da warst, war hier alles friedlich!«
»Ja, weil du nicht teilen musstest«, warf Luke ein und lächelte herablassend. »Die einzige, die also Unfrieden stiftet, bist du, Uta.«
Hans Klockring hob eine Hand. »Ich habe mir eure Meinungen angehört, aber jetzt möchte ich gerne noch die letzten Ausführungen zu meiner Einteilung machen. Also...«

Lukes Gedanken schweiften ab. Wieder einmal bestätigte sich, dass Hans Klockring nicht in der Lage war, die Geschäfte des Verlags professionell zu führen. Wer auch immer ihm diesen Posten gegeben hatte, hatte entweder ein schlechtes Urteilsvermögen oder war blind.

Hans' Einteilung betraf ihn nicht, sondern die Redakteure, von denen einer missgünstiger war als der nächste. Er würde zwar nicht behaupten, dass es noch nie Neid und Missgunst unter den Menschen gegeben hatte, schließlich gab es in der Geschichte der Erdlinge ausreichend Kriege, die das untermalten. Aber die Gesellschaft von heute war fast noch schlimmer als die Menschen im Mittelalter, die ihre Nebenbuhler durch die Inquisition loswurden oder sie einfach mal eben kurzerhand beseitigten. Der einzige Vorteil heutzutage war, dass es ETWAS zivilisierter ablief. Es wurden in Deutschland - zumindest offiziell - keine Menschen mehr getötet, sondern ›nur‹ so lange psychisch fertig gemacht, bis sie von selbst aufgaben und das Feld räumten.

Nach der Sitzung lotste Luke Anne nach draußen.
»Komm, Anne, wir gehen etwas trinken! Ich lade dich ein!«

Anne lächelte gequält. »Ich halte das nicht mehr aus, Luke! Dieser Neid, dieser Kampf, das macht mich echt fertig. Warum kann nicht jeder seinen Bereich erledigen und alles ist gut? Warum kann die Firmenleitung nicht einen Riegel davorschieben, dass nur ein Teil der freien Mitarbeiter Aufträge in Massen bekommt und der andere nicht? Sind die so verblendet? Ist denen das egal, Hauptsache, die Zeitung wird gefüllt?«

»Letzteres, Anne! Den Bossen ist euer Kampf herzlich egal. Die Kasse muss klingeln, das ist alles was zählt. Wenn Erdlinge dabei auf der Strecke bleiben, ist das die

natürliche Auslese. Wie bei einer Hungersnot im Mittelalter. Wer sich nicht selbst retten kann, ist eben verloren. Den verbohrten Idioten von Geschäftsführer wirst du leider nicht ändern können. Aber ich würde ihn gerne mal zu Hades schicken und ihm eine Lektion erteilen.« Luke hielt Anne die Tür auf, als Toni sie fast über den Haufen rannte.
»Toni, was machst du denn hier?«, fragte Anne überrascht. »Ich dachte, wir treffen uns erst in zwei Stunden bei euch!«
Toni, nicht weniger überrascht, plusterte die Backen auf. »Hallo Anne!«
»Wir wollten noch eben etwas trinken gehen, um aufgestaute Gefühle abzubauen, bevor wir bei euch einkehren. Willst du mitkommen?«, fragte Anne höflich.
Toni wackelte unsicher mit dem Kopf. »Ich habe eigentlich keine Zeit. Luke, können wir kurz reden?«
Anne hob die Hände. »Ich kann auch eben schnell den Einkauf erledigen, Luke. Dann könnt ihr zwei kurz etwas besprechen, was immer ihr besprechen müsst.«
»Kommt gar nicht infrage«, lehnte Luke ab. »Nach dieser hässlichen Redaktionssitzung lasse ich dich nicht alleine. Entweder schließt sich Toni uns an oder wir müssen das heute Abend besprechen.«
»Ich komme mit!«, lenkte Toni ein. »Nachher würde ich das ungerne im Beisein von Stella tun.«
Grübelnd gab Luke die Richtung vor und lotste die beiden, die sich verstohlen von der Seite musterten und zwischendurch zärtlich an den Händen berührten, in ein kleines Café.
»Also«, sagte Luke freundlich, wenngleich auch extrem ungeduldig, »was kann ich für dich tun, Toni?«
Toni nickte seufzend. »Es geht um Stella.«

Erschrocken hustete Luke.
Beim heiligen Zeus!
Wusste er etwa, dass er seine Ehefrau vernascht hatte?
Würde er ihn gleich zum Duell herausfordern?
Nervös betrachtete Luke ihn.
Toni Morgenstern war ein attraktiver Mann, den man eher in der schwedischen Sparte einsortieren würde. Seine blonden Haare saßen perfekt, seine blauen Augen waren vermutlich der Schlüssel zu den Herzen der Frauen. Er trug einen etwas zu üppigen Bart, zumindest für Lukes Geschmack. Er hatte ein schmales Gesicht und hohe Wangenknochen. Kein Wunder, dass Anne ihm zu Füßen lag. Auch jetzt saß sie einfach nur da und himmelte ihn an.
»Stella? Was ist mit ihr?«, hauchte Luke.
Ihm war eiskalt.
Seine Hände fingen an zu zittern. Schweiß bahnte sich seinen Weg aus seinem stählernen Körper. Das Herz fing an zu galoppieren. Gleich würde er ihm an den Kopf werfen, dass er seine Ehefrau zum Ehebruch getrieben hatte. Gleich würde er ihm offenbaren, dass er um Stella kämpfen würde.
»Stella«, wiederholte Toni und seufzte leise, »geht es nicht gut und ich frage mich, warum du sie so schlecht behandelst.«
Bevor Luke antworten konnte, kam die Bedienung und nahm die Bestellung auf.
Lukes Augenbrauen wanderten in die Höhe. »Ich mache was?«
Toni druckste plötzlich herum und schnappte sich seine Serviette, um seine Hände zu beschäftigen. »Sie sitzt zuhause und heult sich die Augen aus dem Kopf. Als ich sie

fragte, warum sie weint, meinte sie nur, sie wolle nicht darüber reden. Aber ich glaube, du bist schuld.«
Heiliger Jupiter, hilf mir!
Warum weinte Stella, wenn sie doch eine starke Halbgöttin war?
»Warum sollte Luke schuld sein, dass deine Frau traurig ist?«, mischte sich Anne kopfschüttelnd ein. Sie nahm ihre Cola entgegen und schloss genießerisch die Augen. »Ich würde doch eher denken, dass DU sie unglücklich machst, weil du sie mit mir betrogen hast.«
»Genau«, sagte Luke eilig und hoffte, damit von sich abzulenken.
Toni schnitt eine Grimasse. »Meine Frau? Ich bin nicht verheiratet. Stella ist nicht meine Frau.«
Luke stutzte. »Du bist nicht mit Stella verheiratet?«
Anne holte tief Luft. »Aber du und Stella tragt doch denselben Nachnamen!«
Toni schaute uns ganz verwirrt an. »Stella ist meine Schwester.«
Luke öffnete den Mund und starrte zu Anne.
Diese machte ebenfalls große Augen.
»Deine Schwester?«, wiederholten Luke und Anne gleichzeitig.
»Ja, was habt ihr denn gedacht?« Toni schüttelte den Kopf. »Dachtet ihr, wir haben eine offene Ehe, bei der ich mit Anne rummache und Stella mit dir, Luke? Nee, nee, so modern sind wir nicht.«
»Du weißt, dass ich mit Stella…?« Luke brach ab.
Toni schnalzte mit der Zunge. »Ich müsste blind sein, wenn ich DAS nicht mitbekommen hätte.«
Anne ließ sich voller Erleichterung gegen die Stuhllehne fallen. »Mann, bin ich froh, dass du nicht verheiratet bist,

Toni! Hast du das Riesengebirge gehört, das mir gerade vom Herzen geflogen ist?« Sie lachte leise.

Die Bedienung brachte die Getränke.

»Wir dachten, dass ihr verheiratet seid. Nicht glücklich, aber verheiratet«, erklärte Luke.

»Und darum hat sich Luke bei Stella auch so zurückgehalten. Er konnte ihr zwar nicht widerstehen, aber er wollte auch nicht eure Ehe gefährden«, gab Anne ihren Senf dazu.

»Sehr aufmerksam von dir, Luke. Zum Fremdgehen hat es gereicht, aber um sie ganz zu entführen, nicht.« Toni betrachtete Luke mit hochgezogenen Augenbrauen. »Aber du hättest mehr Charakter gezeigt, wenn du sie gar nicht erst verführt hättest, wenn du tatsächlich angenommen hast, dass wir verheiratet sind. Oder du hättest vorher mal ein Wort mit mir gewechselt.«

»Ich weiß, das war feige«, stimmte Luke zerknirscht zu. »Aber sie ist eine Göttin! Ich glaube, niemand kann ihren Reizen widerstehen. Und um dich zu fragen, fehlte mir der Mut.«

Toni schmunzelte. »Da bist du eine Ausnahme! Die meisten Männer haben eher Angst vor ihr.«

»Ich werde heute Abend mit ihr reden und versuchen herauszufinden, was sie so traurig macht«, sagte Luke entschlossen.

»Ich habe Stella noch nie so erlebt«, erzählte Toni. »Und glaubt mir, ich kenne sie schon ewig. Meine Eltern haben sie adoptiert, nachdem sie sie als Baby in einem Wald gefunden hatten, als ich zehn Jahre alt war. Wir sind quasi zusammen aufgewachsen. Sie ist vollkommen durcheinander. Heute hatte sie einen Spezialauftrag komplett versemmelt. Sie sollte Jupiter schnitzen und hat stattdessen Apollo mit Kugelblitz geschnitzt. Total irre!« Er beugte sich vor. »Wenn du ihr das Herz brichst, lernst du mich kennen, Luke!«

»Ihre Figur von Apollo trug einen Kugelblitz?«, hakte Anne eilig nach, um vom Thema abzulenken. Ihr Gesicht sprach Bände, als sie versuchte, Lukes Blick einzufangen.

»Apollo beherrschte die Kunst der Kugelblitze?«, fragte Luke nun auch lächelnd nach. »In welchen Geschichtsbüchern steht das denn?« Er lachte ungläubig auf und hoffte, sein Bluff würde ihm gelingen.

»Das meine ich ja! Stella ist total durchgedreht. Als ich sie fragte, was sie da für einen Blödsinn schnitzt, blubberte sie mich übellaunig an. Als ich ging, war sie gerade dabei, in die linke Hand von Apollo einen Feuerball zu schnitzen. Total plemplem.« Toni lachte höhnisch auf. »Wenn die Kunden mitkriegen, dass sie jetzt durchdreht, sind die schneller weg, als sie blinzeln kann.«

»Das werden sie nicht, weil Stella ein unglaubliches Talent hat«, beruhigte Anne ihn.

Luke war verzweifelt. Auch wenn die Nachricht, dass Stella nicht verheiratet war, phantastisch war, sah er keinen Weg, sie mit auf den Berg des Olymp zu nehmen. Und ihm blühte wiederum die Sterblichkeit, wenn er sich für sie entschied. Dieses Gespräch hatte nur ein Problem gelöst.

»Stella war heute ziemlich sauer, als ich deinen Namen erwähnte, Luke. Sie nannte dich einen feigen Lügner und Geheimniskrämer. Ich habe ja keine Ahnung, was zwischen euch gelaufen ist, aber das hat mich doch sehr überrascht. Noch nie zuvor habe ich sie so glücklich gesehen, wie in den letzten Wochen. Und nun ist sie zornig, als wenn du ihr aufgetischt hättest, dass DU verheiratet bist.« Toni trank seine Cola in einem Zug aus.

»Ich habe keine anderen Frauen neben ihr laufen und ich bin auch nicht verheiratet. Ich dachte, sie ist deine Ehefrau. Darum habe ich mich zurückgehalten. Naja, zumindest habe ich das versucht«, schob Luke eilig nach.
Eine Augenbraue wanderte in Tonis Gesicht nach oben. »Du hast es versucht?« Dann lächelte er. »Offensichtlich erfolglos. Ich finde, du siehst SEHR verliebt aus. Und wenn ich das richtig mitgekriegt habe, konntet ihr beide nicht die Finger voneinander lassen.«
Luke lächelte schweigend.
Er war ein Göttersohn.
Göttersöhne prahlten nicht mit ihren Künsten oder Errungenschaften. Aber seine Augen waren eiskalte Verräter.
Toni winkte ab. »Du brauchst nicht zu antworten. Ich sehe an deinem Blick, dass es dich voll erwischt hat. Und das ist auch gut so.«
Ertappt blickte Luke in sein Glas.
»Dann tue mir einen Gefallen und rede heute Abend mit ihr, bevor wir zum gemütlichen Dinner übergehen«, bat Toni ihn.
»Das mache ich«, versprach Luke.

***

Gemeinsam mit Toni bereitete Stella das Essen vor, welches sie Anne und Luke servieren wollten.
»Du bist so still, Schwesterherz«, stellte Toni fest.
Stella lächelte sanft. »Ich bin nervös. Das ist alles.«
»Eher angespannt wie ein Flitzebogen. Ich glaube, du brauchst dir keine Sorgen zu machen. Er ist bis über beide Ohren in dich verliebt.«
»Woher willst du das wissen? Bist du neuerdings Experte in Sachen Liebe?« Fragend blickte Stella ihren Bruder an.

Toni zuckte mit den Schultern. »Ich habe ihn getroffen. Und ich habe die Gelegenheit genutzt, um ein echtes Männergespräch zu führen.«
Stella schnalzte mit der Zunge. »So, so! Ein echtes Männergespräch?«
»Ja.«
»Und du meinst, er wird sich dir oder mir offenbaren?«
Stella spielte auf die Offenbarung an, dass Luke ihr endlich sagte, dass er Apollo war. Das konnte ihr Bruder natürlich nicht wissen. Bevor Luke seine wahre Identität nicht preisgegeben und sich entschieden hatte, zum Berg des Olymp zurückzugehen, waren ihr die Hände gebunden. Sie durfte ihm weder sagen, wer sie war, noch auf welcher Mission sie sich befand.
Sie seufzte leise.
Hoffentlich würde sich diese missliche Lage bald in Luft auflösen.

\*\*\*

Dankbar lächelte Luke Anne an. »Gut, dass du mich abholst. Ich bin so nervös, dass ich vermutlich in den falschen Bus einsteigen würde, um zum Atelier zu kommen.« Er ließ stoßweise Luft ab.
Anne klopfte ihm auf die Brust. »Ein Göttersohn, der nervös ist? Erstaunlich! Ich dachte, ihr Gottheiten seid immun gegen menschliche Gefühle.«
»Nein. Nein, das ist ein weit verbreiteter, menschlicher Irrtum…«, holte Luke zur Erklärung aus, brach jedoch ab, als Anne ihn schmunzelnd ansah. »Was ist?«
»Du siehst aus wie ein Mensch, fühlst dich an wie ein Mensch UND ich wette, du hast sogar dieselben Organe wie ein Mensch. Der einzige Unterschied zwischen uns

Menschen und euch Göttern sind eure magischen Fähigkeiten. Das ist der Grund, weshalb ihr so mächtig seid. Ihr könntet uns nicht-magische Wesen mit einem Blinzeln vernichten. Und darum seid ihr Götter. ABER«, nun hob sie einen Finger, »da ihr ansonsten über exakt dasselbe körperliche und seelische System verfügt, MÜSST ihr mit Gefühlen ausgestattet sein. Folglich habt ihr auch so menschliche Gefühle wie Zorn, Angst, Liebe, Nervosität. Das stimmt mich irgendwie heiter, weil es euch nicht ganz so perfekt macht.«
Luke hob eine Hand. »Vielen Dank für diese aufschlussreiche Analyse, Frau Müller!«
»Jederzeit, mein Schatz!«, konterte Anne, zwinkerte ihm zu und schloss das Auto auf. »Dann lass uns in die Höhle der Löwen fahren!«
»Höhle der Löwen?« Luke verstand kein Wort.
Anne winkte ab. »Das ist nur so eine Redewendung.«
»Und was bedeutet sie?«
»Nun«, setzte Anne zur Erklärung an, während sie den Zündschlüssel umdrehte, »wenn man sich in die Höhle des Löwen wagt, dann riskiert man etwas. Das stammt von einer Fabel ab, in der ein Fuchs die List eines alten Löwen durchschaut hatte, der alle Tiere in seine Höhle lockte, weil er angeblich krank war. Als der Fuchs aber bemerkte, dass die Tierspuren nur IN die Höhle führten und nicht auch wieder hinaus, ging er nicht hin.«
»Interessante Geschichte!«, sagte Luke und schnallte sich an.
Er lief zwar keine Gefahr verletzt zu werden, aber Anne hatte ihm in einem LANGEN Vortrag die Leviten gelesen, weil SIE Strafe zahlen muss, wenn er ohne Gurt im Auto von der Polizei erwischt werde. DAS wollte er ihr natürlich nicht zumuten.

»Du meinst also, wir riskieren etwas, wenn wir Stella und Toni besuchen?«, fragte Luke neugierig. Seine Nervosität war urplötzlich verschwunden.

Anne grinste. »Nein, aber es hat geholfen, oder?«

»Geholfen? Wobei?«

»Deine Nervosität zu besiegen.« Anne setzte den Blinker und fuhr auf die Straße. Innerhalb einer halben Stunde erreichten sie im dichten Stadtverkehr das Ziel.

»Was hast du eigentlich in der Papiertüte?«, fragte Anne.

»Wein, Käse und Brot. Der Verkäufer meinte, das würde man einer Dame bei einer Einladung zum Abendessen mitbringen.«

»Ach?« Annes Augenbrauen wanderten überrascht in die Höhe. »Tut man das? Ich hätte das eher den Franzosen zugeordnet. Hier bringt man einer Dame eher Blumen mit.«

»Und einem Herrn? Toni ist ja schließlich keine Dame.«

Anne stutzte. »Du hast Recht. Toni ist ein Mann. Und noch dazu einer, der nicht einmal Zigarren raucht.«

»Hast du ihm etwa Zigarren besorgt?«, fragte Luke perplex.

Anne schüttelte lachend den Kopf. »Nein.« Sie zog an einem Päckchen und ließ ihre Hand geheimnisvoll darübergleiten. »Ich habe etwas besorgt, was er sammelt.«

»Was sammelt er denn?«

»Schildkröten.«

»Toni sammelt SCHILDKRÖTEN?«, platzte Luke ungläubig heraus.

»Das sind unterschätzte Tiere. In China sind sie Sorgenfresser. Keinem Tier werden so viele positive Eigenschaften angedichtet wie einer Schildkröte«, ließ Anne ihn an ihrem Wissen teilhaben.

»Wirklich? Welche denn?«, hakte Luke amüsiert nach.

»Dieses langsame, gepanzerte Tier steht für Weisheit, Stärke, Ausdauer, Güte, Geduld und ewiges Leben. Einige Schildkröten werden Hunderte Jahre alt«, sagte Anne gedämpft. »Und man sagt ihnen nach, dass sie sogar die Zukunft vorhersagen können.«

»So alt? Zukunft voraussagen? Nun schwindelst du aber«, lachte Luke auf. »Das sind Fähigkeiten der Götter!«

Anne schüttelte den Kopf. »Nein, nicht nur. Die älteste, noch lebende vierhundert Kilo schwere Schildkröte auf der Seychelleninsel Bird Island soll angeblich 1771 geboren worden sein und ist damit über zweihundertvierzig Jahre alt.«

Luke bekam große Augen. »Wirklich?«

»Und es soll Menschen geben - wenn es denn Menschen sind - die am Muster des Panzers die Zukunft vorhersagen können.«

»So ein Tier muss ich unbedingt auf den Berg des Olymp mitnehmen. Was für großartige Haustiere!«, rief Luke begeistert.

Anne stutzte. »Dann hast du dich entschieden?« Voller Entsetzen blickte sie ihn an. »Du willst mich hier alleine zurücklassen?«

Verwundert hielt Luke inne. »Zurücklassen?«

»Du hast gerade gesagt, dass du eine Schildkröte mit auf den Berg des Olymp mitnehmen willst«, wiederholte Anne. »Damit drückst du doch aus, dass du dich entschieden hast.«

Luke blickte sie lange an. Dann schüttelte er langsam den Kopf. »Ich glaube, wir können von diesem langsamen Tier in deinem Karton noch VIEL lernen. Geduld, liebe Anne. Ich habe mich noch NICHT entschieden. Zumindest nicht bewusst. Zuerst muss ich klären, was Stella für mich empfindet. Und ich muss herausfinden, ob sie ein

Mensch oder eine Halbgöttin ist, schließlich will ich nicht, dass sie beim Übergang auf den Berg der Götter schmilzt wie Butter in der Sonne.«
Anne schnalzte mit der Zunge. »Süßer, sie LIEBT dich. Sie ist SCHARF auf dich. Sie WILL dich! Das sieht doch ein Blinder mit Krückstock.«
»Können Blinde sehen?«, fragte Luke verwundert.
Anne lachte. »Nein, natürlich nicht. Auch das ist nur eine Redewendung.«
»Du kennst eine Menge Redewendungen«, sagte Luke beeindruckt. »Du bist wirklich eine gebildete Frau.«
»Redewendungen haben nichts mit Bildung zu tun. Aber du hast Recht, ich bin eine intelligente Frau und Toni kann sich glücklich schätzen, wenn er mit mir zusammensein darf.« Anne blickte in den Spiegel und überprüfte ihr neuerdings sehr perfektioniertes Make-up.
»Redest du dir etwa gerade Mut zu?« Erstaunt blickte Luke seine sonst so unerschrockene Kollegin an.
Anne zuckte mit den Schultern. »Ja, ein wenig.«
Luke tätschelte ihre Schulter. »Das musst du nicht. Du bist eine tolle Frau. Du bist fleißig, intelligent und in den letzten Wochen hast du dich von einem grauen Esel in einen schönen Schwan verwandelt. Du bist quasi gar nicht mehr wieder zu erkennen.«
Anne kicherte. »Die Geschichte handelt von einem grauen ENTLEIN, welches tatsächlich als junger Schwan geboren wurde, was aber niemand erkennt, weil es im falschen Nest einer Entenmutter schlüpft. Es wird verstoßen, weil alle Enten es für hässlich halten. Aber das ›Entlein‹ wird größer und schließlich ein wunderschöner Schwan.«
Luke lächelte. »Siehst du! Du kennst eine Menge Geschichten. Du kannst Toni unterhalten und er darf sich glücklich schätzen, wenn du mit ihm ausgehen willst.«

»Wenn du meinst.« Anne holte tief Luft. »Gut, dann auf, auf! Lass uns reingehen!«
Sie verließen das Auto und klingelten.
»Hallo ihr zwei!«, begrüßte Toni sie und ließ sie eintreten. Anne überreichte ihm das Geschenk, welches er dankend entgegen nahm und auf einen Schrank stellte.
»Willst du es nicht öffnen?«, fragte Anne enttäuscht.
»Doch! Entschuldige, ich wollte nicht zu neugierig sein.«
Toni nahm das Päckchen und öffnete es. Staunend holte er eine Schildkröte heraus, die aus Messing gefertigt war und einen Panzer mit einem Text trug, der mit dem griechischen Alphabet geschrieben war.
»Wahnsinn! DIE ist ja schön! Wo hast du DIE denn her?«, fragte Toni begeistert. Als er Anne anschaute, sah Luke die Liebe in Tonis Augen und fühlte sich beruhigt. Anne war bei ihm in den besten Händen und er konnte sich, unabhängig von ihrem Schicksal, entscheiden, ob er zurück zum Berg der Götter oder als Sterblicher hier bleiben wollte.
»Da war so ein kleiner Kunsthändler. Der Weg dorthin war richtig abenteuerlich…« Die beiden gingen schwatzend ins Wohnzimmer, während Luke die Küche aufsuchte.
»Hallo!«, sagte er, als er Stella gegenüberstand.
»Hallo!« Erwartungsvoll blickte sie ihn an.
Luke hob die Papiertüte hoch, um das peinliche Schweigen zu überbrücken. »Ich habe dir etwas mitgebracht. Aber ich bin mir gar nicht mehr so sicher, ob das das Richtige ist. Vielleicht hätte ich dir lieber eine Spinne mitbringen sollen.«
Stella schnappte nach Luft. »Eine Spinne? Warum das denn?«

»Sie ist bei den Menschen ein Glückssymbol, ein Zeichen für schöpferische Kraft«, erklärte er.
»Es gibt sogar Menschen, die ESSEN Spinnen«, sagte Stella und streckte angeekelt die Zunge heraus. »Aber ich bin nicht scharf auf die Achtbeiner.«
»Ich auch nicht. Ich muss gestehen, nicht einmal als Eule würde ich Spinnen fangen und essen. Nicht einmal im tiefsten, dunkelsten Mittelalter, als Nahrung knapp war, hätte ich ein solches Spinnentier gegessen. Ich hätte dir natürlich eine unechte Spinne mitgebracht.«
Stella wischte sich den imaginären Schweiß von der Stirn. »Na, da bin ich ja beruhigt.« Sie nahm die Tüte entgegen und blickte hinein. »Mmh, lecker! Käse, Wein und Brot.« Sie stellte die Tüte auf die Arbeitsplatte. »Das können wir gerne gleich als Vorspeise reichen. Vielen Dank! Dann hast du also schon im Mittelalter gelebt?«
»Du etwa nicht?«, pokerte Luke.
Stella grinste. »Wer weiß. Vielleicht. Ich kann mich nur nicht daran erinnern.«
»Du hast mich in der Gasse vor dem kleinen Kunstgeschäft gesehen«, wagte Luke sich vor.
Stella runzelte die Stirn. »Ja, du warst quasi nicht zu übersehen.« Sie lächelte und brachte sein Herz zum Pochen.
»Und...«, Luke zögerte, doch dann nahm er all seinen Mut zusammen, »ich schätze, du hast auch gesehen, wie ich gegen die Räuber gekämpft habe?«
Wieder nickte Stella.
»Was genau hast du gesehen?«, stieß Luke in höchster Alarmbereitschaft hervor.
Lange blickten sie sich in die Augen. Schließlich seufzte Stella, ergriff seine Hand und zog ihn aus der Küche. Sie nahm ihn mit in ihre Werkstatt, die gleich an die Wohnung

angrenzte. Dort holte sie eine Skulptur aus einem verschlossenen Schrank.

Ehrfürchtig strich er darüber. »Sie ist perfekt.«

Sie zeigte Apollo mit Kugelblitz und Feuerball.

»Dann hast du mich also gesehen«, stellte Luke fest.

Ihm schlug das Herz bis zum Hals.

Was dachte sie nun von ihm?

Hielt sie ihn für einen Verrückten?

Oder für einen Außerirdischen?

Er versuchte, in ihren Gedanken zu lesen, aber er konnte nicht in ihren Geist vordringen.

»Ja, habe ich.« Stella berührte seine Hände. Sie streichelte über seinen Handrücken, bis Luke sie schließlich packte und in seine Arme riss. Er suchte ihren Mund und überfiel sie regelrecht mit einem Kuss.

Stella erwiderte ihn und innerhalb kürzester Zeit waren sie derart von der Leidenschaft gepackt, dass sie ihre Hände überall hatten und atemlos stöhnend aneinander hingen.

»Ich will dich«, hauchte Luke zwischen den Küssen. »Jupiter weiß, WIE SEHR ich dich will!«

Stella konnte ihm nicht antworten, weil er ihren Mund erneut mit seinen Lippen verschloss. Luke setzte sie auf die Werkbank und schob ihren Rock hoch. »Darf ich?«

Stella nickte und zog sich den Slip von den Hüften.

Eilig öffnete Luke seine Hose und drang auch schon in sie ein. Lustvoll stöhnend spürte er ihre warme, feuchte Enge, während sich ihre Lippen nicht mehr voneinander lösen konnten.

Luke zögerte seinen Höhepunkt so lange wie möglich heraus. Erst als er spürte, dass sie ihren erreichte, ließ er dem unausweichlichen Druck nach. Sie hielten eine kurze Minute inne, dann zog Luke sich die Hose wieder hoch.

Er packte ihr Gesicht mit beiden Händen. »Stella, meine kleine Göttin! Ich begehre dich so sehr!«
Stella zuckte kaum merklich zurück und versuchte ihre Enttäuschung zu überspielen, aber das war exakt der Moment, in dem Luke in ihren Geist eindringen konnte.
›*Warum gesteht er mir seine Liebe nicht? Bin ich seiner Liebe nicht wert? Wovor hat er Angst? Warum sagt er mir nicht endlich, wer er wirklich ist?*‹
Luke küsste sie erneut und zwang sie, ihn anzusehen. »Ja, ich habe Angst, dir zu sagen, dass ich dich liebe und wer ich bin. Das, was ich für dich empfinde, ist so groß, dass ich es kaum in Worte verpacken mag.« Er holte tief Luft. »Wenn ich dich sehe, geht die Sonne auf. Mir will das Herz weggaloppieren vor Glück. Und wenn ich von dir getrennt bin, dann treibt mich die Sehnsucht nach deiner Nähe fast in den Wahnsinn. Ich verzehre mich nach dir, deinem Lächeln, deinem Witz, deiner Gesellschaft. Noch NIE zuvor habe ich so für eine Frau empfunden.«
Fast ein wenig erschrocken atmete Stella tief ein. Er hatte ihre Gedanken gelesen! Sie musste sich zusammenreißen und vorsichtiger sein. Er durfte nicht mehr in ihren Geist eindringen, weil er sonst erfahren würde, dass sein Vater sie beauftragt hatte, ihn zurückzuholen.
Stella legte eine Hand gegen seine Wange. »Luke, mir geht es ganz genauso. Ich habe mich unsterblich in dich verliebt.«
»Unsterblich?«, feixte er. »Sagen Menschen das so?«
»Das sagen Menschen so«, bestätigte sie.
»Das klingt schön. DANN habe ich mich AUCH UNSTERBLICH in dich verliebt«, sagte Luke mit einem breiten Grinsen.
Erneut küssten sie sich und während Lukes Hose ein zweites Mal gen Boden sackte, liebten sie sich ein weite-

res Mal, dieses Mal jedoch weniger stürmisch und mit sehr viel mehr Hingabe.

»Dann willst du mit mir zusammensein?«, fragte Stella, als sie kurz darauf in die Küche zurückkehrten.

»Mehr als alles andere. Gerne will ich dich zum Weibe nehmen, aber…«

»Hallo, ihr zwei Turteltauben!«, unterbrach Toni das Gespräch. »Wollen wir mal etwas essen? Mir hängt der Magen schon sonstwo.«

Anne verdrehte die Augen. »Mir auch, wenn ich ehrlich bin.«

Stella nickte und holte einen Braten aus dem Ofen. »Kein Problem. Es ist alles fix und fertig.«

»Wir tragen einfach alle etwas, dann ist das Essen schneller serviert«, schlug Anne vor.

Stella drückte ihr augenblicklich eine Servierschüssel mit Kartoffeln in die Hand. »Sehr gerne.«

Luke hielt Stella am Ärmel fest. »Vielleicht können wir unser Gespräch nach dem Essen fortführen?«

Stella nickte lächelnd.

Kurz darauf saßen sie am Esstisch und schlugen sich die Bäuche voll.

»Dann habt ihr alle Unklarheiten beseitigen können?«, erkundigte sich Toni und blickte seine Schwester und Luke fragend an.

»Natürlich«, sagte Luke höflich lächelnd, während sich Stella eher zurückhielt. »So gut wie.«

»Prima.« Toni nickte zufrieden und widmete sich wieder seinem Essen.

# Witwe Krummbein

Nach dem Essen verzogen sich Anne und Toni in Tonis Räumlichkeiten, welche er im oberen Stockwerk des Hauses hatte. Sie hatten das Haus von ihren Eltern übernommen und so verfügten sie über mehrere Stockwerke, wobei Stella im Erdgeschoss lebte, da hier auch ihre Werkstatt war.
»Und was fangen wir zwei mit dem angebrochenen Abend an?«, fragte Luke mit rauer Stimme.
Sein Blick war intensiv.
»Ich würde sagen, wir nutzen die Zeit, um uns besser kennenzulernen«, schlug Stella vor und hoffte inständig, dass Luke ihr bald offenbaren würde, wer er wirklich war.

*** 

»Nun sind wir schon seit zwei Wochen ein offizielles Liebespaar«, sagte Luke mit einem strahlenden Lächeln, als Stella ihn von der Redaktion abholte. Er zog sie in seine Arme und gab ihr einen Kuss, der nach mehr schmeckte.
»Hast du die Blicke deiner Kollegen gesehen?«, fragte Stella kichernd.
»Das war purer Neid«, mischte sich Anne ein. »Und, was macht ihr zwei heute?« Sie warf Luke einen komischen Blick zu, den Stella nicht deuten konnte. Sie versuchte in ihren Gedanken zu lesen, worauf Anne anspielte, aber Luke überstrahlte Annes Gedanken mit seiner verliebten Aura, so dass Stella ihr Vorhaben schnell wieder aufgab.

»Wir holen jetzt ein paar Klamotten aus meiner Wohnung und fahren dann zu Stella«, erklärte Luke.

Anne hob beide Augenbrauen. »Wohnung?« Sie schnalzte mit der Zunge. »Du meinst wohl eher Haftzelle. Die Regeln deiner alten Vermieterin sind ja schlimmer als die Regeln im Knast!«

Verwundert wandte sich Stella an Luke, doch der winkte ab. »Du wirst meine Vermieterin gleich kennenlernen. Dem alten Geier entgeht nichts.«

Überrascht blies Stella die Backen auf. »Ach, echt? Na, ich bin gespannt.«

Sie verabschiedeten sich von Anne und liefen zu Tonis Auto, welches er seiner Schwester geliehen hatte, damit sie ein paar Sachen aus Lukes ›Wohnung‹ holen konnten.

Trotz Berufsverkehr waren sie schnell beim alten Haus von Witwe Krummbein. Luke holte einen Schlüssel heraus und wollte gerade die Haustür aufschließen, als ein alter Drachen mit Warze im Gesicht und lückenhaftem Gebiss die Tür schwungvoll öffnete.

»HERR KANTON! Erst lassen Sie sich wochenlang nicht hier blicken und dann bringen Sie auch noch Damenbesuch mit! Sie wissen doch, dass Frauen in diesem Haus nicht erlaubt sind«, polterte sie mit einer krächzenden Stimme los, die eher an Rumpelstilzchen erinnerte als an eine Frau.

»Sie sind doch auch eine Frau«, versuchte Luke witzig zu sein. Stella spürte seine Anspannung und beim Anblick seiner Vermieterin wusste sie auch, warum er so nervös gewesen war, als sie ihm vorgeschlagen hatte, seine Sachen gemeinsam abzuholen.

Witwe Krummbein winkte ab. »Ich bin alt und hässlich, das zählt nicht. Aber DIE da«, sie zeigte mit dem Finger auf Stella, »DIE DA is' jawohl an Schönheit NICHT zu

übertreffen. Da fühle ich mich ja gleich zehnmal so hässlich in ihrer Gegenwart. In Zukunft sorgen Sie dafür, dass sich schöne Frauen nicht näher als hundert Meter an dieses Haus herantrauen, Herr Kanton!«
»Wahre Schönheit kommt doch von innen«, versuchte Stella die Frau zu besänftigen, was leider vollkommen nach hinten losging.
»Ja, ja«, schimpfte sie verärgert los, »dass SIE das sagen, wundert mich überhaupt nicht! SIE können ja auch große Töne spucken! SIE sind ja ein Abbild von Aphrodite oder wie diese blöde Göttin heißt, die alle mit ihrer Schönheit in die Tasche steckt. SIE brauchten sich in Ihrem Leben sicherlich nicht einmal den kleinen Zeh krumm machen, um das zu bekommen, was Sie haben wollten, denn SIE sind ja SCHÖN!« Sie warf die Hände gen Himmel.
Stella wusste nicht, was sie darauf sagen sollte, also schwieg sie.
»Ja, ja, Schätzchen, dazu fällt dir nix mehr ein, was?«, ging die alte Dame übergangslos zum ›*Du*‹ über.
»Würden Sie mich bitte in meine Wohnung lassen, Frau Krummbein!«, sagte Luke höflich.
Die alte Witwe stellte sich so in den Türrahmen, dass sie sich mit beiden Armen links und rechts festhielt, damit Luke nicht an ihr vorbeigehen konnte.
Stella unterdrückte ein Schmunzeln.
Die Alte war total durchgeknallt.
Luke hätte sie mit einem Atemzug wegpusten können, wenn er gewollt hätte - selbst ohne magische Fähigkeiten.
»Bitte lassen Sie mich durch!«, sagte Luke eindringlich.
Die alte Vermieterin wurde bei seinem Anblick weich und trat beiseite. »Na gut, wenn es denn sein muss! Aber SIE da bleibt draußen!«

Luke lächelte charmant. »Stella Morgenstern ist meine Freundin. Sie…«

»Freundin?«, quiekte die Alte in einer für sie viel zu hohen Tonlage.

Stellas empfindliches Adlergehör brach unter dem Ton fast zusammen.

»Sklavin. Ich sagte Sklavin«, berichtigte Luke sich.

Misstrauisch beäugte seine Vermieterin erst ihn, dann Stella. »Sklavin? Sie haben eine eigene Sklavin? Sexsklavin, oder was?«

Luke lachte leise, dann schüttelte er den Kopf. »Aber nein, sie hilft mir nur beim Tragen von ein paar Dingen.«

»Na gut. Aber wenn es länger als eine halbe Stunde dauert, dann komme ich nachgucken«, krächzte die Alte.

Luke streckte Stella die Hand entgegen und zog sie ins Haus. »Wir brauchen nicht länger.«

Als sie in seinem kleinen Zimmer ankamen und Luke die Tür abschloss, atmete Stella erst einmal erleichtert auf.

»Beim Jupiter, was ist das für ein schrecklicher Hausdrache?«, platzte sie heraus.

Luke schmunzelte. »Ich glaube ja, sie ist ein verzaubertes Stinktier.«

Stella lachte leise auf. »Das würde einen Sinn ergeben.«

»Lass uns keine Zeit verlieren! Packen wir mein Zeug zusammen!«

»Alles?«, fragte Stella erstaunt.

Luke holte eine große Tasche unter dem Bett heraus. »Nein, nicht alles. Das würde auffallen. Sie kontrolliert alles, sobald wir weg sind.«

»Was? Die Alte KONTROLLIERT dein Zimmer? Ist das legal?«

Luke zuckte mit den Schultern. »Schätzungsweise nicht, aber ich habe nichts Besseres gefunden, als ich vor etwa zwei Jahren hierher kam.«
»Du solltest ganz dringend kündigen und dir was Neues suchen!« Stella warf seine Zahnbürste und das Duschzeug in eine mitgebrachte Tüte.
»Falsche Reihenfolge«, feixte Luke, »zuerst brauche ich etwas Neues und DANN kann ich kündigen.«
»Du kannst bei uns einziehen. Wir haben noch eine Wohnung frei im Dachgeschoss«, schlug Stella vor. »Alles ist besser als das hier!«, fügte sie leise hinzu.
Luke grunzte. »Da hast du sicher Recht.« Schnell hatte er sämtliche Klamotten zusammengesucht, als es an der Tür klopfte. »Herr Kanton?«
Stella blickte auf ihr Handy. »Die halbe Stunde ist noch nicht um«, wisperte sie ihm zu.
Luke nickte. Dann ging er zur Tür, um sie zu öffnen. »Was gibt es denn, Frau Krummbein?«
Die Alte reichte ihm einen Stapel Post. »Post für Sie!«
»Vielen Dank!« Als Luke die Tür wieder schließen wollte, stellte sie ihren Fuß dazwischen. »Sind Sie auch beide noch angezogen? Sie und Ihre Sexsklavin?«
Luke verdrehte die Augen, dann öffnete er die Tür ganz, damit sie einen Blick auf Stella erhaschen konnte. Stella hob eine Hand zum Gruß, während Luke seine linke Hand verstecken musste. Es hatte sich ein Kugelblitz darin geformt, dessen Blitze einsatzbereit aufzuckten.
»Natürlich, Frau Krummbein. Wenn Sie uns jetzt bitte wieder entschuldigen würden, wir müssen noch etwas einpacken. Die halbe Stunde ist gleich um.«
»Ja, ja. Machen Sie nur!«

Als die Tür wieder ins Schloss krachte, ging Stella zu Luke und legte ihm eine Hand auf die Brust. »Du bist aber schnell auf hundertachtzig!«

Luke blickte auf seine Hand. Er legte kurz den Kopf in den Nacken und schloss die Augen, bis der Kugelblitz wieder verschwunden war.

Hungrig strich Stella ihm über die Brust. Dann fing sie an, ihn sanft zu beißen.

Luke lehnte seinen Kopf gegen die Tür und sprach mit geschlossenen Augen: »Du willst mich nicht ernsthaft hier und jetzt verführen, oder? Die Alte steht bestimmt hinter der Tür und lauscht.«

Stella grinste und beugte sich zur Seite. So leise wie möglich drehte sie den Schlüssel um. Während sie das tat, täuschte sie einen Hustenanfall vor.

»Ist alles in Ordnung bei Ihnen, Herr Kanton?«, krächzte Witwe Krummbeins Stimme durch die Tür.

Luke öffnete die Augen und hob beide Hände. »Siehst du, was ich meine?«

Stella nickte. Dann widmete sie sich wieder seiner Brust und schob sein T-Shirt nach oben. Eilig zog er es sich über den Kopf, packte sie an den Hüften und drückte sie gegen die Wand. »Du willst hier unter den Adlerohren des Giftzahns verführt werden?«

»Eigentlich wollte ich eher dich verführen«, hauchte Stella. Sie wirbelte ihn herum und wandte dabei so viel Kraft auf, dass Luke ächzte. »Uff!« Fast ein wenig erschrocken blickte er sie an. »Was war das denn?«

»Hunger.« Sie gab ihm einen Kuss und machte sich schließlich über seinen Oberkörper her. Dabei nestelte sie seine Jeans auf und fuhr ihm mit einer Hand in den Slip. Sofort regte sich etwas in seiner Hose. »Er spricht mit mir«, witzelte sie.

Luke blickte sie einfach nur an. »Wundert dich das? Er vergöttert dich!«
Stella sank auf die Knie und zog ihm Hose und Boxershorts gleichzeitig herunter. Ohne ihn groß vorzuwarnen, verschlang sie sein erigiertes Glied. Immer tiefer ließ sie ihn in seinen Mund stoßen, bis sein Atem so schnell war, dass sie den Höhepunkt nicht einmal mehr erahnen musste. Stella bremste ab, löste sich von ihm und setzte sich mit nacktem Po auf seinen Schoß. »Nimm mich!«
Das ließ sich Luke nicht zweimal sagen. Er hob sie auf seine starken Arme und drang in ihre Vagina ein. Ohne ein weiteres Wort stieß er kraftvoll zu.
»Tiefer!«, hauchte Stella und Luke packte ihn fester an den Hüften, damit er tiefer in sie eindringen konnte.
»Schneller!«, verlangte sie und Luke stieß so schnell zu, dass sie beide kurz darauf aufschrien vor Lust.
Sie küssten sich noch einmal und bemerkten erst dann, dass jemand an der Tür rüttelte. »Herr Kanton! Öffnen Sie SOFORT die Tür! Herr Kanton! SEX in MEINEM Haus ist NICHT erlaubt! Herr Kanton!«
»Wenn sie nicht gleich aufhört, kriegt sie meinen Feuerball zu spüren«, knurrte Luke und wackelte mit den Augenbrauen.
Stella lächelte, noch immer reichlich aufgeheizt. »Hält die Tür noch eine Weile? Wir nehmen doch heute ohnehin ALLE deine Sachen mit, oder?«
Luke überlegte kurz, dann nickte er. »Sehr gerne.«
»HERR KANTON! Öffnen Sie SOFORT die Tür!«, brüllte die Alte außer sich und schlug mit einem Stock gegen die Tür.
Luke hatte geahnt, dass seine Vermieterin Schwierigkeiten machen würde, doch er hatte nicht mit so viel Widerstand gerechnet. Manchmal hatte er seinen Vater in Verdacht,

dass er ihm mit so einer Vermieterin eine verzauberte Hexe aufgebürdet hatte, um sein Ziel, die wahre Liebe zu finden, zu erschweren.

Die Alte war innerlich wie äußerlich hässlich wie die Nacht. Dabei war Witwe Krummbeins Warze auf der Nase fast schon legendär - vermutlich ein magisches Zeichen. Wie sie die Inquisition überstanden hatte, war Luke jedoch ein Rätsel.

Es wurden damals schließlich nicht nur schöne, sondern auch ganz und gar scheußlich, grausliche Menschen verbrannt. Und sie hatte sicherlich dazugehört. Vielleicht waren ihre magischen Kräfte auch so stark, dass sie immer und immer wieder geboren werden konnte. Und nun versprühte sie in der Neuzeit ihr Gift. Luke wusste es nicht, aber er wollte der Sache auch nicht auf den Grund gehen.

Der alte Giftzahn wirkte gefährlich!

Also ging er ihr überwiegend aus dem Weg.

Aber heute zeigte sich Witwe Krummbein wieder von ihrer schlechtesten Seite.

Dennoch musste Luke nicht lange überlegen.

Er warf Stella aufs Bett und legte sich ihre langen, wohlgeformten Beine über die breiten Schultern. Er liebte diese Position, weil sie ihm alles offenbarte, was er so begehrte.

»Deine Spalte ist so wahnsinnig, so unglaublich einladend. So feucht und rosa, so angeschwollen«, hauchte er und erzitterte vor Lust.

Stella bog sich ihm entgegen. »Dann lass uns das Bett zerstören!«

Genüsslich strich Luke ihr über den Po und die Außenseite ihrer nackten Schenkel. »Gleich! Lass mich den Anblick noch etwas genießen.«

»Du meinst, deine Tür ist stärker als Witwe Krummbein?«

»Mir egal!« Er tauchte ab und liebkoste ihre Knospe mit Lippen und Zunge, spreizte ihre zarte Öffnung sanft mit den Fingern. Er genoss das Liebesspiel, bis Stellas Atem so schnell ging, dass er für den Bruchteil einer Sekunde überlegte, innezuhalten.
»Bitte hör nicht auf!«, flehte sie ihn an.
Lächelnd ließ er seine Zunge schneller über ihr Röschen gleiten, bis sie leise aufstöhnte. An seinen Fingern spürte er ihren Höhepunkt. Er richtete sich wieder auf und positionierte sich so, dass er mit einem Stoß tief in sie eindringen konnte.
Vor Überraschung machte Stella große Augen.
Luke packte sie an den Hüften und stieß zu. Erst langsam, dann immer heftiger, bis sie beide explodierten.
»Ich würde dich gerne noch ausgiebig küssen, aber ich glaube, die Zeit haben wir nicht mehr.« Luke deutete zur Tür, die bereits oben aus den Angeln gerissen war.
Eilig schlüpften sie in ihre Hosen.
Luke warf seine letzten Habseligkeiten in die große Tasche und schloss die Tür auf. Stella deutete er an, beiseite zu treten. Dann ließ er die Tür aufkrachen.
Witwe Krummbein stolperte mit hochrotem Gesicht ins Zimmer und flog kopfüber aufs Bett, auf dem Luke eben noch Stella geliebt hatte.
»Auf Nimmerwiedersehen, Frau Krummbein! Vielen Dank für die Zimmer. Ich benötige sie ab heute nicht mehr. Die Kündigung schicke ich Ihnen schriftlich zu«, rief Luke und packte Stella am Handgelenk. Gemeinsam flitzten sie zur Treppe.
Witwe Krummbein hatte sich mittlerweile wieder aufgerappelt. Mit hochrotem Kopf stürmte sie hinter ihnen her.
»Na warte, Bürschchen! So billig kommst du mir nicht davon! Dies ist kein Stundenhotel. SEX ist hier VERBO-

TEN!«, schrie Witwe Krummbein durchs ganze Treppenhaus.

»Keine Sorge«, rief Luke und nahm immer zwei Stufen auf einmal, »wir kommen auch nicht wieder. Machen Sie es gut!«

Er riss die Haustür auf und rannte mit Stella um die Wette zum Wagen. Schon von weitem nutzte sie die Fernbedienung und öffnete die Türen. Sie sprangen hinein und schon hatte Stella den Motor gestartet.

Keine Sekunde zu früh, denn die Alte kam mit einem Gehstock hinter ihnen hergeflitzt. Den feuerte sie nun auf den Wagen.

»Gib Gas!«, rief Luke lachend.

Stella drückte aufs Gaspedal und schoss vom Parkplatz.

Im Rückspiegel sah er, wie die alte Hexe wild gestikulierend hinter ihnen herrief.

Erleichtert lehnte Luke sich gegen die Rückenlehne. Ihm schlug das Herz bis zum Hals und seine Beine fühlten sich an wie Pudding.

An der nächsten roten Ampel sah Stella ihn kopfschüttelnd an. »Wie hast du das nur so lange ausgehalten?«

»Ganz gut. Ich hatte nie Damenbesuch. Und Anne zählte nicht, weil sie in den Augen der alten Witwe keine Konkurrenz war.«

»Unfassbar! Dass es solche Vermieter überhaupt geben darf! Von Privatsphäre hielt DIE gar nix.« Kopfschüttelnd gab Stella Gas und fuhr zur Werkstatt.

# Die Verwandlung

Stella fühlte sich wie der glücklichste Mensch auf Erden und musste sich zwischendurch immer wieder daran erinnern, dass sie gar kein Mensch, sondern eine Halbgöttin war, die eine Mission zu erfüllen hatte - und dass das End ihrer Mission nahte.
Aber das Zusammenleben mit Luke fühlte sich nicht an wie ein bloßer Auftrag. Sie spürte tiefste Sehnsucht, wenn er nicht bei ihr war und übergroßes Glück, wenn sie in seiner Nähe war. Mittlerweile wohnte er bei ihr und nutzte nicht einmal mehr die kleine Wohnung im Dachgeschoss, die sein Bruder ihm überlassen hatte.
Stella schlief neben ihm ein und wachte neben ihm auf. Zwischendurch verführten sie sich gegenseitig, weil sie es kaum nebeneinander aushielten, ohne sich an die Wäsche zu gehen. Stella schwebte im siebten Götterhimmel und hatte sich in ihrem ganzen Leben noch nie so gut gefühlt. Trotzdem überkam Stella ein Hauch von Traurigkeit bei dem Gedanken, dass der Vollmond kurz bevorstand und damit Jupiters Frist ablaufen würde, in der sich sein Sohn zu entscheiden hatte. Luke machte auf sie überhaupt nicht den Eindruck, als wenn er sich überhaupt entscheiden wollte!
Manchmal fragte sie sich, ob er tatsächlich als Sterblicher enden wollte, nur um mit ihr zusammenbleiben zu können, wobei er natürlich irrtümlicherweise davon ausging, dass sie ein Mensch sei.
»Schatz, wir müssen los!«, mahnte Luke. »Wir müssen die Skulptur zu deinem Kunden schaffen.«

»Ja, ich komme.« Stella packte beim Tragen der Statue mit an.

»Das ist ein absolutes Meisterwerk«, sagte Luke beim Verladen der übergroßen Skulptur.

Stella pustete sich ein paar widerspenstige Haare aus dem Gesicht. »Ja. Überraschenderweise habe ich in einem Sägewerk in der Nähe einen übergroßen Baumstamm bekommen und konnte die Auftragsarbeit früher als erwartet abarbeiten.«

»Ja, du warst schnell fertig«, sagte Luke beeindruckt. »Ungewöhnlich schnell für ein Menschenkind. Gut, dann wollen wir das kostbare Stück mal zum Kunsthandel bringen«, sagte er.

Stella blickte auf ihre Uhr. »Ja. Wir sind gut in der Zeit. Allerdings bat mich der Kunde, die Skulptur zu ihm nach Hause zu schaffen und nicht beim Kunsthandel abzugeben.«

»Okay. Das erleichtert die Sache.« Luke sprang auf den Beifahrersitz und genoss den Anblick seiner Fahrerin, die sich die langen Haare aus dem Gesicht strich. Der Kunde wollte so viel Geld springen lassen, dass Stella locker zwei Jahre von dem Geld leben konnte.

Was Luke gleich wieder zu dem Problem führte, dass er sich langsam aber sicher entscheiden musste.

Als die große Villa vor ihnen auftauchte, verlangsamte Stella, bis sie schließlich hielt. »Hier muss es sein!«

Sie klingelte und das riesige, schmiedeeiserne Tor wurde automatisch geöffnet. Ein junger, sportlicher Mann begrüßte sie und und wies sie ein. Stella parkte und gemeinsam platzierten sie die Skulptur auf dem Rondell vor der imposanten Villa. Sie machte sich hervorragend auf dem Platz.

Das Haus erinnerte Luke an eine Epoche im Mittelalter, wo er tatsächlich mal eine Frau aus der Oberschicht hatte heiraten können. Dort hatte es ihm an nichts gefehlt. Das war eine Zeit, in der er tatsächlich mal die Bauern hatte beaufsichtigen müssen, die das Land seiner damaligen Frau bewirtschafteten. Dabei hatte er sich nie wohlgefühlt, denn er musste mit ansehen, wie hart die Bauern für den Wohlstand seiner Frau arbeiten mussten und schummelte oft Lebensmittel an den Wächtern vorbei, um sie im Dorf zu verteilen.

Einmal hatte seine Gattin Wind davon bekommen.

Sie war sehr erzürnt, aber er wäre kein Göttersohn, wenn er die Kunst der Verführung nicht verstanden hätte. Er hatte sie bezirzt und all seine Fähigkeiten aufgewandt, um sie gnädig zu stimmen, was ihm schließlich auch gelungen war.

Während Luke sich auf dem Grundstück umsah, bekam Stella einen Umschlag mit Geld überreicht.

»Ich muss noch eben zum Kunsthandel fahren und dem alten Herrn Otto Provision zahlen«, sagte Stella.

»Kein Problem. Ich habe heute keine Termine mehr«, sagte Luke nachdenklich.

Nachdem Stella kurz darauf einen Parkplatz in der Stadt gefunden hatte, machten sie sich auf den Weg durch die mittlerweile düsteren Straßen. Der Himmel war wolkenverhangen und es dämmerte bereits.

»Hast du das Geld bei dir?«, fragte Luke leise und legte ihr beschützend einen Arm um die Schultern.

»Ja. Ich wollte es nicht im Auto lassen. Es sind immerhin zweihunderttausend Euro. Ich hätte mir das Geld lieber überweisen lassen, aber der Kunde hatte auf Barzahlung bestanden.«

Kurz bevor sie den Kunsthandel erreichten, sprangen zwei vermummte Typen auf die Straße.

Luke verdrehte die Augen.

»Geld her!«, rief einer von ihnen.

»Wir haben kein Geld bei uns«, log Luke mit fester Stimme. Er wollte vermeiden, gegen die beiden Männer kämpfen zu müssen.

Stella drückte den Umschlag in ihrer Jackeninnentasche fest an sich. Sie war nicht gewillt, das Geld für ihren Bruder und Herrn Otto kampflos aufzugeben.

»Verscheiß uns nicht, Alter! Geld und Handy her!«

Bevor einer von ihnen reagieren konnte, sprang der kräftigere der beiden auf sie zu und schlug Stella ins Gesicht. Gleichzeitig rannte sein Kumpel auf Luke zu und packte ihn am Kragen.

Sie waren beide so überrumpelt von dem Angriff, dass Luke Stella aus den Händen glitt. Während sie ihren Angreifer abzuwehren versuchte, hatte Luke alle Hände voll zu tun, sich den zweiten Täter vom Leib zu halten.

Dieser Überraschungsmoment trennte sie und Stella war auf sich gestellt. Sie wehrte die Schläge des Angreifers ab und verpasste ihm selbst ein paar heftige Schläge gegen sein Jochbein. Dann jedoch traf er sie so heftig am Kopf, dass sie den Ruck, der von ihrem Körper Besitz ergriff, nicht verhindern konnte. Sie war dabei, sich zu verwandeln, ohne dass sie irgendetwas dagegen tun konnte.

Plötzlich kreischte sie laut auf und Luke sah, dass sie sich in einen imposanten Adler verwandelte. Vor Schreck blieb ihm fast das Herz stehen.

Aber auch die beiden Angreifer starrten sie fassungslos an.

»Alter, was ist das?«

»Keine Ahnung, aber lass uns abhauen!«

Die zwei nahmen die Beine in die Hand, während Stella lauthals kreischend den beiden hinterherjagte. Mit ihrem mächtigen, gebogenen Schnabel hackte sie auf die beiden Angreifer ein, die sich die Arme schützend über die Köpfe hielten.

Luke musste nicht lange überlegen. Er brachte den Umschlag mit dem Geld in Sicherheit und schloss für einen kurzen Augenblick die Augen. Er versetzte seinen Körper derart in Schwingungen, dass er sich augenblicklich in eine Eule verwandelte.

Mit dem geschärften Blick eines nächtlichen Jägers nahm er Stellas Verfolgung auf. Sie flogen über die Dächer hinweg zu dem Wald, in dem sie sich bereits geliebt hatten.

Luke legte einen Zahn zu und folgte ihr, bis sie an der Waldlichtung Halt machte.

***

Vollkommen außer Atem und mit einem ganzen Rucksack an unbeantworteten Fragen landete Luke auf dem großen Stein inmitten der Waldlichtung.

Stella - oder vielmehr ihre Adlergestalt - saß auf der Kante und blickte ihn an.

Schließlich schüttelte sich der Adler und verwandelte sich zurück in die nackte Schönheit, die er erst heute Morgen noch vernascht hatte.

Eilig umrundete Stella den Stein und holte eine kleine Truhe aus einem Gebüsch hervor. Sie kramte darin und zog Kleidung heraus, die sie sich überwarf.

Luke nutzte den Moment, um sich ebenfalls zurück zu verwandeln.

»Erklär mir das!«, rief er ihr zu.

Erschrocken wirbelte Stella herum.

»Wie kommst du hierher?«, fragte sie atemlos.

»Dasselbe könnte ich dich fragen.«

»DU warst die Eule, die mir gefolgt ist?« Fassungslos starrte sie ihn an. Die Nacht war bereits hereingebrochen und er erkannte ihr Gesicht nur schemenhaft im fahlen Licht des Mondes.

»Und DU warst der Adler, der mir vorausgeflogen ist. Ich denke, wir sind uns beide eine Erklärung schuldig.«

Stella hob die Schultern und ließ sich auf einen Stein sinken. Sie schluchzte leise, bis sie sich irgendwann übers Gesicht wischte. »Du bist also auch ein Gestaltenwandler?«

»DU ja offensichtlich auch«, konterte Luke fassungslos.

Eine Million Gedanken purzelten durch sein Hirn.

Und plötzlich durchzuckte ihn die Erkenntnis wie ein Blitz, den er nicht hatte kommen sehen.

Stella WUSSTE, wer er war!

Sie war tatsächlich von seinem Vater beauftragt worden!

Luke öffnete den Mund, doch seine Frage wollte ihm einfach nicht über die Lippen gehen. Entgeistert schüttelte er den Kopf. »DU bist eine Gesandte meines Vaters! DU bist tatsächlich eine Göttin«, sagte er schließlich.

Stella schüttelte voller Panik den Kopf. »Ich bin keine Göttin.«

»Nein?«, rief Luke eine Spur zu laut. »Gut, dann bist du eben eine Halbgöttin, das macht kaum Unterschied. Du hast die Fähigkeiten eines nichtmenschlichen Wesens, lügen ist also zwecklos. Sag mir, wer du bist!«, forderte er sie auf. Er spürte den unbändigen Zorn - und die tonnenschwere Enttäuschung, die ihm fast den Atem nahm.

SIE war von Jupiter geschickt worden, um ihn zurückzuholen! Stella war eine Botin! Sie liebte ihn vermutlich nicht einmal.

Dieser Gedanke erwischte ihn so eiskalt, dass ihm fast das Herz aussetzte. Er hatte die wahre Liebe gefunden und sie war NUR eine Gesandte seines Vaters. SIE liebte ihn NICHT.

»Ich hoffe, du hattest wenigstens deinen Spaß bei der Erfüllung deiner Aufgabe, Stella. Oder sollte ich dich Tochter der Aphrodite nennen? Das bist du doch, oder? Du siehst ihr zumindest auffallend ähnlich.« Luke griff sich an den Kopf und schrie seinen Frust heraus. Dabei hatte er das Gefühl, seine Lungen würden platzen, aber das war ihm augenblicklich egal. Es war, als zöge ihm jemand den Boden unter den Füßen weg, als hätte jemand die Zeit des Lebens angehalten und sämtliche Uhren stillgelegt.

Er hatte die größte Liebe seines Lebens gefunden und sie war nur eine Wunschvorstellung, denn sein Vater hatte sie beauftragt, ihn zu verführen, um ihn glauben zu lassen, dass er die wahre Liebe gefunden hatte. Jupiter wollte einzig und allein, dass er, Apollo, auf den Berg des Olymp zurückkehrte.

»Luke!«

»Du nennst mich bei meinem menschlichen Namen?«, lachte Luke lauthals auf. »Nenn mich doch ruhig Apollo, Sklavin meines Vaters!«

Nun hatte sie ihre Identität preisgegeben, ohne es zu wollen.

Würde Jupiter sie bestrafen?

Würde er sie mit einem Donnerschlag zurückholen, Luke zu einem Sterblichen verwandeln und sie damit für immer trennen?

Die nackte Angst traf Stella wie ein Blitz und versetzte sie in große Panik.
Was war, wenn er Recht hatte?
Was war, wenn sie wirklich nur eine Sklavin Jupiters war und sein Sohn nicht mehr als ein Auftrag? Wenn sie nur aufgrund des Auftrages das Gefühl hatte, ihn zu lieben?
Stella verzog schmerzhaft das Gesicht. Sie öffnete den Mund, um etwas zu sagen, doch Luke machte einfach auf dem Absatz kehrt und rannte davon, so schnell ihn seine Beine tragen konnten.

# Das Versprechen

Als Stella erwachte, lag sie auf einem Bett aus Stroh.
»Stella, meine Liebe!«
Erschrocken drehte sie sich um. »Mutter?«
Obwohl sie sich kaum noch an sie erinnern konnte, war ihr plötzlich, als sei sie nie von diesem Ort weggegangen.
»Mutter?«
Liebevoll strich Aphrodite ihrer Tochter die Haare aus der Stirn. »Ja, mein Kind!«
»Ist sie wach?« Jupiter tauchte auf.
Voller Panik setzte sich Stella aufrecht hin.
Wieso war sie zurück auf dem Berg des Olymp?
Würde sie Luke nun nie wieder sehen?
Erwartete sie nun Jupiters Zorn, weil sie sich versehentlich enttarnt hatte?
»Bleib sitzen, mein Kind!«, sagte ihre Mutter und brachte sie mit einer Geste dazu, wieder auf das Strohlager zu fallen.
»Wirst du mich nun bestrafen, Jupiter?«, platzte Stella ängstlich heraus.
Jupiter schüttelte lächelnd den Kopf. »Nein. Ich dachte mir bereits, dass du mich das fragen wirst. Dich trifft keine Schuld, dass du transformiert bist. Du bist ungeübt und warst einer großen Gefahr ausgesetzt.«
»Aber Luke hat mein Geheimnis gelüftet. Er weiß nun, dass ich eine Gestaltenwandlerin bin. Er weiß, dass du mich geschickt hast, Himmelsvater!«
Jupiter winkte ab. »Ich bin mir durchaus bewusst, dass die Situation etwas aus dem Ruder geraten ist. Das wirst du

wieder richten müssen, Stella! Aber mein Zorn gehört nicht dir. Er gehört den erbärmlichen Menschen, die sich am Leben und Eigentum anderer bereichern wollen.«
Erleichtert atmete Stella auf. Trotzdem nagte noch eine Frage an ihr. »Werde ich ihn wiedersehen? Die Frist ist fast abgelaufen.«
Aphrodite setzte sich zu ihr und streichelte ihren Kopf. »Mein geliebtes Kind, du liebst ihn wahrhaftig, nicht wahr?«
Unsicher sah Stella ihre Mutter an. »Ehrlich gesagt, weiß ich es nicht. Was ist, wenn ich mir all die Gefühle nur eingebildet habe? Was ist, wenn ich nur Liebe empfinde, weil ich von Jupiter den Auftrag erhielt, seinen Sohn zurückzuholen?«
Jupiter lachte donnernd auf. Er lachte und lachte und lachte. Nach einer ganzen Weile, die Stellas Herz ungestüm schlug, wartend auf eine Antwort, hielt er plötzlich inne. »Stella, Liebste, ich kann viel. Ich kann zaubern, ich bin mächtig, vielleicht sogar der mächtigste Gott aller Zeiten, aber eines kann ich ganz gewiss nicht…« Jupiter machte eine künstlerische Pause. »Ich kann niemandes Gefühle beeinflussen oder gar herbeizaubern. Alles, was du für Apollo empfindest, entspringt aus dir selbst. Deine Gefühle sind echt und haben rein gar nichts mit dem Auftrag zu tun. Wenn du dieses heiße Brennen, diese große Sehnsucht nach ihm spürst und der Gedanke, ihn nie wiederzusehen, dich fast umbringt, dann empfindest du wahre Liebe für ihn, an der du niemals zweifeln solltest.«
Stella war, als hätte er ihr mit seinen Worten eine übergroße Last genommen. Befreit atmete sie auf und lehnte sich glückselig an die Schulter ihrer Mutter.

Aphrodite küsste ihr das Haar und stand auf. »Und nun gehst du zurück, mein Kind, und beendest deinen Auftrag!«

»Ich soll Luke, also Apollo, hierherbringen?«, fragte sie mit großen Augen.

Jupiter nickte. »Du wirst es tun! Andernfalls ist er verdammt, den gewöhnlichen Tod eines Menschen zu durchleben.«

»Das wird nicht passieren«, sagte Stella entschlossen.

»Nein. Nach dreitausend Jahren will ich meinen Sohn endlich wieder an meiner Seite wissen. Wenn es dir gelingt, ihn zurückzubringen, dann werde ich euch höchstpersönlich ehelichen. DAS ist ein Versprechen!«, sagte Jupiter und besiegelte sein Versprechen mit einem tosenden Donnerschlag.

# Auf in den Kampf

Luke wusste nicht, wie viele Tage er schon in der Dachgeschosswohnung ausharrte, aber er hatte nicht den Mut, einen Fuß in Richtung Werkstatt oder Atelier zu machen, wo er Gefahr lief, Stella zu begegnen.
Er bereute bereits, dass er die Zimmer der giftigen Witwe Krummbein aufgegeben hatte. Seine Lebensmittelvorräte hatte er schon vor Tagen aufgebraucht, einen modernen Lieferdienst zu bestellen, wagte er nicht.
Als es plötzlich mitten am Tag klingelte, fuhr er erschrocken zusammen.
»Lasst mich einfach alle in Ruhe!«, grunzte er.
Es klingelte erneut.
Luke drehte sich auf dem Sofa um und zog sich das Kissen über den Kopf.
Nun klingelte es Sturm.
Wütend sprang er auf und stürmte zur Tür. «Ja, ja, ich komme ja schon! Wer wagt es, mich zu stören?«, donnerte er lauthals.
Er riss die Tür auf und sah Anne direkt ins Gesicht.
»Wenn du mich hier noch länger hättest warten lassen, hätte ich die Polizei gerufen«, knurrte sie ihn an.
»Wieso? Toni hat doch einen Schlüssel!«
Anne schnitt eine Grimasse. »Es ist in diesem Land illegal, sich einfach so Zugang zu einer Mietwohnung zu verschaffen. Deine alte Hexe hatte nicht alle Murmeln im Schrank. Aber die ist glücklicherweise eine Ausnahme.«
Sie musterte ihn. »Wie siehst du überhaupt aus? Hast du kein Badezimmer? Kein fließendes Wasser? Wann hast du

zuletzt in den Spiegel geguckt? Ich meine, du siehst ja phantastisch aus, aber selbst ein Göttersohn sollte sich gelegentlich mal waschen!«

Sie redete in einer Schnelligkeit auf ihn ein, dass ihm ganz schwindelig wurde. »Könntest du vielleicht ETWAS langsamer reden?«

»Wieso? Bist du verkatert?«

Fragte sie ihn wirklich, ob er Alkohol getrunken und nicht vertragen hatte?

Er war ein Göttersohn!

Er vertrug UNMENGEN an Wein, auch wenn er selten ausschweifend trank.

»Nein. Das ist eine menschliche Schwäche!«

Anne sprang zu den Fenstern, zog die Vorhänge zurück und ließ Frischluft herein. »Boah, hier stinkt's, Luke! Der Drang nach Sauerstoff ist auch eine menschliche Schwäche. Du lässt dich total gehen. Was ist passiert? Hat Stella dich verlassen?«

»So könnte man das auch nennen.« Seufzend ließ er sich aufs Sofa fallen. »Wobei«, er legte einen Finger gegen die Lippen, »wenn ich es recht überlege, hat sie mir nie gehört. Sie hat mich reingelegt!«

Anne stemmte die Hände in die Hüften. »Blödsinn, Luke! Stella hat sich auch verkrochen. Sie hat kein Stück Holz mehr angefasst, seitdem ihr vor ein paar Tagen die große Skulptur weggebracht habt. Was, zum Henker, ist eigentlich passiert?«

»Nichts.«

»Ha! ›Nichts‹? Eine menschliche Schwäche ist es übrigens auch, allem auf den Grund gehen zu müssen. Du wirst mich also nicht eher los, bis du nicht erzählt hast, was zwischen euch vorgefallen ist. Und erzähle mir nicht, dass sie heimlich verheiratet ist! Das wäre nämlich eine

Lüge.« Anne verzog den Mund. »Aber egal, was es ist, es ist kein Grund, sich wie ein Sterblicher hier zu verkriechen und seine Pflichten zu vernachlässigen. Du hast heute Dienst in der Redaktion und die anderen Fotografen haben andere Termine.«

»Es ist nicht wichtig, ob ich irgendwo Fotos schieße. Morgen ist Vollmond und Vaters Frist wird ablaufen«, jammerte Luke in einem Ton, der einem Göttersohn unwürdig war.

»Oh, und der Herr hat sich entschieden, als sterbliche, beleidigte Leberwurst zu enden? Oder wirst du ohne Stella auf den Berg der Götter entschwinden? Vielleicht weihst du mich auch mal in deine Pläne ein! Ich arbeite nämlich zufälligerweise sehr gerne mit dir zusammen.« Stöhnend ließ sich Anne auf der Fensterbank nieder.

Luke zuckte mit den Schultern. »Was sollte es für einen Sinn haben, mein Leben ohne Stella als Sterblicher fortzuführen?«

»Keine Ahnung. Sag du es mir!«

»Ich weiß es auch nicht. Aber es macht auch keinen Sinn, zurück zum Berg des Olymp zu gehen.«

»Was? Bist du verrückt geworden? Warum nicht?« Anne ging auf ihn zu und scheuchte ihn vom Sofa. »Du gehst jetzt fix duschen und stutzt deinen Bart! Du siehst aus wie ein Obdachloser, der sich keinen Rasierer leisten kann.«

Auf dem Weg zum Bad drehte Luke sich noch einmal um. »Stella ist kein Mensch!«

»Was?« Entgeistert starrte Anne ihn an. Dann hob sie eine Hand und tastete seine Stirn ab. »Fieber hast du aber nicht, oder? Was redest du da?«

»Stella ist eine Halbgöttin! Sie ist eine Tochter der Aphrodite.«

»Aha. DAS hat sie dir erzählt?«, fragte Anne ungläubig. Sie schnaufte. »Geh jetzt duschen! Danach reden wir weiter.«
Luke schlüpfte ins Bad und kam wenige Minuten später erfrischt und mit geschnittenem Bart wieder heraus.
»Stella hat mir gar nichts erzählt. Das musste sie auch gar nicht.« Luke zog eine vielsagende Grimasse.
»Okaaaaay«, stöhnte Anne und setzte sich an einen kleinen Tisch. »Erzähl! Was genau ist passiert?«
Luke erzählte ihr von dem Überfall und Stellas Transformation in einen Adler. Staunend hörte Anne ihm zu. Schließlich kniff sie beide Augen zusammen. »Bedeutet das, dass auch Toni kein Mensch ist? Oh Gott!« Voller Entsetzen schlug sie sich eine Hand vor den Mund. »Das wäre furchtbar!«
»Ich glaube eher nicht, dass er auch ein Halbgott ist. Ich denke, Stella wurde auf die Erde geschickt, um mich zurückzuholen. Und damit sie nicht auffiel, wurde sie als Kind ausgesetzt. Tonis Eltern haben sie gefunden und adoptiert. Vielleicht ist auch ihr Adoptivvater ihr leiblicher Vater. Erst als sie mich traf, wurde der Auftrag in ihrem Kopf ausgelöst und sie daran erinnert, dass sie eine Halbgöttin ist. Das wäre nicht das erste Mal, dass mein Vater zu solchen Mitteln gegriffen hätte.«
»Aber wenn Stella eine Halbgöttin ist, dann ist doch alles geritzt«, sagte Anne lächelnd.
»Wie meinst du das?«, fragte Luke perplex.
»Nun«, Anne holte tief Luft, »wenn sie eine Halbgöttin ist, kannst du sie doch sicherlich einfach auf den Berg des Olymp mitnehmen, oder nicht? Oder haben Halbgötter dort keinen Zutritt, weil sie unreines Blut haben?«, lachte Anne leise.

»Nein, nein. Halbgötter dürfen auf dem Berg des Olymp leben…« Nachdenklich starrte er Anne an.
Warum hatte ER noch nicht daran gedacht?
JETZT hatte er quasi KEIN Problem mehr, Stella mitzunehmen! Sie würde weder verglühen, noch ihr Leben anderweitig lassen müssen.
Hoffnung keimte in ihm auf. Doch dann dachte er daran, dass Stella ihn vielleicht gar nicht liebte, sondern nur beeinflusst hatte, um ihn zur Rückkehr zu bewegen.
»Was ist? Woran denkst du?« Auffordernd sah Anne ihn an.
»Halbgötter haben auf dem Berg der Götter Zutritt. Stella und ich dürften unten am Fuße des Berges wohnen. Das wäre alles kein Problem. Aber…«, Luke seufzte leise, »aber sie liebt mich überhaupt nicht.«
»Quatsch! Auch wenn ich kein Experte in Sachen Liebe bin, so weiß ich eines ganz genau: DIESE Frau liebt dich mit Haut und Haaren!« Anne stand auf und scheuchte ihn vom Stuhl. »Und nun rauf dich zusammen und setz endlich deine Fähigkeiten als Göttersohn ein! Lass dich nicht gehen wie ein Waschlappen!«
»Waschlappen?«
»Ein Mann, der keine Eier in der Hose hat«, führte Anne aus.
Ein Lächeln huschte über Lukes Gesicht. »Wie ein Eunuch?«
»Sozusagen.« Anne schob ihn mit Bestimmtheit in Richtung Haustür. »Wir haben jetzt einen Pressetermin. Und DANACH kümmerst du dich um Stella! Kämpfe um sie! KÄMPFE um die wahre Liebe! Zeig deinem Vater, dass du seine Gene hast. Oder glaubst du, er hätte sich davon abbringen lassen, Danaë aufzusuchen, nur weil sie gefangen war? Er hat sich sogar in Goldregen verwandelt, nur

um ihr seine Liebe zu zeigen. Du bist doch kein Schwächling! Kämpfe für dein Glück!«
Luke zog sich eilig ein Hemd über und straffte seine Schultern. »Du hast Recht. Ich danke dir, Anne! Du bist eine wahre Freundin.«
Anne lächelte. »Dann komm jetzt, du Held! Lass uns den Auftrag hinter uns bringen und dann geht es ab zu Stella.«

***

»Geschafft!«, sagte Anne und klopfte auf ihr Diktiergerät. »Ich habe ein paar tolle Aussagen in der Tasche. Ich spüre, das wird ein guter Artikel.«
»Du hast dich wirklich sehr verändert, Anne«, sagte Luke lobend.
Anne runzelte die Stirn. »Wie meinst du das?«
»Nun, die ersten zwei Jahre unserer Zusammenarbeit warst du sehr borstig, hattest einen extrem schlechten Kleidungsstil und deine Artikel waren sehr schwierig zu lesen. Aber seitdem du deinen Typ verändert und Toni kennengelernt hast, sind auch deine Artikel richtig gut geworden«, erklärte Luke.
Anne öffnete den Wagen und ließ ihn einsteigen.
»Danke! Ein Lob aus deinem Munde zählt irgendwie hundertfach. Aber du hättest mir ruhig vorher mal ein Wort sagen können, dass meine Artikel schlecht waren.«
»Du hättest nicht zugehört. Du warst sehr von dir überzeugt«, widersprach Luke.
»War ich wirklich so schlimm?«
»Schlimmer.« Grinsend klopfte Luke auf ihren Oberschenkel. »Und jetzt fahr zu Toni in die Firma!«
Anne blickte ihn naserümpfend an. »Hast du etwa in meinen Gedanken herumgewühlt?«

Luke zuckte mit den Schultern. »Du hast so laut gedacht, dass ich gar nicht weghören konnte! Ich musste Zeuge deiner Sorgen werden.«

Anne startete den Motor. »Es macht mich wirklich ein klitzekleines bisschen nervös, dass Toni eventuell kein Sterblicher sein könnte und mit dir in morgen verschwunden ist.«

Luke schüttelte den Kopf. »Niemals! Selbst wenn er kein Sterblicher wäre, würde ich ihn nicht mitnehmen.«

»Du meinst, du spürst es, wenn du es nicht mit einem Menschen zu tun hast?« Anne lachte höhnisch auf.

»Vielleicht«, druckste Luke herum.

»Ist dir bei Stella auch nicht gelungen!«, widersprach Anne.

»Sie konnte ihren Geist verschließen. Das ist etwas anderes«, redete Luke dagegen.

Anne lachte leise. »Und wenn Toni seinen Geist auch verschließen kann?«

»Gib Gas! Du bezirzt ihn gleich und ich versuche, in seinen Gedanken zu lesen.«

Zufrieden trat Anne aufs Gaspedal.

»Aber bitte tue mir einen Gefallen«, wandte Luke noch ein.

»Jeden!«

»Bring ihn nicht dazu, dich geistig auszuziehen und mit dir Sex zu haben. Versuche, ihm ein paar Informationen über sein Leben aus der Nase zu ziehen. Ich möchte nicht Zeuge seines Kopfkinos werden.«

Anne kicherte. »Geht klar. Aber unter welchem Vorwand besuchen wir ihn jetzt, nur um ihn über seine Familie auszuquetschen?«

Nachdenklich blickte Luke auf die Straße. »Sag ihm, du willst ihm etwas zum Geburtstag schenken und benötigst ein paar Informationen.«
»Ich habe eine bessere Idee!«, rief Anne begeistert. »DU willst Stella einen Heiratsantrag machen!«
Vollkommen überrumpelt starrte Luke seine Kollegin an. »Einen Heiratsantrag?«
»Willst du sie denn nicht ehelichen?« Anne setzte den Blinker und bog auf die Einfahrt von Tonis Sicherheitsfirma.
»Ich würde sie liebend gerne zu meinem Weibe nehmen. Vorausgesetzt«, wandte Luke ein, »sie liebt mich wirklich und ich bin nicht irgendein Auftragsobjekt für sie!«
»Das verstehe ich. Das ist auch dein gutes Recht.« Anne parkte und atmete noch einmal tief durch. »Dann lass uns hineingehen! Auf in den Kampf!«
»Das wird ein Kampf?«, fragte Luke überrascht.
Anne gluckste. »Das sagt man so!«
»Verstehe! Dann lass uns kämpfen gehen.« Er zwinkerte ihr zu und betrat mit ihr die Firma.
»Anne! Luke! Was macht ihr denn hier?« Erfreut lief Toni auf sie zu. Er umarmte Anne und gab ihr einen Kuss. Dann wandte er sich an Luke. »Luke! Bist du von den Toten auferstanden? Anne meinte, du seist krank gewesen. Stella benimmt sich auch so merkwürdig. Verkriecht sich den ganzen Tag in ihrem Schlafzimmer und schnitzt nicht einmal mehr. Das habe ich noch nie bei meiner Schwester erlebt. Selbst mit einer fetten Grippe hat sie bisher immer geschnitzt. Sie kann gar nicht anders, als ihre Statuen zu kreieren.« Prüfend blickte er ihn an. »Oder habt ihr euch gestritten?«
Luke holte tief Luft und überlegte, was er ihm sagen sollte, als Anne sich zu Wort meldete. »Deshalb sind wir ge-

kommen, Schatz! Die beiden hatten einen heftigen Streit und Luke würde sich gerne wieder mit Stella versöhnen. Er…«, sie zögerte, »er will ihr einen Heiratsantrag machen.«

Toni pfiff leise durch die Zähne. Dann winkte er sie in sein Büro und bot ihnen etwas zu trinken an. »Da helfe ich natürlich gerne. Was kann ich für dich tun, Luke?«

Luke nahm die Limonade dankend entgegen und setzte sich auf die Tischplatte des Konferenztisches. »Wir brauchen ein paar Informationen über eure Familie.«

Tonis Gesicht erhellte sich. »Du wirst es kaum glauben, aber ich habe tatsächlich ein Fotoalbum angefertigt mit sämtlichen Informationen über unsere Familie, die ich auftreiben konnte.«

»Du hast ein Fotoalbum mit Informationen?«, fragte Anne erstaunt.

Toni zuckte mit den Schultern. »Als unsere Mutter vor wenigen Jahren starb, brauchte ich irgendetwas zur Trauerbewältigung.«

»Dürfen wir es sehen?«, fragte Anne leise. Sie streichelte seinen Arm und erntete einen liebevollen Blick.

»Habt ihr je woanders gelebt als hier?«, platzte Luke heraus.

Toni schüttelte den Kopf. »Nein. Mein Vater war Schreiner und meine Mutter Künstlerin. Mein Vater bekam die Werkstatt von seinem Vater, der sie wiederum von dessen Vater geerbt hat. Die Werkstatt ist seit vier Generationen in unserer Familie. Wir sind eine alteingesessene Hamburger Handwerksfamilie.«

»Nur du hast etwas anderes gemacht«, stellte Anne fest.

Toni schnitt eine Grimasse. »Ja, zum Leidwesen meines Vaters. Er wollte, dass ich den Betrieb übernehme. Aber ich war jung und voller Pläne. Ich wollte schon als kleiner

Junge auf Menschen Polizist oder Sicherheitsbeamter werden.«

»Woher kam dieser Drang?«, fragte Luke neugierig.

Toni zuckte mit den Schultern. Starr blickte er auf sein Wasserglas.

Luke sah plötzlich, wie in Tonis Erinnerung ein junges, dunkelhaariges Mädchen auftauchte, die von anderen Jungs nicht nur geärgert, sondern sogar geschlagen wurde. Zunächst ließ sie sich die Angriffe gefallen, doch eines Tages schlug sie so heftig zurück, dass einer der Jungs schwer verletzt wurde. Von dem Tag an fand sich Toni immer an ihrer Seite, um sie zu beschützen.

»Dann bist du also kein Außerirdischer?«, versuchte Anne witzig zu sein.

Toni, versunken in seiner Erinnerung, blickte sie fragend an. »Ich? Ein Alien? Doch, ich bin Superman!«

Anne lachte leise. »Vielleicht bist du auch ein Freund von Percy Jackson und du bist ein Halbgott!«

Toni gluckste. »Das wäre cool! Aber wenn ich einer wäre, hätte ich Stella damals nicht gegen diese Idioten verteidigen müssen.«

»Welche Idioten?«

»Sie war dreizehn und bildschön! Alle Jungs waren scharf auf sie. Für Stella war das ein Spiel, den Jungs die Köpfe zu verdrehen. Aber ein paar von ihnen haben ihr das übel genommen. Sie haben ihr aufgelauert und versucht, sie zu vergewaltigen.« Toni hatte sichtlich Mühe, die Geschichte zu erzählen.

»Ich war nicht da, um ihr zu helfen. Ich war gerade dabei, meine abgeschlossene Ausbildung als Schreiner mit ein paar anderen Gesellen zu feiern.« Toni schluckte.

Anne ergriff seine Hand. »Du musst nicht mehr erzählen, wenn es dir so viel Mühe macht.«

»Erstaunlicherweise konnte sie sich selbst verteidigen. Die Jungs haben bei der Polizei behauptet, sie hätte sich in einen Adler verwandelt und einem von ihnen die Augen ausgehackt.« Ungläubig schüttelte Toni den Kopf.
»Was?« Anne blickte Luke voller Entsetzen an, wohlwissend, dass Stella tatsächlich eine Gestaltenwandlerin war.
Toni lachte hämisch auf. »Natürlich hat niemand den Jungs geglaubt. Die Polizei ging damals davon aus, dass der Junge sein Augenlicht durch einen Kugelschreiber verloren hatte, den Stella bei sich getragen hatte. Und Stella selbst konnte sich an gar nichts mehr erinnern.«
»Der Junge büßte ein Auge ein?«, fragte Anne leise nach.
Toni nickte. »Sein Glück! Wenn er auf mich getroffen wäre, hätte ich ihn kastriert. Schnippschnapp, Eier ab!«
»Was hat Stella zu der Geschichte gesagt?«, wollte Anne wissen.
Toni seufzte. »Sie hatte ein Blackout, konnte sich an rein gar nichts mehr erinnern. Meine Eltern haben alles probiert, um ihrem Erinnerungsvermögen auf die Sprünge zu helfen. Sie haben sie zu Ärzten geschleppt und sogar eine Hypnose durchgeführt. Erfolglos.«
Das wunderte Luke überhaupt nicht.
Menschen konnten hypnotisiert werden - bei Halbgöttern oder auch Göttern war dieser Akt des künstlich erzeugten Schlafes zur Kontaktaufnahme mit dem Unterbewusstsein nicht möglich.
»Ich habe mich nach diesem Ereignis entschieden, meinem Wunsch zu folgen und habe mit dreiundzwanzig eine eigene Sicherheitsfirma gegründet.« Er deutete grinsend auf die Räumlichkeiten. »Und sie läuft bis heute sehr gut.«

»Und deine Schwester? Wie hat sie sich nach diesem Ereignis den Menschen gegenüber verhalten?«, wollte Luke wissen.
Toni blickte ihn für den Bruchteil einer Sekunde verwirrt an. »Sie zog sich zurück und brachte keine Jungs mehr mit nach Hause. Auch von den Mädchen zog sie sich zurück. Sie wurde zur Einzelgängerin.«
»Klingt einsam«, bemerkte Anne traurig.
»Das war sie auch. Sie zog sich immer mehr zurück und fing an, Statuen zu schnitzen. Sie war wahnsinnig talentiert und heimste jede Menge Preise in ihrer Jugend ein«, erzählte Toni. »Da fällt mir ein. Da war doch noch ein Typ. Bei einem Wettbewerb hatte sie einen netten Jungen kennengelernt. Er hieß Ragnar und kam aus Schweden. Sie verstanden sich blendend und waren während seines Austauschjahres hier in Hamburg ein wirklich entzückendes Paar. Da habe ich sie endlich wieder lachen gesehen.« Toni lächelte.
Luke konnte Ragnar in seiner Erinnerung sehen. Er musste ebenfalls ein Halbgott gewesen sein. Vielleicht hatte Aphrodite ihn sogar auf die Erde geschickt, damit Stella nicht an einem gebrochenem Herzen starb. Halbgötter waren in punkto Liebe sehr empfindlich.
»Als Ragnar zurück nach Schweden ging, hatte sie keinen Freund mehr, bis du kamst, Luke. Und ich bin sehr froh, dass sie in dir die wahre Liebe gefunden hat.« Toni zwinkerte ihm zu.
Luke zuckte bei den Worten ›wahre Liebe‹ zusammen. Hatte er wirklich gerade gesagt, dass sie mit ihm die wahre Liebe gefunden hatte?
Anne lächelte.

»Und du?«, wandte Luke sich an Toni. »Glaubst du der Geschichte von den Jungs, die sich an Stella vergreifen wollten?«

Toni blickte nachdenklich in sein Wasserglas. Schließlich schüttelte er den Kopf. »Nein. Ich gebe zu, ich habe damals darüber nachgedacht, ob ein Fünkchen Wahrheit in der Geschichte steckte. Die drei Jungs waren total zerkratzt und einem fehlte, wie gesagt, das linke Auge.«

»Aber?«, hakte Anne nach.

Toni rümpfte die Nase. »Wir sind Menschen, Anne. Im Film mag es gehen, dass sich Menschen in Tiere verwandeln können, aber soweit ich weiß, ist das keine menschliche Fähigkeit. Und Götter gibt es auch nicht. Sie sind eine Erfindung von uns Menschen, damit wir uns nicht so alleine fühlen.«

Luke lächelte.

Diese Erklärung hörte er nicht zum ersten Mal.

Anne zuckte mit den Schultern. »Cool wäre es doch, wenn man sich bei Gefahr in ein gefährliches Tier verwandeln könnte, um seine Angreifer in die Flucht zu schlagen.«

»Das wäre sehr cool. Andererseits bräuchten die Menschen dann keine Sicherheitsleute mehr, die auf sie oder ihr Eigentum aufpassen. Ich wäre quasi arbeitslos«, erwiderte Toni.

Das war der Schlüsselmoment, in dem Luke sich absolut sicher war, dass Toni definitiv ein Mensch war.

»Dann wärest du bestimmt ein guter Schreiner«, warf Anne ein.

»Ja«, lachte Toni, »und meine Mutter würde vielleicht noch leben.«

»Was? Was redest du da?«, fragte Anne entsetzt.

Toni wischte sich über die Augen. »Wir hatten einen Streit. Als meine Eltern erfuhren, dass ich heimlich eine Sicherheitsfirma gegründet hatte und seine Firma nicht übernehmen würde, haben wir sehr lautstark gestritten. Meine Mutter hatte damals versucht, zu vermitteln, aber mein Vater war außer sich vor Wut. An dem Abend sind meine Eltern zu einer Gesellenauszeichnung gefahren und hatten den Unfall auf regennasser Straße.«

»Und du hast dir Vorwürfe gemacht, weil du dich für den Unfall verantwortlich gefühlt hast?«, fragte Anne leise.

»Ja«, sagte Toni.

Luke schüttelte den Kopf. »Euer Streit hatte nichts mit dem Unfall zu tun. Ihr Menschen überschätzt euch, wenn ihr glaubt, dem Schicksal zu entkommen. Wer auf der Liste steht, stirbt. Dem Totengott entkommt niemand. So einfach ist das.«

Perplex starrte Toni ihn an. »Dem Totengott? Glaubst du etwa an so einen Quatsch? Es gibt doch keine Götter! Das ist eine Mythologie!«

»Wie heißt denn der Totengott?«, wollte Anne wissen.

»Hades ist der Herrscher der Unterwelt, der Gott, der über die Toten wacht«, begann Luke zu erzählen. »Er ist der Sohn von Kronos, dem Anführer der Titanen und Vater von Jupiter.«

»Also ist Kronos der Großvater von Apollo?«, wisperte Anne ehrfürchtig.

Luke nickte.

Toni schmunzelte. »Du interessierst dich auch für Götter, Luke? Dann passt du ja hervorragend zu Stella! Sie kann sich glücklich schätzen, einen Mann wie dich gefunden zu haben.«

»Danke für die Blumen«, erinnerte sich Luke an eine Redewendung von Anne.

»War Kronos nicht dieser Verrückte, der der Sage nach seine eigenen Kinder verschlungen haben soll?«, fragte Toni.

Anne lachte leise. »Na, da kennt sich aber auch jemand mit der Mythologie der Götter aus!«

Toni grinste. »Ich habe eine Schwäche für gewisse Filme.«

»Ja. Kronos verschlang seine Kinder. Nur Zeus, oder Jupiter, wie er auch genannt wird, überlebte, denn Rhea versteckte ihn und überreichte Kronos einen Stein, den sie in eine Windel verpackt hatte«, berichtete Luke weiter. Mein Vater…«, verlegen räusperte Luke sich, »Zeus gelang es, Kronos zu überlisten und so spuckte dieser seine Kinder und den Stein wieder aus. Beim Kampf gegen Kronos half ihnen ein Zyklop. Zeus bekam den Donner, sein Bruder Poseidon den Dreizack und sein Bruder Hades den Hadeshelm, der unsichtbar machte.«

Anne hibbelte plötzlich auf ihrem Stuhl herum. »Oh, ich glaube, ich weiß, wie es weiterging!«

»Na?«

Fragend blickten die beiden Männer sie an.

»Die drei Sieger teilten die Welt unter sich auf. Zeus, oder auch Jupiter, bekam den Himmel, Poseidon das Meer und Hades die Unterwelt«, platzte Anne heraus. »Habe ich erst neulich wegen des Artikels über Stellas Atelier gelesen.«

»Stimmt.« Luke lächelte Anne an.

»Und was ist dann der Berg des Olymp?«, fragte Toni. »Da leben doch auch Götter, oder nicht?«

»Der Berg des Olymp und die Erde an sich waren gemeinsame Bereiche«, erklärte Luke. »Aber man hat sie nach diesem Vorfall räumlich getrennt, um die Menschen zu schützen, denn Götter sind manchmal ein wenig verspielt und neigen auch zu Wutausbrüchen.«

»Und dieser Hades holt die Menschen in sein Totenreich, die quasi ›fällig‹ sind?«, fragte Toni ungläubig.
Luke nickte. »So ist es. Und niemand kommt dort wieder raus. Zumindest nicht in der Gestalt, in der er ins Totenreich kam.«
»Ah, das ist dann also der Glaube an die Wiedergeburt«, sagte Toni. »Die Seele wechselt in der Unterwelt den Körper und kann dann wiedergeboren werden.«
»Glaubst du an Wiedergeburt?«, wollte Anne wissen. Schlürfend saugte sie an ihrem Strohhalm und leerte die Limo.
»Ich habe mir oft vorgestellt, dass meine Mutter vielleicht irgendwo in einem anderen Körper herumläuft. Das hat mich irgendwie beruhigt«, gab Toni zu.
»Das ist für viele Sterbliche ein beruhigender Gedanke, weil für sie nichts schlimmer ist als der Glaube, dass es nach dem Tod nichts weiter mehr gibt«, sagte Luke.
Toni lachte hämisch auf. »Wie du das immer sagst, Luke! ›*Sterbliche*‹! Gibt es denn ›*Unsterbliche*‹?«
Anne sprang wie von der Tarantel gestochen auf. »Mensch, Luke! Ich habe glatt noch einen Termin vergessen. Toni, entschuldige bitte, aber wir müssen los!«
»Was, jetzt?«
»Ja. Sehen wir uns heute Abend?«, fragte Anne.
»Sehr gerne. Kommst du zu mir?«
»Ja.« Lächelnd gab Anne Toni einen Kuss und lotste Luke aus dem Raum. Draußen atmete sie erleichtert auf. »Puh, das war jetzt aber knapp. Ich finde, du solltest erst mit Stella reden und dich entscheiden, ob du zurück zum Berg der Götter willst oder nicht, bevor du deine wahre Identität preisgibst, die dir niemand glauben wird.«
»Vielleicht hast du Recht.«

»Ich habe immer Recht«, konterte Anne und schloss den Wagen auf. »Dann lass uns zu Stella fahren!«

# Die Entscheidung

Seitdem Stella vom Berg des Olymp zurückgekehrt war, hatte sie das Gefühl, dass ihr die Zeit davonlief. Sie brachte keine vernünftige Skulptur mehr zustande, weil sie innerlich so aufgewühlt war, dass kein Messeransatz richtig saß. Frustriert verkroch sie sich mal wieder in ihrem Bett und zog die Decke über ihren Kopf, als es plötzlich klingelte.
»Ich bin nicht da«, murmelte sie.
Doch das schien den Klingelnden nicht zu interessieren. Es klingelte ununterbrochen weiter.
Genervt krabbelte Stella aus dem Bett und zog sich eine Hose über. Lustlos ging sie zur Tür und war fast schon erschrocken, als sie Luke und Anne erkannte.
»Dürfen wir hereinkommen?« Ohne eine Antwort abzuwarten, stürmte Anne an ihr vorbei.
Stella blickte Luke lange an.
Dieser zögerte.
»Kommt rein!«, sagte Stella und winkte Luke zur Werkstatt durch, wo es sich Anne gerade auf einer der Werkbänke gemütlich gemacht hatte.
»Was führt euch zu mir?«
Luke betrat die Werkstatt und umrundete die Werkbänke wie ein geschmeidiger Tiger. In sicherer Entfernung blieb er stehen und beäugte Stella.
Stella erwiderte seinen Blick.
Nur Jupiter wusste, wie schmerzlich sie seinen Sohn in der letzten Woche vermisst hatte. Wie sehr ihr Lukes Berührungen fehlten, wie sehr sie sich nach ihm verzehrte.

»Luke wollte mit dir reden«, machte Anne den Anfang. Luke sah jedoch gar nicht so aus, als würde er reden wollen. Mit fast schon finsterer Miene musterte er den Fußboden.

»Du willst wissen, ob ich wahre Liebe für dich empfinde, nicht wahr, Luke? Oder ob du bloß ein Auftrag für mich bist«, wagte Stella sich vor.

Lukes Mundwinkel zuckten.

»Er müsste blind sein, weil er deine wahren Gefühle nicht erkennt. Aber vielleicht hilfst du unserem Göttersohn ein wenig auf die Sprünge«, platzte Anne heraus.

Stella lächelte sie an. Dann wandte sie sich wieder an Luke. »Deine Freundin ist offenbar nicht so verblendet wie du, Luke. Und ganz offenbar hast du sie eingeweiht. Schade, dass du dich mir nicht anvertraut hast!«

»Nenn mich ruhig Apollo, Tochter der Aphrodite!«, sagte Luke harsch.

Stella umrundete eine Werkbank und näherte sich ihm, ohne seinen Blick aus den Augen zu lassen. »Mein Apollo, du verlorener Göttersohn!«

»Ich bin NICHT verloren gegangen, ›verbannt‹ trifft es wohl eher«, konterte Luke verschnupft.

Auch wenn Luke mittlerweile verstand, worauf Vater damals hinauswollte, so nahm er es ihm doch übel, dass er ihm so eine langwierige Lektion auferlegt hatte. Er hätte ihm Stella auch schon viel, VIEL früher und vor allem auf dem Berg des Olymp vorsetzen können. Dann hätte er in ihr sofort die wahre Liebe entdeckt und hätte nicht das Leben eines Menschen leben müssen - dreitausend, manchmal doch sehr schreckliche Jahre lang!

Stella nickte. Sie stand nun direkt vor ihm und legte ihm mutig eine Hand auf die Brust. Sie spürte seinen beschleunigten Herzschlag und sah den Schmerz in seinen

Augen. Sie versuchte, all ihre Liebe in ihren Blick zu legen und öffnete ihm ihren Geist.
»Du willst, dass ich deine Gedanken lese?«, fragte Luke überrascht. Sein Gesichtsausdruck veränderte sich. Er schmunzelte. »Ich soll wirklich ›ALLES‹ wissen?«
Stella nickte.
Sie liebte ihn mehr als ihr Leben. Wo auch immer er hingehen würde, sie würde ihm bereitwillig folgen.
Entschied er sich, als Sterblicher zu leben, so hatte sie ohne ihn auf dem Berg des Olymp nichts verloren. Wird er sich entscheiden, zurückzukehren, dann wollte sie nicht von ihm zurückgelassen werden.
Ein Lächeln umspielte Lukes Mund.
Schließlich packte er Stella und zog sie in seine Arme. Hungrig trafen seine Lippen auf ihre.
ENDLICH konnte sie sich ihm wieder hingeben.
Nach einer gefühlten Ewigkeit löste sich Luke von ihr.
»Ich war bei deinem Vater«, berichtete Stella atemlos.
»Du warst auf dem Berg des Olymp?« Fassungslos starrte Luke sie an.
»Nachdem du mir vorgeworfen hast, dich nicht zu lieben, sondern dich nur als Auftrag zu betrachten und damit betrogen zu haben, wollte ich sicher gehen, dass du falsch liegst«, erklärte sie.
»Und, was hat mein Herr Vater gesagt?«
Stella lächelte. »Jupiter sagte, er verfüge über große magische Fähigkeiten, aber er könne keine Gefühle herbeizaubern. Das, was ich für dich empfinden würde, entspringe aus mir selbst. Es hat nichts mit der Mission zu tun, dich zurückzuholen.«
Luke zog sie in seine Arme. Er vergrub sein Gesicht in ihrem Haar. »Die Tage ohne dich waren die Hölle. Ich

will nie wieder ohne dich sein. Egal, ob du ein Mensch, eine Halbgöttin oder eine Göttin bist.«
Stella hielt ihn fest. »Das will ich auch nicht.«
Anne räusperte sich. »Okay, Leute! Damit steht dann wohl fest, dass ihr morgen auf Nimmerwiedersehen verschwindet, oder?«
Stella blickte Luke an, der ihr schließlich schweigend zunickte. »Ja«, sagte er schließlich.
Anne seufzte. »Ich verstehe euch! Wenn ich die Wahl hätte, ob ich als Sterbliche hier leben und als freie Journalistin um jeden Auftrag kämpfen müsste oder ob ich als Unsterbliche ohne finanzielle oder existentielle Nöte auf dem Berg des Olymp leben wollte, würde ich mich auch für das Leben eines Gottes entscheiden.«
»Zumindest müssen wir uns dort keine Sorgen machen, als Gestaltenwandler enttarnt zu werden«, gluckste Stella überglücklich. »Ich kann neben meiner Eule als stolzer Adler durch die Lüfte fliegen.«
»Genau«, sagte Luke und drückte ihre Hand, »es ist unwichtig, ob wir transformieren. Niemand wird sich darüber wundern.«
Sie setzten sich zu Anne auf die Werkbank, als plötzlich eine Tür ins Schloss krachte.
»Wollt ihr mich verarschen?«
Erschrocken fuhren sie herum.
Niemand von ihnen hatte Toni kommen hören.
»Toni!« Stella rutschte von der Werkbank und lief zu ihm hin.
Ihr Bruder hob beide Arme und brachte sie zum Stehen, bevor sie ihm um den Hals fallen konnte. »Wer bist du? Oder sollte ich lieber fragen, ›WAS‹ bist du?«
Er wich vor ihr zurück.
»Toni!«

DAS war das Problem, wenn man Menschen mit Dingen konfrontierte, die nicht alltäglich und schon gar nicht erklärbar waren! Sie wurden von einer Angst übermannt, die sie sogar töten ließ.
»Was ist das für eine absurde Geschichte? Du willst als Unsterbliche auf den Berg des Olymp? Adler? Eule? Gestaltenwandler? Habt ihr Drogen genommen? Anne, was ist hier los?« Toni wandte sich verzweifelt an seine Freundin. »Steckst du etwa mit den beiden unter einer Decke?«
Anne blickte ihn mit großen Augen an. Dann klopfte sie neben sich auf die Werkbank. »Komm her!«
Kopfschüttelnd setzte sich Toni zu Anne. Dabei musterte er Luke und Stella finster. »Ja, kläre mich bitte auf!«
Stella öffnete den Mund, aber Luke kam ihr zuvor. »Ich darf mich dir vorstellen?« Er verneigte sich leicht. »Ich bin Apollo, Sohn des großen Himmelsvater Zeus. Wobei ich ihn mit Jupiter anspreche. Meine Mutter Leto nennt mich Apollon, aber ich ziehe die lateinische Version meines Namens vor.«
Stirnrunzelnd musterte Toni Luke. Dann blickte er fragend zu Anne. »Das ist ein Witz, oder?«
Anne zuckte mit den Schultern. »Es stimmt. Er sagt die Wahrheit.«
Ungläubig blickte Toni erst sie, dann Luke an. »Wollt ihr mich für dumm verkaufen?«
Luke hob seine Handfläche und formte einen Kugelblitz. Erschrocken zuckte Toni zurück und fiel fast rücklings von der Werkbank. »WAS, zum Henker, IST DAS?«
»Ich bin der Gott des Lichts, der Künste und der Heilkunst«, fuhr Luke fort.
Toni verfiel in Abwehrhaltung, aber Luke nahm seine rechte Hand, an der er sich vor einer Woche eine tiefe

Wunder zugezogen hatte, als er Stella bei einer Skulptur hatte helfen wollen. Er legte seine linke Hand darüber und tauchte Tonis Wunde in tiefgelbes Licht.

Staunend stand Toni der Mund offen und auch Anne fielen fast die Augen aus dem Kopf, als die Wunde an Tonis Hand verschwand.

»Bitte sehr!« Luke schmunzelte.

Ehrfürchtig strich Toni über seine unversehrte Haut. »Du bist ein Magier!«

»Ein Gott, Schatz«, berichtigte Anne ihn. »Genau genommen, der Gott der Heilkunst. Was wäre er für ein Gott, wenn er nicht auch heilen könnte.«

Toni schüttelte immer wieder den Kopf. »Warum bin ich kein Gott?«

Stella lachte leise und ging zu ihm. Sie breitete die Arme aus, in der Hoffnung, er würde sich mit ihr versöhnen.

Toni seufzte, dann riss er sie in seine Arme. Als er sich wieder von ihr löste, blickte er sie prüfend an. »Dann habe ich mir den Adler neulich hier in der Werkstatt nicht eingebildet? Das warst tatsächlich du, oder?«

Stella nickte. »Ich hatte mich unabsichtlich verwandelt. Bis zu dem Zeitpunkt war mir gar nicht bewusst gewesen, dass ich eine Halbgöttin mit gestaltwandlerischen Fähigkeiten bin.«

Toni nickte und schloss die Augen. »Gott, die Typen damals hatten Recht! Du hast wirklich versucht, ihnen als Adler die Augen auszukratzen.«

»Ja. Das ist mir jetzt auch bewusst geworden«, gestand Stella zerknirscht.

»Er hatte es verdient, sonst würde ich ihm sein Augenlicht wiedergeben«, sagte Luke mit versteinerter Miene. »Er hat versucht, sich etwas zu nehmen, was ihm nicht angeboten wurde.«

»Du hast Recht«, sagte Toni seufzend. »Er hatte es verdient. Und«, er lächelte. »ich schätze, er wird sich nie wieder an einem Mädchen vergriffen haben.«
»Die anderen zwei auch nicht«, fügte Anne hinzu.
»Dann wirst du mich also verlassen?«, wandte sich Toni an seine Schwester.
Stella atmete tief durch. »Ja. Ich werde Luke auf den Berg des Olymp begleiten.«
»Vielleicht solltest du dir dann langsam angewöhnen, ihn mit Apollo anzusprechen«, versuchte Anne witzig zu sein. Aber es war niemandem zum Lachen zumute.
»Mir gefällt der Name ›Luke‹«, gab Luke zu. Er umarmte Stella und gab ihr einen Kuss aufs Haar.
»Wir werden euch vermissen«, sagte Anne traurig.
Toni ergriff Stellas Hände. »Mir wird das Herz brechen.«
»Du hast jetzt Anne. Sie wird an deiner Seite bleiben. Nicht wahr?«, wandte sich Stella an Anne.
Diese nickte. »Ja, mit Vergnügen.«
»Wie viele Tage bleiben uns noch, bis du abreist?«, fragte Toni mit heiserer Stimme.
Stella blutete das Herz. Sie war alles, was er noch an Familie hatte.
»Morgen ist Vollmond. Dann läuft die Frist aus, die uns Jupiter gesetzt hat. Wir werden also innerhalb der nächsten vierundzwanzig Stunden von hier fortgehen«, erklärte Stella.
Toni nickte tapfer. »Ich hoffe, du vergisst mich nicht!«
›Abreise‹ klang eher nach einer Reise, die Menschen zum Vergnügen unternahmen. DAS hier war etwas vollkommen anderes, dachte Luke. Sie würden auf den Berg der Götter zurückkehren und nicht einmal in der Nähe von Anne und Toni sein.

Aber Luke würde ENDLICH seine Zwillingsschwester Artemis wiedersehen. Darauf freute er sich sehr.
Lukes Gedanken schweiften ab.
Wie würde es sein, die Menschen zu verlassen?
Wie würde es sein, plötzlich wieder in Hülle und Fülle dem göttlichen Leben nachgehen zu können?
»Wir werden über euch beide wachen«, versprach Luke.
»Ist das ein Versprechen?«, fragte Anne.
Luke lächelte. »Das ist es. So wahr ich Apollo heiße!«
Luke wollte ein guter Gott sein, der nicht nur an sein eigenes Vergnügen dachte. Er wollte ein Gott sein, der das Schicksal anderer mit Respekt und Ehrfurcht behandelte.

# Die Vermählung

»Ich bin so stolz auf dich, mein Sohn!« Jupiter stand lächelnd vor Luke und breitete seine Arme aus.
Luke stürzte sich hinein und umklammerte ihn, froh, wieder hier zu sein - gemeinsam mit Stella, seiner wahren Liebe.
»Danke, Vater!«
Sie lösten sich voneinander.
»Du hast eine wichtige Lektion gelernt, mein Junge!«
»Die da wäre?«, mischte sich Lukes Mutter, Leto, ein.
»Leto, was war unser Sohn für ein rücksichtsloser Bengel, nur auf seinen Vorteil bedacht und nur interessiert an der Fleischeslust! Sieh ihn dir jetzt an! Er ist ein Mann geworden! Ein echter Göttersohn!«, sagte Jupiter stolz.
»Ich weiß, Vater. Und dafür danke ich dir sehr!« Luke klopfte ihm gegen den Oberarm.
Jupiter breitete noch einmal die Arme aus und zog Stella in seine Arme. »Und du, meine kluge, talentierte Halbgöttin, hast mir meinen Sohn zurückgebracht. Komm an meine Brust, Stella! Du hast deine Aufgabe wirklich sehr gut erledigt. Ich danke dir, mein Kind!«
Stella schluckte. »Habt Dank, Jupiter!«
»Ich spüre, du bist noch ein wenig wehmütig. Das wird vergehen. Es wird dir hier an der Seite von Apollo gut gehen«, versprach Jupiter.
Lächelnd ergriff Luke Stellas Hand. »Nach dreitausend Jahren habe ich endlich die wahre Liebe gefunden, Vater. Mein Herz ist aufgegangen, die Liebe erblüht ihn mir wie ein hungriges Feuer. Auch wenn ich meine fleischliche Begierde nicht leugnen kann.«

Jupiter hielt sich lachend den Bauch. »Mein Sohn, DAS will ich doch wohl hoffen, schließlich sollt ihr mir kleine Götterenkel schenken!«

»Was ist mit all den Halbgöttern, die du während deines Aufenthaltes gezeugt hast?«, wandte sich Lukes Mutter an ihren Sohn. »Lebt keiner mehr von ihnen?«

Luke verzog den Mund. »Einige von ihnen hatten wirklich starke Kräfte. Aber ich brachte es nicht über mich, sie mit Unsterblichkeit zu segnen.«

»Weil keine Liebe im Spiel war, mein Junge«, tat Jupiter ab. »Ich kenne das. Oder was meinst du, wie viele Abkömmlinge ich schon mit den schönsten der irdischen Frauen gezeugt habe? Die meisten wurden nicht älter als 120 Jahre.«

»Dann wirst du Stella nun ehelichen?«, fragte Lukes Mutter.

Luke blickte zu Stella und sah im selben Augenblick ihre Antwort.

»Ja, Mutter!«

»Prima!« Jupiter klatschte in die Hände. »Dann haben wir endlich mal wieder eine Vermählung. Ich werde sie höchstpersönlich vornehmen.«

Stella blickte Luke fast ein wenig traurig an.

»Du hättest am liebsten deinen Bruder dabei, oder?«, fragte er leise.

Stella nickte.

Jupiter verdrehte die Augen. »Ach, ihr Halbgötter hängt immer so sehr an euren menschlichen Wurzeln. Schrecklich! Aber sei es drum! Ich gewähre dir diesen einen Wunsch. Dein Bruder darf bei der Vermählung anwesend sein.«

Stella riss sich von Lukes Hand los und stürmte auf Jupiter zu. Sie kniete vor ihm nieder und küsste seine Hand.

Väterlich lächelnd tätschelte er ihr Haar. »Steh auf, mein Kind! Du wirst bald meine Schwiegertochter sein. Du kannst es mir mit ein paar entzückenden Enkeln danken.«
»Das werde ich, Vater!«

***

Alles war über und über mit Blumen geschmückt. Der ganze Berg des Olymp feierte den heutigen Tag, den Tag von Apollos Rückkehr UND der Vermählung mit Stella, seiner Halbgöttin der Liebe, Schönheit und sinnlichen Begierde.
Während Stella ausgiebig mit Bädern und Schönheitspflege auf den Festakt vorbereitet wurde, wurde Luke mit Früchten und einer Pediküre verwöhnt.
Als Jupiter ihm jedoch einen Harem mit schönen Frauen schickte, die seinen Eheakt vorbereiten sollten, jagte er diese, innerlich lächelnd, wieder fort. Vielleicht hatte er auch zu lange bei den Menschen gelebt. Aber er wollte keine anderen Frauen mehr beglücken. Er wollte Stella.
Nach einer ausgiebigen Massage bekam er seine Kleidung gereicht und machte sich bereit für die feierliche Vermählung, bei der sämtliche Bewohner des Berges anwesend sein würden.
Auch Toni und Anne würden da sein.
Zumindest hatte Jupiter sein Wort gegeben.
Luke wusste, es war nur in absoluten Ausnahmefällen möglich, Menschen auf den Berg des Olymp zu bringen. Es kostete SEHR viel Magie und zog einen wütenden, gefrässigen Sturm auf Erden nach sich. Ein solcher Akt musste also stets gut durchdacht sein.
»Bist du bereit, mein Sohn?«, ahmte jemand die Stimme Jupiters nach.

Erstaunt wandte Luke sich um.

»Artemis!«

»Apollo, mein Bruder!« Artemis, seine große Zwillingsschwester, warf ihren silbernen Bogen von sich und stürmte auf ihren lange verschollenen Bruder zu. »Endlich habe ich dich wieder. Du hast mir so gefehlt!«

»Du hast mir auch gefehlt, geliebte Schwester.« Lächelnd drückte Luke seine zweite Hälfte an sich. Dann hielt er sie eine Armlänge von sich entfernt. »Wo hast du nur so lange gesteckt? Ich bin doch schon wieder einige Zeit hier. Haben dir die Boten nicht gesagt, dass ich zurückgekehrt bin?«

»Ich war auf der Jagd, Bruderherz! Ich konnte nicht eher kommen. Außerdem habe ich Menschen gerochen, aber das ist wohl ein Irrtum, oder? Vielleicht warst du zu lange unter den Erdlingen und hast ihren Geruch einfach angenommen«, witzelte Artemis.

»Gleich bei meiner Vermählung werden drei Menschen anwesend sein«, bereitete Luke seine hitzige Schwester vor. »Darunter auch zwei Männer. Ich möchte, dass du sie in Ruhe lässt. Lass sie BITTE am Leben! Und verwandele sie weder in einen Hirsch noch in einen Bären!«

Artemis streichelte seine Wange. »Natürlich, mein geliebter Bruder! Ich werde sie verschonen. Du bist endlich zurückgekehrt. Dreitausend Jahre hast du dich bei den Menschen herumgetrieben. Es hätte mich gewundert, wenn du deine Vermählung ohne den Wunsch ihres Beiseins hinter dich gebracht hättest. Du bist eben um ein Vielfaches weicher als ich.«

»Und, Schwesterherz, bist du noch glücklich mit Orion?«, ignorierte Luke die Bemerkung seiner Schwester über die Anwesenheit von Anne und Toni.

»Natürlich. Du wirst ihn nachher bei deiner Vermählung sehen. Ich habe versprochen, ihn nicht in ein Tier zu verwandeln, wenn er sich zu benehmen weiß.« Artemis lächelte. Sie war eine sehr strenge Göttin und hatte nicht viel mit Männern am Hut. Allerdings hatte ihr Orion, der ebenfalls ein guter Jäger war, die Liebe näher gebracht und sie hatte ihn daraufhin geehelicht.

Wie lange diese Ehe allerdings andauern würde, war fraglich, denn Artemis war sehr hitzig und wenn es ihr in den Sinn kam, dann war ihr Auserwählter beim nächsten Blinzeln ein Tier des Waldes. Mit der Liebe hatte sie es nicht so - vielleicht hätte ihr eine Verbannung auch ganz gut getan!

»Komm, mein Sohn! Es ist Zeit«, sagte Leto und winkte Luke zu sich. Sie übergab ihm einen magischen Stab mit leuchtend blauer Kugel. »Dieser Stab wird seit Generationen weitergereicht, wenn der männliche Nachfahre heiratet. Er verleiht dir besondere magische Kräfte.«

»Welche Kräfte, Mutter?«, fragte Luke lächelnd.

Leto zuckt mit den Schultern. »Mein Junge, das kann niemand vorhersagen. Es wird sich zeigen, wenn er dich nach der Trauung angenommen hat. Mein Vater war durch den Stab in der Lage, über die Ernte auf Erden zu entscheiden. Er wird dir schon die richtige Aufgabe zuteilen.«

Prüfend blickte Luke den Stab an. »Dann ist es ein SEHR mächtiger Stab. Ich bin mir gar nicht sicher, ob ich so viel Macht über die Menschen haben will, Mutter.«

Leto lächelte ihn an und streichelte seine Wange. »Apollo, mein Junge, du bist ein sehr starker Mann geworden und hast viele Lektionen gelernt, die einem Gott unter normalen Umständen nie zuteil werden. Du hast gelernt, Hun-

gersnöte, Kriege und Krankheiten zu überstehen und dabei nicht an einem gebrochenem Herzen zu sterben.«
»Mutter, ich bin unsterblich. Ich bin ein Gott!« Er lächelte höhnisch, doch Leto winkte ab. »Mein Junge, das weiß ich sehr wohl. Aber auch ein Gott kann an einem gebrochenem Herzen sterben. Unterschätze die Kraft der Liebe nicht!«
Abschätzend blickte Luke auf die blaue Kugel. »Vor dreitausend Jahren hätte dieser Satz gepasst, Mutter. Aber nun bin ich ein Mann geworden! Ich weiß um die Kraft der Liebe, vor allem, seitdem ich Stella begegnet bin.«
Leto nickte. »Das glaube ich dir sehr wohl. Und nun komm! Es wird Zeit, deine Braut zu treffen.«
Sie verließen das Haus und schritten auf den Berg des Olymp zu, wo die feierliche Zeremonie stattfinden sollte.

\*\*\*

Langsam stieg Stella aus der riesigen Wanne, die zuvor mit Eselsmilch gefüllt worden war. Ihre Haut fühlte sich so seidig an wie noch nie zuvor.
Während ein paar Dienerinnen ihre Haare aufdrehten und mithilfe von Magie in einen engelsgleichen Schopf verwandelten, übernahm ihre Mutter das Make-up.
»Du bist wunderschön, mein Kind!«, sagte Aphrodite stolz. »Dein Vater wird übrigens auch hier sein.«
Neugierig blickte Stella aus dem Fenster. »Wie hast du ihn aus seinem Waldversteck locken können, Mutter?«
Aphrodite lachte leise. »Ich habe ihn verführt und seinem Herzen ein wenig Leichtigkeit verschafft. Außerdem gebührt es sich, dass der Vater der Vermählung seiner einzigen Tochter beiwohnt. Er wartet draußen vor der Tür. Als Mensch hat er hier im Tempel keinen Zutritt.«

»Ich bin halb Mensch, halb Göttin, Mutter. Warum darf ich hier herein?«, platzte Stella heraus.
Aphrodite lachte herzhaft. »Du, mein Kind«, sie tätschelte Stellas Wange, »bist eine ›*HalbGÖTTIN*‹! Niemand hier auf dem Berg des Olymp würde auch nur im Entferntesten auf die Idee kommen und dich als ›*HalbMENSCHEN*‹ bezeichnen.«
»Warum eigentlich nicht?«, fragte Stella, während sie den cremigen, knallroten Lippenstift auftrug.
Aphrodite neigte den Kopf. »Weil es der Ehre der Götter widersprechen würde, ihren Anteil am Geschöpf außer Acht zu lassen.«
Stella nickte.
Ihr wurde ein unglaubliches Kleid aus reiner Seide übergestreift. Es hatte einen Farbverlauf von Hell- zu Dunkelblau.
»Das Kleid symbolisiert Tag und Nacht«, erklärte Aphrodite.
»Es ist wunderschön!«, bestätigte Stella.
Aphrodite nickte. »Das ist es. Und nun komm, sonst wird der Himmelsvater ungeduldig. Ich spüre bereits seine Nervosität. Wir wollen ihn nicht länger warten lassen.«
Sie verließen den Tempel und Stella nutzte die Gelegenheit, um ihren Vater zu begrüßen.
»Hallo, Vater«, sagte sie schüchtern.
Stellas Vater war so beeindruckt von der Schönheit seiner Tochter - und Aphrodite - dass er sich ehrfürchtig verneigte. »Seid gegrüßt, ihr zwei ! Stella, wie wunderschön du bist!«
»Danke, Vater!«
Sie wurden von einem Geleit von Männern und Frauen begleitet, die passend zu Stellas hell- und dunkelblauem

Kleid gekleidet waren und ebenfalls Blumen im Haar trugen.
Langsam schritten sie den Berg hinauf und passierten die Wächter. Bei ihrem Anblick wäre Stella fast rückwärts den Berg hinunter gefallen. Die Schultern der mächtigen Wächter zierten riesige Ochsenköpfe, durch ihre nasse Nase war ein immenser Ring gezogen. Sie trugen Hosen um die Hüfte, ihre muskulösen Oberkörper waren nur von Fell bedeckt. Sie überragten Stella um mehr als einen Meter.
»Was sind das für Wesen, Mutter?«, fragte Stella kaum hörbar.
Aphrodite legte ihrer Tochter lächelnd einen Arm um die Schultern. »Das sind Minotauren, mein Kind! Kein Grund zur Sorge! Hades hat darauf bestanden, die Vermählung durch seine Wächter abzusichern.«
»Warum? Vor wem?«, fragte Stella erstaunt.
»Die Tochter der Aphrodite ehelicht den Sohn des Himmelsvaters. Apollo ist ein gefragter Mann. Wir fürchteten um deine Sicherheit«, erklärte ihre Mutter.
»Dann bin ich als seine Frau in ständiger Gefahr?« Mit großen Augen blickte Stella zu ihrer Mutter auf.
Diese schüttelte den Kopf. »Nein. Nach der Vermählung kann kein Wesen euch mehr trennen. Jupiter wird euch den Band der ewigen Liebe auferlegen und dich mit Unsterblichkeit segnen. Nichts und niemand wird dieses Band zerstören können. Aber weil Apollo ein so begehrter Gott ist, sind einige Sicherheitsmaßnahmen VOR deiner Vermählung erforderlich.«
Stella blickte zu Luke auf - oder vielmehr zu Apollo, wie er auf dem Berg des Olymp genannt wurde.
Er war ein wahrlich stattlicher Mann wie er da mit seinem imposanten Kugelstab vor dem Altar stand. Seine Augen

blickten liebevoll zu ihr herab. Stella wusste, sie konnte seiner Liebe sicher sein.

***

Luke positionierte sich vor dem Altar, wo Jupiter bereits mit der Hohepriesterin ›*La Lune*‹ wartete.
Er war nervös.
Würde Stella sich die Trauung noch einmal anders überlegen und ihr fernbleiben? Wollte sie überhaupt einen Gott ehelichen?
Doch bevor er sich selbst in einen angstvollen Zustand menschlicher Panik versetzen konnte, schritt Stella auch schon den Berg hinauf. Sie wurde von ihrer Mutter, Aphrodite, und ihrem menschlichen Vater begleitet, der bereits sehr alt zu sein schien und sich auf einen Krückstock stützen musste.
Stella trug ein langes, fließendes Kleid, welches oben die Farbe des Himmels trug und nach unten hin in ein Nachtblau überging. In den Haaren waren die Federn eines Adlers kunstvoll eingeflochten, die Artemis von der Jagd mitgebracht hatte, wie sie ihrem Bruder verraten hatte.
Stella sah aus wie eine Göttin - wie die schönste Frau, der Luke je begegnet war und er war über alle Maßen stolz darauf, dass sie sich für ihn entschieden hatte.
Luke spürte die vielen neidvollen Blicke der männlichen Götter und Halbgötter und wusste, dass selbst Jupiter von ihr Besitz ergriffen hätte, wenn sie nicht seine, Apollos, wahre Liebe gewesen wäre.
Als Stella die Minotauren passierte, blieb sie für einen kurzen Moment stehen. Die Wächter waren auch wahrlich imposante Erscheinungen. Ihre mächtigen Stierköpfe überragten die Halbgötter um einen Meter und ihre Kör-

per waren so stählern, dass sich besser niemand mit ihnen anlegte. Sie waren eine Mischung aus Stier und menschlich geformtem Körper und niemand wagte es, sich gegen sie aufzulehnen.

Luke wunderte sich, dass Stella ihren Anblick nicht gewohnt war, denn als Halbgöttin hätte sie diese Wesen eigentlich kennen müssen.

Aber dann erinnerte er sich wieder daran, dass sie in der letzten Nacht erzählt hatte, dass sie sich nicht an ihre Kindheit auf dem Berg des Olymp erinnern konnte.

Erst als es Jupiter nach fast dreitausend Jahren vor Ungeduld nicht mehr ausgehalten hatte, hatte er sie als Kind zu sich geholt, um ihr den Auftrag zu erteilen, den Bann zu brechen und seinen Sohn zurückzuholen. Der schlaue Himmelsvater war bereits damals davon ausgegangen, dass Apollo in Stella die wahre Liebe finden würde.

Endlich erreichte Stella den Altar. Mit dem wild klopfenden Herzen eines Mannes, reichte Luke ihr seine Hand. Sie tauschten ein Lächeln aus und wandten sich seinem Vater und der Hohepriesterin zu.

»Wir stehen hier im Angesicht der Götter«, sagte Jupiter mit lauter Stimme und warf einen Seitenblick auf Toni und Anne, »und einigen wenigen auserwählten Menschen, um diese beiden Liebenden mit dem ewigen Band der Liebe zu vermählen. Ihr seid niemandem versprochen worden und habt euch aus freien Stücken entschieden, als Mann und Frau auf dem Berg des Olymp zu leben. Es gibt daher keine Hindernisse, niemand hat das Recht, eure wahre Liebe anzuzweifeln oder zu entzweien.« Mit strengen Blicken sah sich Jupiter unter den Anwesenden um. »Darum sollte jetzt auch besser NIEMAND das Wort erheben, denn ich habe schmerzhafte dreitausend Jahre auf

diesen Moment der Vermählung meines geliebten Sohnes warten müssen.«
Niemand wagte es, das Wort zu erheben und Jupiter fuhr lächelnd fort: »Schön! So erkläre ich euch nun im Namen aller Götter zu verbundenen Eheleuten, deren Band niemand zerstören darf, außer euch selbst. Was ich nicht hoffe«, fügte er leise hinzu und zwinkerte Stella zu. »Und dich, geliebte Schwiegertochter, segne ich mit Unsterblichkeit.« Er fasste auf Stellas Kopf und ließ goldene Funken sprühen.
Stella nickte ihm dankbar lächelnd zu.
Zwei Dienerinnen reichten dem Brautpaar zwei trichterförmige Bergkristalle, die sie sich gegenseitig um den Hals legten. Sie leuchteten kurz auf und Jupiter nickte zufrieden. »Der Bund ist nun geschlossen!«
Jubel brach aus und das Fest konnte beginnen. Ganze drei Tage und Nächte waren für die Vermählungszeremonie angesetzt, in der es an göttlichen - und menschlichen - Ritualen nicht mangelte. Auch der Trank der Fruchtbarkeit wurde gereicht, damit Stella ihrem angetrauten Göttersohn alsbald einen Stammhalter sowie zahlreiche bezaubernde Geschwister schenken konnte.
Am späten Abend lehnte sich Stella schließlich seufzend gegen Lukes Brust. »Ich kann es kaum glauben, dass unser Leben nun hier - fern von den Menschen und den irdischen Sorgen und Nöten stattfinden soll.«
Luke gab ihr einen Kuss aufs Haar. »Meine geliebte Stella, ich weiß sehr wohl, dass dir dein Bruder fehlen wird und darum habe ich auch eine klitzekleine Überraschung für dich.«
Erstaunt blickte Stella zu ihm auf. »Was ist es?«
Er reichte ihr eine kokosnussgroße Kristallkugel, die in ein Bett aus Federn eingebettet war. »Diese magische Ku-

gel habe ich meinem Vater aus den Rippen geleiert, damit wir auch zukünftig in der Lage sind, zu sehen, was auf der Erde passiert. Aber ich warne dich«, er holte tief Luft und dachte an all die Menschen, die er hatte kommen und gehen sehen, »das bedeutet für dich auch, eines Tages Abschied von deinem Bruder zu nehmen, denn er wird niemals ein Unsterblicher sein.«

Stella holte tief Luft, dann fiel sie Luke um den Hals. »Luke, mein geliebter Apollo! Das ist das schönste Geschenk, das du mir machen konntest! Wie kann ich dir nur danken?«

Luke grinste. »Wie wäre es mit einem Stammhalter?«

»Jetzt sofort?«

»Jetzt sofort!«

Stella nahm seine Hand und zog ihn in ihr neues Haus, welches in einem großen Erdhügel eingebettet schlummerte und nur darauf wartete, von ihnen bevölkert zu werden. Die Kristallkugel klemmte Stella sich vorsichtig unter den Arm.

»Komm mit in unser Schlafgemach, Geliebter! Jetzt werde ich dir die körperlichen Freuden der Vereinigung von Gott und Halbgöttin bescheren!«, witzelte Stella.

»Nichts lieber als das.« Luke lächelte aus tiefstem Herzen und dankte seinem Vater, dass er ihm nach dreitausend Jahren intensivsten Erfahrungen endlich eine Braut geschenkt hatte, die nicht nur sein Herz und seinen Verstand gleichermaßen zum Blühen brachte, sondern auch die Leidenschaft nicht zu kurz kommen ließ.


ENDE…

# Über die Autorin

Schon mit 9 Jahren schrieb Nicole Schwalbe ihr erstes Buch. Als sich nach ihrem Jurastudium ihr bester Freund outete, schrieb sie mit seiner Geschichte ihr erstes Gay-Book als Liebes- und Erotikkomödie. Mit dem Buch 'Körpertausch' folgte eine weitere Erotikkomödie, allerdings für Frauen UND Männer. Schreiben und Bücher sind ihre große Leidenschaft und so wird sie auch noch viele Jahre ein Bücherwurm bleiben.

Mehr erfährst du unter www.nicole-schwalbe.de

### **Pseudonym**
Übrigens, unter dem Pseudonym **Lilly Fröhlich** schreibe ich Komödien und kindgerecht aufklärende Kinder-/Jugendbücher. Mehr erfährst du unter www.lilly-froehlich.de

### **Rezension**
Wenn dir das Buch gefallen hat, würde ich mich sehr über eine Rezension bei Amazon oder auch im Verlags-Shop bei Twentysix freuen.

**Ebenso als Taschenbuch und eBook im Handel erhältlich**

## Körpertausch -
### Sei vorsichtig mit deinen Wünschen…

Lea Hasenfleck hat eigentlich alles zum Leben, was man braucht: Einen Ehemann, zwei gesunde Kinder, ein Haus und einen langweiligen Teilzeitjob. Trotz Hamsterrad des Lebens hat sie allerdings noch etwas ganz anderes: zu viel Speck auf den Rippen. Und obwohl sie sich dafür schämt, hat sie weder Zeit noch Disziplin, ein paar Pfunde abzutrainieren.

Maja-Lena Marie hat fast alles, was sie zum Leben braucht: Einen heißen Verlobten, einen traumhaften Körper und mit ihrer Firma ›Modetipp‹ ist sie einer der erfolgreichsten Online-Versandhändler der Neuzeit.

Doch was passiert, wenn sich zwei so ungleiche Frauen begegnen und plötzlich den Körper tauschen?

Eine romantische, ehrliche und erotische Komödie von N. Schwalbe zum Thema Körperideale!

**ISBN 978-3-740-73483-1**

**Ebenso im Handel als Taschenbuch und eBook erhältlich**

## Dornröschens Traum

Was macht man, wenn die Saurier-Ehe nach fast 20 Jahren einen Knacks hat und Amor den falschen Mann trifft? Milly Dreizack, noch-verheiratet, hat sich ausgerechnet in Tom verliebt, den besten Freund ihres Mannes. Nun steht sie vor der Wahl: Ihr Dornröschen aus seinem Jahrhundertschlaf wecken und um die Liebe kämpfen oder ihre Träume hinter der dicken Rosenhecke versauern lassen.
Millys Lebensberater, der Teufel Luzifer und das Engelchen Aurora, sind natürlich genau gegensätzlicher Meinung, also muss Milly ihre eigene Entscheidung treffen. Nur, was ist die richtige Entscheidung? Gibt es wirklich nur einen Weg zum Herzen des Mannes, wie Luzifer behauptet?

Die neue erotische Liebeskomödie von N. Schwalbe!

**ISBN: 978-3-740-749491**

**Ebenfalls im Handel erhältlich als eBook und Taschenbuch**

Antonio Hexenmacher, 36, Single, ist weder Zauberer noch Hexer. Eines Tages ist er es leid, von einem Bett ins nächste zu hüpfen. Er beschließt, den Hafen der Ehe anzusteuern. Doch Antonio will nicht irgendeine Frau. Er will eine Hexe. Als er Johanna auf dem mittelalterlichen Spektakulum zum ersten Mal begegnet, weiß er: Das ist sie! Johanna Orlando, 31, Single, ist eine freie und unabhängige - Hexe. Sie liebt und lebt die Traditionen der Wiccas im Kreise ihrer Familie nach den Regeln von Lady Gwen Thompson: ›Und schadet es niemand, tue, was du willst‹. Doch bevor die beiden endlich den Bund fürs Leben schließen können, bedarf es mehr als nur weiße Magie, um den schwarzmagischen Attacken von Tante Adelheide Mechthild Gardner auszuweichen, denn die alte Dame hat sich in den Kopf gesetzt, die Hochzeit ihrer Großnichte mit einem nichtmagischen Mann mit allen Mitteln zu verhindern.

Die hexenhaft, romantischen Liebeskomödien von N. Schwalbe!

**Band 1 - Suche Hexe fürs Leben
(ISBN 978-1-518-715235)**

**Band 2 - Finde Hexe fürs Leben
(ISBN 978-1-518-715280)**

# Im Handel erhältlich als Taschenbücher und E-Books (Komödien)

**Ein Zwilling kommt niemals allein**
Nichtsahnend stolpert Melina Klein dem singenden Arzt mit dem schönsten Lächeln der Welt, Benjamin Müller, vor die Füße und wird prompt von Amors Giftpfeil getroffen. Benjamin Müller ist jedoch nicht nur ›besetzt‹, er ist auch der eineiige Zwilling von Henri Müller, der sich prompt in das ›Schneewittchen‹ namens Melina verliebt. Und so nimmt das Schicksal von Amors Opfern seinen Lauf…
**ISBN: 9-783-740-752989**

**Du schon wieder**
Die Grundschullehrerin Annabelle Hausstein, 29, soll ausgerechnet mit dem aufgeblasenen Polizisten Phineas Thor Marvelin, 30, verkuppelt werden, doch was passiert, wenn ein schlagfertiges ›Nilpferd‹ auf einen selbstbewussten ›Göttersohn‹ trifft?
**ISBN 978-3-740-753122**

**Millionär auf Abwegen**
Der Millionär Henrik Amandus Edmundus, 30, hat die Nase voll von Frauen, die sein Geld lieben und nicht ihn, und trifft ausgerechnet auf Kathalea Pfennigbaum, 29, die es satt hat, arme Schlucker aushalten zu müssen. Wird die Erde nun zur Scheibe, weil der Sachbearbeiter im Universum beide füreinander vorgesehen hat?
**ISBN 978-3-740-753153**

**Ebenso im Handel erhältlich als Taschenbuch und E-Book**

**Zabzaraks Spiegel**

**(Fantasybuch)**

Die Erde war einst ein Ort, an dem Menschen und Lichtwesen friedlich miteinander lebten. Doch eines Tages erklärte der machthungrige Zauberer Tarek Su Zabzarak den Krieg. Er tötete das gütige Herrscherpaar Lady Tizia und Lord Kodron. Dann stahl er den Elben das Lachen und die Musikinstrumente, so dass sie keine Menschen mehr heilen konnten. Zabzarak krönte sich selbst und wurde zum Herrscher über Zaranien. Etwa tausend Jahre später half ein Junge namens Merlin seinen Freunden bei der Suche nach einem Kater. Dabei durchbrach er den Schleier des Vergessens. Jeremy und Lissy versuchten ihn aufzuhalten und landeten mit ihm in Zaranien, dem Land der Elben und Feen. Sind die drei Freunde tatsächlich die Auserwählten? Können sie es mit dem schwarzmagischen Zauberer und seiner Armee aufnehmen?

Das beliebte Fantasymärchen für Jung und Alt von Lilly Fröhlich!

**ISBN: 978-3-740-745875**

# Als Taschenbuch und E-Book im Handel erhältlich

## Susannah-Bücher

**Band 1 - Bänker sind vom Schnöselplaneten - Echt!**
(ISBN: 978-3-740733261)

**Band 2 - Und Clowns sind aus dem All - Echt!**
(ISBN: 978-3-74074309)

**Band 3 - Kinder sind vom Mars - Echt!**
(ISBN: 978-3-740743604)

Susannah Johnson hat eine Pferdemähne wie ein Haflinger, einen Hintern so groß wie ein Mini-Ufo-Landeplatz und als Tochter einer wirklich biestigen Mutter nimmt sie so ziemlich jedes Fettnäpfchen mit. Sie glaubt fest an das (australische) Rumpelstilzchen und natürlich an (verschlafene) Sachbearbeiter im Universum, die ihr ständig die falschen Typen vor die Nase setzen.
Aber dann endlich findet sie ihren Traummann und natürlich macht auch das Familienglück vor diversen Pannen kein Halt.

Urkomische, romantische Liebeskomödien von Lilly Fröhlich für alle, die mal wieder so richtig lachen wollen!

Ebenso im Handel als Taschenbuch und eBook erhältlich

Mia-Kinderbuchreihe

**Band 1 - Eine Patchworkfamilie für Mia**
(ISBN: 978-3-740-747596)

**Band 2 - Mia und die Regenbogenfamilie**
(ISBN: 978-3-740-747954)

**Band 3 - Mia und die Flüchtlingsfamilie**
(ISBN: 978-3-740-748005)

**Band 4 - Mia und die Zirkusfamilie**
(ISBN: 978-3-740-748043)

Egal, ob es um die Trennung von Mias Eltern geht, um das neue Zwillingspärchen mit den zwei lesbischen Müttern, um die Flüchtlingsfamilien im kleinen Bärenklau oder den Zirkus, bei Mia ist immer etwas los!

Kindgerecht aufklärende Kinderliteratur von Lilly Fröhlich, die nichts rosarot malt und doch ein Lächeln in das Gesicht der Leser zaubert!

Schau doch mal rein!

Ebenso im Handel als Taschenbuch und eBook erhältlich

Mia-Kinder-/Jugendbuchreihe

**Band 5 - Mia und die Pflegefamilie (Mobbing)**
(ISBN: 978-3-740-745974)

**Band 6 - Mia und die Teeniefamilie** (Teenagerschwangerschaft)
(ISBN: 978-3-740-746148)

**Band 7 - Mia und die Adoptivfamilie (Transgender)**
(ISBN: 978-3-740-749750)

**Band 8 - Mia und die Stieffamilie (Drogen)**
(ISBN: 978-3-740-750527)

Mia wird größer und plötzlich sind Probleme wie Mobbing, Sexualaufklärung und Teenagerschwangerschaften sowie Transgender und Drogen ein Thema in Mias Schulklasse. Sind das auch Themen, die dich interessieren?

Auch die Jugendbücher von Lilly Fröhlich sind jugendgerecht aufklärende Bücher, die nichts rosarot malen und doch so geschrieben sind, dass die Leser die Geschichten mit einem guten Gefühl abschließen können.

Schau doch mal rein!